숨 좀 쉬어요

숨 좀 쉬어요

지은이 · 이동식
펴낸이 · 이충석
꾸민이 · 성상건
편집디자인 · 자연DPS

펴낸날 · 2016년 6월 1일
펴낸곳 · 도서출판 나눔사
주소 · (우) 03446 서울특별시 은평구 은평터널로7가길
20. 303(신사동 삼익빌라)
전화 · 02)359-3429　팩스 02)355-3429
등록번호 · 2-489호(1988년 2월 16일)
이메일 · nanumsa@hanmail.net

ISBN 978-89-7027-187-3-03810

값 15,000원
잘못된 책은 바꾸어 드립니다.

이 도서의 국립중앙도서관 출판예정도서목록(CIP)은 서지정보유통지원시스템 홈페이지(http://seoji.nl.go.kr)와
국가자료공동목록시스템(http://www.nl.go.kr/kolisnet)에서 이용하실 수 있습니다. (CIP제어번호 : CIP2016015554)

숨 좀 쉬어요

이동식 | 지음

나눔사

차례

Part 1

뻐꾸기에게

뻐꾸기에게	8
심고 기다리니	14
개쉬땅나무	20
사람이 사는 도시	24
수선화에게	29
진정한 향기	35
구름정원	42
꽃보다 사람	48
우리의 명자씨	55
봄비	64
빗소리가 좋은 이유	67
하늘을 보자	75
오월이구나	80
장미의 계절	86
봄을 보내며	92

Part 2

큰 바위 얼굴

문득 가고 싶으면	98
소나무 아저씨	114
최상의 피서법	124
모기님이시여!	128
부채바람	133
큰 바위 얼굴	141
이 지독한 늦더위를	148
9월의 존재이유	158
도토리 키재기	163
부추 위의 이슬	168
등불 앞에서	174

Part 3

평화 만들기

달빛 길어 올리기	180
가을 하늘 밝은 달	184
이런 신한류를	196
함께 사는 법	203
평화만들기	207
은비령의 별	223
풀잎에 난 상처	238
차나 한잔 하시고	247

Part 4

매화를 기다리며

시간의 그림자	258
돌아가야지	263
왜 가을일까?	268
국화 옆에서	273
낙엽의 속삭임	280
보내기 싫어서	287
형설지공	291
겨울의 숲가	295
동짓날에	304
철없는 장미에게	312
철부지	318
제야	322
가까운 지금부터	330

Part 1

뻐꾸기에게

뻐꾸기에게

심고 기다리니

개쉬땅나무

사람이 사는 도시

수선화

진정한 향기

구름정원

꽃보다 사람

우리의 명자씨

봄비

빗소리가 좋은 이유

하늘을 보자

오월이구나

장미의 계절

봄을 보내며

뻐꾸기에게

아침에 문을 열면 멀리서 뻐꾸기 우는 소리가 들린다.

멀리다고는 하지만 그리 먼 곳이 아니라 겨우 1~2백 미터 숲에서 우는 소리다. 그 소리를 들으며 잠을 깨고 그 소리에 맞춰 집 근처 산책길에서 발걸음에 힘을 얻는 이 복은 어디서든 누릴 수 없다고 하겠다. 10년 전에 그랬다. 파주 교하에 살 때이다.

그 때 집 옆의 숲을 찾으면 몸도 마음도 살아났다.

언제나 그렇듯 무슨 소린지도 모르는 수많은 새소리에 귀가 마비될 즈음 저 멀리서 뚜렷이 들리는 소리가 있었다. "뻐꾹, 뻐꾹..." 서양 사람들 귀에는 꾸꾸 라고 들리는지 "cuckoo"라고 쓰지만

우리 귀에는 분명히 "뻐꾹"이다. 그것도 기억받침까지 분명히 들린다. 당시 교하 일대는 산책하기에는 그만이었다. 아파트를 나서면 곧바로 숲이 이어진다. 20~30년생 소나무와 잡목들이 우거진 이 일대는 온갖 새들의 보금자리였다. 지난 겨울에는 딱따구리 소리도 들

었다. 10년 전 그날 뻐꾸기였으니 이만하면 서울대공원보다도 훨씬 좋지 않은가?

그러나 그날 아침의 뻐꾸기 소리는 마음을 착잡하게 했다.

"너희들의 보금자리인 이 숲들은 곧 베어지고 없어질지 모른다. 너희들은 더 이상 이 근처에 살지 못하고 어딘가 더 멀리로 쫓겨나야 할 신세인데, 너희들은 그것도 모르고 있냐?"라고 공연히 새들에게 화풀이를 하고 싶었다.

사연인즉슨 이 교하읍 일대가 정부가 정한 신도시 건설예정지구로 발표가 되어, 곧 이 일대를 종합개발하는 계획이 세워지고 3년이 채 안되면 아파트분양이 시작될 것이라는 보도 때문이었다. 아무리 환경을 살리는 개발을 한다지만 이 곳 동산들은 깎일 것이고, 나무들은 베어질 것이고, 조용하던 이 동네는 곧 수많은 차량으로 시끄러울 것이고, 서울 근처에서 가장 맑다고 하는 이 근처는 배기가스로 뒤덮일 것이 뻔할 뻔자이기 때문이다.

신도시 개발 발표이후 내가 사는 아파트도 호가가 올라갔고 그래서 오른 가격으로 팔 수 있다는 기대가 생긴 것도 있었지만 이 일대가 개발되면 우리 집 베란다에서 내려다보이는 푸른 숲이 얼마나 사라질까 생각하면 플러스보다는 마이너스가 더 많은 것이 아닌가 우려됐고 10년이 지난 지금은 그것이 더욱 현실화되었다.

그 때는 아침 출근길에 논 가를 지나다보면 막 심어놓은 벼 사이로 아침해가 반사되었다. 그 때 차안에서 김민기의 노래 '아침이슬'이라도 들을라 치면 나도 모르게 입이 벌어져서 노래를 따라부르게 되었는데, 결국 이 논들도 다 사라졌다. 요즈음 그곳에 들려서 보면 차량들은 논길을 따라 가는 대신 아파트사이 포장도로 위로 달리고 있고 당시는 뒤따라오는 차량이 거의 없어 마음 놓고 달렸는데 요즘에는 신호등에 따라 다른 차량과 어깨를 부딪치며 달리고 있다..... 당시에 있던 나무 만큼이나 많은 아파트들이 세워져 있고, 집 값이 오를 것이란 기대는 무참히 꺾이고 당시보다 집 값이 더 떨어졌다. 너무 곳곳에 집을 많이 지어 집들이 흔해진 탓이리라.

사실 인구가 늘고 새 집에 대한 수요는 많아서 나 혼자서 고즈넉한 생활을 즐기며 살 수는 없었다. 당시 직장인 여의도까지 40킬로미터, 자동차로 출퇴근하기에는 다소 멀지만, 맑은 공기와 조용한 전원 분위기로 출퇴근의 고통을 달래 온 생활 속에서의 남모르는 기쁨을 누려왔는데 그것이 언제까지나 혼자에게만 보장될 수 있겠는가? 그러기에 여기의 자연이 그대로 보존되기를 희망한 것은 어찌 보면 나만의 이기주의였을 뿐이다.

그러나 그곳을 결국 떠나고 말았다. 도회지에서의 각박한 환경 속에서 코가 막히고 머리가 아픈 고통을 경험하다가 자녀가 장성한 이후 더 이상 못참겠다며 북한산 옆 뉴타운으로 이사오늘 바람에 예전의 숲 못지 않은 좋은 환경 속에서 살고는 있지만 그 당시 그곳을 개발이라는 이름 아래 그 좋은 환경을 다 포기할 수 밖에 없었던 아쉬움 내지는 울분은 상당한 것이었다. 더구나 그곳이 개발 이후 좋아졌다는 소식도 없고 하니 더욱 기분이 좀 아닌 것이다.

물론 당시 서울시내로 들어간 것은 개발 소식 때문만은 아니었지만 아무튼 고향을 멀리 둔 나는 숲이 있는 그 곳을 고향처럼 생각하며 휴일에 즐겼는데, 마치 옛날 시골학교를 졸업하고 도시로 떠난 학생처럼 언제 이 곳을 다시 찾아올 수 있을까 생각했는데, 과연 이 곳은 나무와 풀, 지저귀는 새로 가득 찬 숲에서 시멘트와 인공장식과 전자오락게임으로 가득 찬 인공 숲으로 변해버렸다.

그 당시 할 수 있는 가장 최선의 방법은 이 신도시 개발이 정말로 환경친화적으로 개발되느냐, 혹 예산이나 편의에 쫓겨 또 실패를 반복하지 않는가 감시를 하자고 다짐을 했는데, 물론 터를 넓게 잡고 깨끗한 공원도 만들고 해서 친환경적으로는 개발되었다고 하겠지만 원래 있던 자연의 숲과 친하던 사람으로서는 새로 생긴 인공의 숲에 대해서 그리 좋은 점수를 줄 수가 없다.

그러나 어떻게 하랴. 이제는 자연의 숲보다는 인공의 숲 속에서 살 수 밖에 없는 시대아닌가? 나는 다행히 나무와 숲이 있고 맑은 물이 흐르는 북한산 자락에서 더 이상 바랄 수 없는 최상의 환경을 누리고 있지만 다른 많은 서울 시민, 인천이나 경기도 분들이 개발에 점점 쫓겨가는 모습을 보는 것은 정말로 가슴 아픈 일이다.

뻐꾸기여, 이제 알겠는가? 그날 아침 내가 착잡했는지?

빼꾸기여 그 때 네가 살던 집은 헐렸을 것이고 그래서 더 멀리 날아가서 살고 있을 터인데

혹시 우리 집 근처에서 지저귀는 빼꾸기가 바로 10년 전 그 때의 네가 아닌가?

그게 아니더라도 어디 가서 잘 지내고 있기를 바랄 뿐이다.

심고 기다리니

1993년 2월부터 1996년 6월말까지 3년 5개월 동안 필자는 북경에 살았다. 모 방송국의 초대 특파원이었다. 당시는 북경이었는데 요즈음은 베이징이다. 현지 발음 위주로 표기하자는 원칙이 세워진 데 따른 것이다. 그만큼 북경도 서울도 변했다. 20년 전 당시 북경 생활은 모든 것이 불편했다. 중국정부로부터 준외교관 대우를 받은 것은, 남들이 보면 대우를 받은 것 같지만 실상은 중국 정부가 보초를 세운 아파트단지 안에 살아야 하는 것은 물론 전화나 팩스는 도청 당하는 것을 알고 있지만 모른 척하고 있어야 한다는 뜻이다. 지금과는 달리 당시는 시내 곳곳에 환경이 청결하지 못했고 바람과 먼지도 많아 고생이 심했다.

그러나 북경에 있으면서 조금씩 좋아지기 시작하는 게 있었다. 시내 어디를 가나 몇 십 년 이상 된 나무들이 시원한 그늘을 만들어 주는 것이 그것이다. 건조한 기후에 잘 견디는 버드나무나 사시나무 미류 나무 종류만이 아니라 감나무, 호도나무 등이 가로수로 심어져 질

푸른 녹음과 함께 여름에는 가을에 대한 풍성함을 예고하고 있다. 한여름에는 섭씨 40도 가까이 올라가는 무더운 북경, 겨울에서 봄에 이르는 때에는 모래바람이 수시로 불어 눈을 못 뜨게 하는 북경이지만, 이 나무들은 날아오는 모래와 바람을 줄이고 무더운 시민들에게 시원한 그늘을 주고 있다.

북경은 나무에 관한 한 세계에서 제일 엄격할 것이다. 나무 한 그루 마음대로 자르다가는 어떻게 될 지 모른다. 한국에서 진출한 모 아파트업체가 모델하우스를 짓기 위해서 공터에 서 있는 잡목 같은 나무 몇 그루를 베겠다고 북경시에 신고를 하려니까 관련 부서가 대여섯 군데나 되고 허가를 10여 명으로부터 맡아야 하는 것은 물론 그나마 금방 허가가 나지 않아서 시작 전부터 기진맥진했던 일이 한국인들의 북경 개척의 역사, 아니 터를 잡고 산다는 뜻의 정주(定住)의 역사에 남아있다. 그렇기 때문에 북경의 나무는 남아있는 것이다.

오래된 옛 골목길사이에도 키가 사람의 다섯 배 열 배는 되는 나무들이 서있으며, 고층빌딩에서라도 내려다 보면 숲에 가려 집들이 잘 보이지 않는다. 비가 많지 않아 풀은 잘 자라지 못하지만 시내 곳곳의 공원마다 아름드리 나무들이 자라고 있어 그 사이 공터는 아침마다 주택가에서 나오는 중국인들이 상쾌한 아침공기를 마시며 아침운동을 즐기는 단련장이다. 마치 뱀이 춤을 추는 듯한 느릿느릿한 태극권이나 기공, 또는 요즈음에는 빠른 것으로 좋아하는 미국식 체조가 들어오면서 노인디스코가 유행이기는 하지만 넓은 공원에서 여유

있게 여가를 즐기는 모습을 보면 너무나 바삐 움직이는 것만을 보고 그것이 삶의 전부인양 생각해 온 한국인들에게는 무척 인상 깊은 장면을 연출해 주었다.

특파원으로서 점점 부러워진 것이 바로 이 북경의 나무였다. 주택과 주택, 집과 집 사이, 거리와 거리 사이에 어디나 있는 나무들은 사람들 사이의 직접적인 충돌을 막아주는 완충제이다. 중국인들은 여간해서 잘 싸우지 않는다. 중국인들의 집은 좁지만 일단 밖으로 나오면 나무가 있기 때문에 그들의 심성이 일단 누그러 지기 때문일 것이라고 필자는 분석해보았다.

1995년 10월4일 조순 서울특별시 시장이 북경에 왔다. 기자들과 만난 자리에서 조 시장은 일본 토교를 막 다녀서 북경에 들른 길이기 때문에 토쿄도(都)의 행정에 대해서 놀라움과 부러움을 표시하며, 서울시민들이 좀 더 인간적으로 좋은 환경에서 살 수 있는 방법을 놓고 얘기를 하자고 제안했다.

그래서 나는 조순 시장에게 이런 얘기를 드렸다.

"서울에 나무좀 더 심어 주세요. 여기 와 보니 서울이 너무 나무가 없어서 삭막하기가 그지없다는 사실을 비로소 알게 됐습니다. 나무가 없어 가지고서야 어찌 사람들이 사는 곳이라고 할 수 있겠습니까? 시장 임기 3년은 금방 지나갑니다. 부디 나무를 많이 심어 주십시요."

이동식(李東植)이라는 자신의 이름 석 자 속에 모두 나무 목(木)자가 있어서 그런지는 몰라도 나무를 좋아하는 것은 일종의 타고난 벽(癖)이라고 생각이 들지만, 북경의 이 무성한 나무와 숲의 고마움을 어떻게 하면 수도서울의 주택가에서도 느끼게 할 수 있을까? 하는 희망, 원망이 서울시장에게 단도직입적으로 요구하도록 만든 것인데, 조순 시장도 선뜻 '그럽시다'라고 말하는 것이었다.

당시 우리는 서울에 살면서, 나무가 없고 여름에 햇볕을 피할 그늘이 없으면, 건물 안에 기어 들어가 에어컨 바람을 등으로 쬐면서 살면 되는 줄만 알았다. 우리는 사람들이 어깨를 부딪치면 그냥 짜증을 내고 욕을 해도 되는 것으로 알고 살았다. 차를 운전할 때 조금만 자기에게 불리해도 소리를 지르고 욕을 해대고 경적을 울리는 것이 당연한 줄로 알고 살았다. 정말 우리는 우리가 어디로 왜 가는지를 모르고 눈에 핏발을 세우고 혈압을 올리며 살아왔던 것이 아니던가?

그러나 비슷한 모습일 것이라고 생각했던 북경은 그렇지 않았다. 그들은 느긋했다. 그들은 짜증을 잘 부리지 않는다. 그들은 새치기를 하는 차량에게 그렇게 귀가 찢어져라 경적을 울리지 않는다. 그들은 한국인을 만나면 왜 그렇게 조급하게 사느냐고 묻는다. 그게 특파원으로 간 필자에게는 충격이었다.

나무는 곧 철근이나 시멘트 등 현대 도시문명을 상징하는 단어들에 대립되는 개념일 것이다. 우리의 집들이 삭막한 시멘트문명의 대표라면 나무야말로 자연의 대표요, 문화의 대표라고 할 수 있을 것이다. 나무가 많은 가운데 우리는 생명을 느끼고 생명을 배우고, 인간적인 삶의 공간을 만들어 나갈 수 있다. 철근과 시멘트, 유리창과 알루미늄 창틀이 인간사이의 경쟁과 대립을 조장하는 문명일진데, 주택가 근처에 있는, 길 가 어디에나 있는 나무와 숲은 인간사이의 조화와 협력을 키우는 비료로서 문화는 거기서 나온다.

"우리는 먼저 나무를 심어야 한다. 거리에 심고 주택가에 심고 골목길에 심자. 그리고 가장 중요한 우리 마음에 나무를 심자! 그리고 그 나무가 자라기도 전에 갖은 핑계로 베어버리려 하지말고 되도록 지긋하게 기다리며 잎의 무성함을 기다려야 하지 않겠는가? 그 나무가 북경처럼 그늘을 만들 때까지 기다리자..." 북경을 다녀 온 뒤 정신을 차리고 10년 전에 펴 낸『청명한 숨시기』라는 책에서 필자가 주장한 말이었다.

최근 우리나라 도시도 그러고 10년이 지났다. 중국의 특파원을 끝내고 돌아온 지는 20년이 지났다. 그 사이 베이징(이제는 북경이 아니라 베이징으로 불러야 맞겠지요)도 천지 개벽을 했지만 우리의 서울도 녹지공간이 늘어나고 공원도 많이 생겼고 천만 다행히도 우리들이 들어가 쉴 나무그늘도 시내 곳곳에 많아졌다. 여의도 공원에 1995년에 심은 나무들은 제법 숲으로 느낄 정도로 많아졌고 작으나마 만들어놓은 연못에는 수초들이 멋진 자연풍경으로 착각할 정도로 많이 풍부해졌다. 그러므로 이제 다시 당시 이 여의도 공원을 만들도록 결정한 조순 시장을 생각하게 된다. 당시 많은 분들이 걱정하고 반대도 했지만 그 분의 결정이 옳았다는 것, 그리고 초딩 특파원으로서의 필자의 생각과 제안도 우리나라를 이해 필요한 것이었음을 요즈음에 다시 생각해내고 여의도 공원을 지나거나 시내 곳곳에서 뜨거운 태양 밑에서 시원한 그늘을 따라 걸으면서 흐뭇해한다. 심고 기다리니 이런 좋은 일이 이뤄지는 것이네. 우리 사회도 이제 기다림의 미학을 알고 그것을 같이 나누고 있게 되었다. 우리 사회가 푸르른 나무, 생명의 법칙을 통해 기다림이란 아름다운, 어쩌면 가장 아름다운 덕목을 공유할 수 있게 된 것이 우리들 모두 자부심을 가져도 좋을 듯하다.

개쉬땅나무

개쉬땅나무를 아세요?

두산백과사전에 보니 아래와 같이 나와있군요

"서개쉬땅나무 · 마가목 · 밥쉬나무라고도 한다. 산기슭 계곡이나 습지에서 자란다. 높이 2m에 달하며 뿌리가 땅속줄기처럼 벋고 많은 줄기가 한 군데에서 모여나며 털이 없는 것도 있다. 잎은 어긋나고 깃꼴겹잎이다. 작은 잎은 13~25개이고 바소꼴로 끝이 뾰족하며 겹톱니가 있고 잎자루에 털이 있다. 꽃은 6~7월에 흰색으로 피고 지름 5~6mm이며 가지 끝의 복총상 꽃차례에 많이 달린다."

뭐 상당히 설명이 복잡한 것 같지만 사진을 보면 그것 다 금방 이해됩니다. 조그만 좁쌀같은 몽우리들이 줄기 끝에 모여 있다가 나중에 꽃으로 변합니다. 우윳빛의 꽃은 마치 응원할 때 손에 쓰는 채 같은 하얀 것이, 대부분의 꽃이 져버리고 없는 이 6~7월에 멋진 볼거리를 제공합니다. 그런데 이름은 참 뭐하지요? 개쉬는 뭐고 땅은 뭐람? 이름에 대해서는 더 이상 아는 게 없어 할 말이 없지만, 어찌됐든 이름은 이상합니다. 그런데 왜 아침부터 이상한 이름가지고 타령이냐고요? 왜 이런 이상한 이름의 식물을 들고 나오느냐고요?

그것은 이런 나무의 꽃을 보게 해준 어느 시장이 생각나서입니다.

그 시장은 누구냐? 바로 여의도 광장을 부수고 그 자리에 공원을 만들어준 시장이지요. 물론 시장 혼자서 그 공원을 만든 것도 아니고 시민들의 세금 5천5백억 원 가까이가 들었으니 서울 시민들이 만든 것이기는 하지만, 그 시장의 발의와 추진의지가 없었으면 이런 공원은 없었을 것이고 개쉬땅나무 꽃과 같은 멋진 꽃을 보는 것은 언감생심이었지 않겠습니까? 지금은 그 분은 정계에서 별로 이름이 안보입니다. 사실 정치계로 나가실 분은 아니었던 것 같습니다. 우리나라에서는 희한하게 대학교수를 하다가 어느 날 갑자기 정치계로 뛰어드는 분이 많은데, 그것은 정말 바람직하지 않은 전통입니다. 이 여의도 공원을 만드신 분은 물론 경륜이 있고 포부가 있어서 정계에 뛰어드셨겠지만 정계에 나가서는 잠깐 빛을 보다가 그 뒤에도 많은 활동을 하셨지만 여의도 공원을 만든 시장이란 수식어 하나로도 아마, 이 공원이 살아있는 한, 아니 우리나라가 초록의 푸른 도시를 가진 싱싱한 생명의 나라로 바뀐 이후엔 언제나, 그 시장님을 기억할 것입니다. 그런 면에서 본다면 그 분이 이 여의도 공원이라도 만들지 않았으면 우리 나라가 또 어떻게 변했을까? 그런 면에서 여의도 공원을 만든 것은 우리들의 도시를 푸르게 싱싱하게 만드는 큰 조류의 물줄기를 터준 지대한 일이었다... 다시 말하면 요즘 유행하는 나비효과

바로 그것이었다고 하겠습니다. 이것은 어느 시장 한 분을 칭찬하기 위한 말이 아니라는 것, 이제 우리 국민들이 아실 것으로 믿습니다.

이 공원에는 개쉬땅나무만 있는 게 아닙니다. 이름이 아주 이쁜 비비추도 한쪽 기슭에 자라고 있고 꽃창포도 있고, 화살나무도 있고, 자산홍도 있고....여러분들은 지금 언급한 꽃과 식물들을 이전에 한 번이라도 본 적이 있습니까? 여의도 공원에 오시면 다 보실 수 있습니다. 도시 한 복판에서 우리 산하의 다양한 식물상들을 다양하게 보고 느낄 수 있다는 것은 정말로 신나는 일입니다. 그 신나는 일이 가능하게 된 것은 역시, 아까 말씀드렸듯이, 한 서울시장의 결심과 과감한 추진이 있었기 때문입니다. 아침이나 낮에 여의도 공원을 산책하면서 만나는 사람들은 대부분 이 공원을 만들기를 참 잘했다고 말합니다. 자칫 여름 내내 난로의 역할을 했을 시꺼먼 아스팔트들이 고운 초록의 카페트로 바뀌고 군데군데 그늘이 생기면서 온도가 덜 올라갑니다. 차들도 예전처럼 전속력으로 질주하지 않아 소음이 크게 줄었고 매연도 많이 줄어들었습니다.

그런데 이 공원에 네 발 달린 동물이 살고 있다는 것 아세요?

바로 토끼입니다. 흰 토끼가 영등포쪽에 한 마리, 회색 토끼가 공원중간쯤에 한 마리가 있어서 시민들을 두려워하지 않고 뛰어다니며 풀을 뜯어먹습니다. 얼마나 우리들의 마음을 순수하게 씻어줍니까? 그래서 말인데요...앞으로는 서울시장을 뽑을 때에 공연히 이것저것 많이 해 준다고 떠드는 쪽보다는 자기 직장 옆에 공원을 만들고 나무 심어준다고 하는 분을 뽑는게 더 현명할 것 같습니다. 그저 자기 등 따뜻한 게 제일이라고 하는데 요즈음에는 자기가 즐길 수 있는 조그만 녹지공간이라도 만들어줄 수 있는 분이 더 중요하지요 그곳에 개쉬땅나무가 아니더라도 비록 토끼가 없더라도 조그만 그늘하나만이라도 있어서 가끔 땀이라도 식힐 수 있으면 좋겠지요. 우리의 삶이라는 거, 그런 조그만 것에서부터 행복을 느끼고 찾을 수 있을 겁니다.

사람이 사는 도시

KBS런던지국이 있는 뉴먼 스트리트라는 골목으로 가려면 흔히 런던 지하철의 구지 스트리트역을 나와서 구지 스트리트를 지나가야 한다. 그런데 어느 날 구지 스트리트에 공사가 벌어졌다. 차가 다니는 도로의 포장을 뜯고 있는 것이었다. 평소에도 길이 좁아 차들이 빨리 달리지 못하는데, 왜 도로를 뜯고 있는 것일까? 그런 의문에 대한 해답은 며칠 뒤에 나왔다. 차도가 인도로 바뀐 것이다. 차도와 인도가 들쭉날쭉한 데가 있었는데, 그것을 쭉 다서 일률적으로 인도로 만든 것이다. 이 공사로 인도가 약 1미터 가량 넓어져서, 차도보다도 더 넓다. 그 넓어진 인도위로 길옆의 카페에서 자연스럽게 의자들이 나왔다. 사람들은 이제 야외에서 음료나 식사를 즐길 수 있게 된 것이다.

런던의 가장 중심가는 우리가 가끔은 이름을 들어보았을 옥스퍼드 거리이다. 왕궁 옆 공원인 하이드 파크에서 상업과 오락의 중심지인 소호까지 이어지는 이 도로는 아침 8시부터 저녁9시까지 자가용승용차가 들어오지 못한다. 옥스퍼드 길 옆에 늘어선 고급 패션스토어나무역회사들도 이 길을 통해서는 출근이나 퇴근을 못한다. 그러다 보니 자가용을 갖고 오는 사람들이 그만큼 줄고 대신 지하철을 이용하게 된다. 런던시는 제아무리 차가 밀려도 길을 넓히지 않는다. 길을 넓히면 넓힌 그 날부터 교통량이 급증해, 길을 넓히나 마나 라는 것이다. 오히려 길이 좁아야 승용차가 덜 들어오고 그만큼 시내 중심부 공기가 깨끗하며, 일반 시민들의 보행의 기회나 보행의 즐거움이 늘어난다는 식이다. 그러기에 그런 런던시내를 관광하는 한국인들은, 런던이 아름답다고 난리법석이다. 그리고는 입으로 입으로 선전해서, 관광객들이 점점 더 가고 싶어한다.

맨처음 여의도 광장에 공원이 생긴다고 했을 때에 여러 사람들이 반대를 했고 심지어는 KBS에 근무하는 분들 가운데서도 우려를 하는 분들이 있었다. 이거 이 공원에 노숙하는 사람들, 밤새는 청춘남녀들로 인해 풍기 문란이 많아지지 않을까? 뭐 이런 걱정까지 하시는 분들도 있었다. 원래 국군의 날 군사퍼레이드가 주목적이었던 7만 여 평의 이 광장이 없어지자 서운해했던 분 가운데는 김대중 전대통령도 있었다. 국군의 날 퍼레이드를 이 광장에서 하지 못하는 아쉬움 때문이셨을 것이다. 그러나 이 공원이 완공된 이후 몇 년이 지나자 나무들의 잎은 점점 많아져 그만큼 그늘도 많아지고 아침마다, 점심 시간마다 산보를 하고 달리기를 하는 시민들이 그만큼 늘어나, 이제 여의도에 공원이 없이 옛날 광장으로 되돌아가라고 한다면 여의도 사람들 모두가 반대할 것이다. 광장을 지나는 차량도 속도가 줄어 사고위험이 줄어들었고, 통행차량이 줄어들어 매연도 그만큼 감소하는 효과가 있는 것이다. 군사퍼레이드를 하기 위해 광장을 비워놓는 시대가 지나간 것이다.

청계천 고가도로를 뜯어 없애고 그 자리에 원래의 청계천을 복원한다고 했을 때에 많은 분들이 우려를 했다. 기본적인 취지에는 찬성하지만 그것을 뜯어냈을 때에 교통체증을 어떻게 해결할 것이며 주위의 반발은 어떻게 할 것인가 라는 우려였다. 그런데 청계천고가도로는 눈앞에서 없어졌고 서울의 교통은 정상적으로 소통되고 있다. 시민들은 깨끗하게 조성된 청계천 밑으로 들어가 돌 사이로 흐르는 맑은 물, 그 속에 헤엄치는 작은 물고기들, 그리고 계절에 따라 달라지는 식물들의 변화를 사랑하고 있다. 새로 문을 연 시청앞 광장, 말이 광장이지, 이제는 시민공원으로 변모해 우리 곁으로 다가왔다. 만 2천 평방미터가 넘는 넓은 도심공원이 새로 생겨 거기서 수시로 시민들을 위한 행사가 펼쳐진다.

사실 그 전까지의 시청 앞 광장은 광장이 아니라 그냥 길이었다. 어디 분수 근처에 들어가 보기를 하나, 광장이라고 마음대로 걸어보기를 하나, 모조리 고속으로 질주하는 차에 밀려서 지하차도 아니면 변두리로 빙빙 돌아야 하지 않았던가? 그 잃어버렸던 도심이 시민에게 돌아온 것이다. 권위의 상징이었던 서울 시청 빌딩은 옛 건물 지하를 도서관과 전시장, 각종 활동을 위한 공간으로 만들어 많은 시민들이 편하게 구경도 하고 공부도 하고 휴식도 한다. 서울의 얼굴과 표정이 달라진 것이다. 여전히 집단적으로 자신의 의사를 표현하고

싶은 분들은 아쉬움을 토로하지만 그 의사를 표현하는 방법도 다양해진 만큼 꼭 많은 분들이 서울 시청 앞 광장에 모여야만 의사표시가 되는 것은 아닐 것이다.

2500여 년 전 그리스의 '아고라(agora)'에서 유래가 된 광장, 그때 광장은 정치와 재판과 상업과 축제의 종합 활동이 펼쳐지는 공간이었다. 로마시대이후 포럼(forum)이란 용어로 바뀌면서 광장이 각국의 권위를 상징하는 공간으로 변모했지만 영국에서 보면 다시 사람들이 모이고 쉬고 대화하는, 가끔은 정치적인 의사도 표시하는, 그런 시민의 공간으로 돌아왔다. 서울 시청 앞 광장이 시민의 공원으로서 개장한 것은, 진정으로 서울 시민들을 위한 시대가 적어도 도시공간에서도 시작되고 있다는 큰 발걸음으로 평가받을 것이다. 이 시대를 맞아 우리들의 가슴도 열려, 속 좁은 가슴으로 빚어졌던 과거의 불행한 투쟁과 이기주의를 버리고 모든 이들이 광장에 나와 마음을 터놓고 함께 즐기는 시대가 될 것으로 기대해 본다.

서울시청 앞 광장만 바뀐 것이 아니다. 이제는 차보다도 사람이 중요하다는 것을 우리 모두가 알게 되었다. 곳곳에 헌 건물들을 부수고 새로 들어서는 아파트나 주택단지들은 어느 곳이건 간에 넓은 땅에 사람들이 걷고 쉬고 앉을 수 있는 공간을 많이 만들어가고 있다. 나무와 수석을 놓고 심는 것만이 아니라 폭포를 만들고 가족들이 쉴 수 있는 정자나 벤치를 만든다. 검은 물이 흐르던 시내의 하천들은 말끔히 정비되었고 하천 변에는 모두 나무가 심어지고 휴식공간이 마련되었다. 이제 서울은 자동차가 사는 곳이 아니라 사람이 사는 곳으로 변했고 그것은 서울만이 아니라 우리나라 전역에서 그렇게 변하고 있다. 서울은 말 그대로 녹색 도시, 그린 시티가 되었다. 이런 변화가 최근 10년 사이에 급속히 이뤄졌다는 데서 우리들의 삶의 질이 그만큼 높아졌음을 실감하게 된다. 이제 우리가 숨쉬는 공기를 어떻게 하면 더 맑고 싱그럽게 하는가가 우리의 과제로 남아있다고 하겠다.

필자를 비롯해 외국에서 살다 온 사람들이 우리나라 도시에서 느끼던 답답함과 시끄러움, 혼잡함…이런 것들이 어느 새 엄청 개선된 것에서 우리들의 빠른 인식 전환과 그것을 실현하기 위한 꾸준한 노력이야말로 이제 세계에 자랑해도 될 만하다고 하겠다.

수선화에게

봄이 되면 생각나는 꽃이 수선화이고 먼저 생각나는 시는 워즈워드의 '수선화'이다.

영국은 호수와 숲이 많은 나라. 언제나 비가 내리고 축축하고 나무들은 잎이 무성하고 꽃은 일년내내 핀다.

어떻게 보면 국토 전체가 공원처럼 보이는 나라. 그 나라의 분위기를 가장 영국적으로 전해주는 시인 워즈워드, 그의 고향인 스코틀랜드 호수지방(Lake Distirct) 그라스미어(Grasmere)라는 곳은 그런 풍경과 느낌이 가장 강한 곳. 호숫가의 나무들 사이로 심어져 있는 수선화들이 3월이 되어 노란 꽃을 피우면 바로 이런 시가 되고, 이런 시인이 되어 혼자서 마음 속으로 춤을 추게 되는 것이리라.

2002년 2월 초 다녀 온 영국 워즈워드의 고향 생각이 나서 그의 시를 읽어본다.

수선화

-윌리엄 워즈워드(1770-1850)

하늘 높이 골짝과 산 위를 떠도는

구름처럼 외로이 헤매다

문득 나는 보았네, 수 없이

많은 황금빛 수선화가

호숫가 나무 아래서

미풍에 한들한들 춤추는 것을

은하수에서 빛나며

반짝거리는 별들처럼 쭈욱 연달아

수선화들은 호만(湖灣)의 가장자리 따라

끝없이 열 지어 뻗쳐 있었네

무수한 수선화들이, 나는 한 눈에 보았네,

머리를 까닥이며 흥겨이 춤추는 것을

수선화 옆에 호수물도 춤추었으나, 수선화들은

환희에 있어 반짝거리는 물결을 이겼었다:

이렇게 즐거운 동무 속에

시인이 아니 유쾌할 수 있으랴!

나는 보고 또 보았다. 그러나 이 광경이

어떤 값진 것을 내게 가져왔는지 미처 생각 못했더니

이따금, 멍하니, 아니면 생각에 잠겨
카우치에 누워있을 때
수선화들이 번뜩인다
고독(孤獨)의 정복(淨福)인 심안(心眼)에;
그러면 내 마음 기쁨에 넘쳐
수선화와 함께 춤을 춘다

가끔 길다란 의자에 누워 아무 생각없이 있다가도 불현듯 고독의 축복이라고 할 내 마음속의 눈에 비치는 것은 노란 수선화가 벌이는 춤의 잔치, 그것이라고. 그 생각을 하면 가슴에 기쁨이 넘친다고 한 이 시인의 마음을 우리는 충분히 공감할 수 있다. 다만 그것을 "고독(孤獨)의 정복(淨福)인 심안(心眼)"이라고 표현한 것은 벌써 너무 옛스러운 표현법이라는 느낌이 든다. 그렇더라도 고독을 느낄 때에 세상이 바로 보인다는 면에서 심안이라고 하는, 마음의 눈이 고독이 가져다주는 깨끗한 복이란 표현은 시를 지은 워즈워드나 이를 번역한 이재호 교수님이나 다들 대단하시다.

| 워즈워드가 만년을 보낸 그라스미어

또 하나의 시는 역시 봄에는 수선화가 제일이라는 한 현대 미국 여류 시인의 작품이다. 이것도 생동하는 기쁨을 준다. 봄은 이런 기쁨을 같이 맛볼 수 있다는 데서 계절의 여왕이라고 해야 할 것이다. 이 시를 본인이 한번 풀이해 보았다.

봄은 역시 수선화

-매릴린 로트(Marilyn Lott)

작은 크로커스 꽃 줄기가 땅에서부터
봄에 머리를 내미는 것을 보세요
따뜻한 날씨가 되면 앵초꽃도
달콤한 색의 아름다움을 보여주지요

과일나무의 꽃들도 아름다운 색으로
우리의 숨을 멈추게 하지요
그러나 노란 코트를 입은 수선화만큼
봄을 가져다 주는 것은 없답니다.

파랗고 하얀 작은 물망초들은
한송이까지도 간직하고 싶도록
봄의 많은 꽃들은 빛나는 태양에
몸을 활짝 열어보이지만

일년의 이 맘 때에 많은 꽃들이
내 속에 전율을 가져다주지만
내가 가장 사랑하는 계절이지만
봄을 말해주는 것은 역시 수선화

그런데 맨날 남의 나라 사람들의 시만 보고 좋다고 하기도 계면쩍지 않겠는가? 그러니 우리 선조들의 시를 찾아보자. 추사 김정희 선생의 시가 있구나.

한 점의 겨울 마음이 송이송이 둥글어
그윽하고 담담한 기품은 냉철하고 빼어구나
매화가 고상하다지만 뜰을 못 벗어나는데
해탈한 신선을 맑은 물에서 정말로 보는구나

一點冬心朶朶圓 일점동심타타원
品於幽澹冷雋邊 품어유담냉준변
梅高猶未離庭切 매고유미이정체
淸水眞看解脫仙 청수진간해탈선

우리나라의 옛 선비들도 수선화를 무척 좋아했다. 그래서 중국 연경에 가는 이들에게 부탁해 그 뿌리를 어렵게 얻어다 키웠다. 그런데 추사가 제주 대정에 유배와 보니 '수선화가' 일망무제(一望無際)로 자라고 있는 것을 발견한다. 넓은 들에 온통 수선화이니 그 느낌, 마치 횡재한 듯하지 않았겠는가? 그러한 느낌이 이 시에서 배어난다.

수선화와 함께 모든 시름을 잊고 즐거운, 상쾌한 마음으로 봄을 맞이하자!

노란 수선화 바다 속에 푹 빠져보는 거다.

한일전 야구의 짜릿한 승리 따위에 너무 도취되지 말고....

진정한 향기

아침 출근길에 행주산성을 지나다 보니 산의 동쪽 사면에 마치 은하수가 흐르는 듯 잔치가 벌어지고 있었습니다. 산을 비스듬히 덮고 있는 아카시아나무들에서 우윳빛 꽃들을 피어오르면서, 그 동안 나무 안에 갇혀있던 온갖 기운들이 부글부글 끓으며 우윳빛 꽃 내를 이루고 있었습니다. 멀리서 볼 때에 우윳빛 꽃들은, 요즈음 커 가는 아이들이 아침에 밥보다 더 좋아하는 씨리얼처럼, 산허리를 흘러 넘쳐 나가고 있었습니다.

그런데, 오늘 아침 나는 자동차의 유리창 열기를 포기했습니다. 다른 사람들은 얼씨구나 모두 창을 열고 코를 벌름거릴텐데, 왜 나는 창문을 오히려 닫았을까? 아카시아 꽃 냄새가 너무 향기로울까 봐 오히려 두려웠기 때문입니다. 사실을 말하자면 나는 냄새를 잘 맡지 못하는 취맹(臭盲)입니다. 남들이 "으음~~ 이 아카시아 냄새!!"하는 감탄사를 들으면 또 다시 남보다 못한 데 따른 열등의식이 발동하는 것이죠. 그런 면에서 보면 나는 향기를 두려워하는 사람입니다.

그러므로 모든 사람이 기다려지는 봄이 오히려 괴로울 때가 있는 것이지요. 특히 봄에 누구와 같이 있으면 더욱 괴로울 가능성이 높습니다. 다른 사람들의 경우에는 맘에 드는 이성을 찾기 어려워, 마음을 기댈 연인이 없어 허전해서 그런다고 하는데, 나의 경우에는 그 향기가 두렵기 때문입니다. 옆 사람은 냄새를 잘 맡아 감탄사를 연발하는데, 나는 그렇지 못해 스트레스가 쌓이는 것입니다. 어떻게 그런 행복한 고민을 하느냐고 노처녀들이 속절없이 질타할 지 모르겠습니다. 그러나 사실이 그렇습니다. 4월말 라일락꽃향기가 맴도는 때면 사람들이 많이 모이는 화단이나 정원 같은 데를 가기 싫어합니다. 다른 사람들이 향기를 통해 느끼는 온 몸의 달콤한 도취가 남의 이야기이기 때문에, 그들과 동류가 될 수 없고, 그래서 소외감을 느끼는 것이, 이 봄을 더 외롭게, 더 위축되게 만드는 것이겠죠.

"4월은 가장 잔인한 달.
죽은 땅에서 라일락을 꽃피우고,
추억과 욕망을 뒤섞어버리며,
봄비가 굼뜬 뿌리를 흔들어 깨우는..."

으로 시작되는 T. S. 엘리오트의 시 「황무지」를 읽어보지도 않고도 사람들은 "4월은 가장 잔인한 계절...." 운운하며 뜻도 모르고 흥얼거립니다. 시도 읽지 않고 그런다고 탓할 수는 없겠지요. 엘리오트가 4월을 잔인하다고 한 것은 4월이 진정한 새로움을 가져오지도 못하면서 공연히 공허한 기억과 추억으로 우리들을 고문하기 때문이라고 합니다. 조금 어려운 이야기입니다.

나 자신도 시인의 그런 이유와 공감하는 것은 아니지만 4월은 잔인한 달인 것 같습니다. 왠지 4월은 그런 것 같습니다. 아니, 보다 구체적으로 표현한다면 적어도 향기를 코로 잘 받아들이지 못하는 나 같은 사람에게 4월이 너무 자비심이 없이 잔인한 것은 사실입니다. 그 잔인함이 4월이라는 세월의 한 단위에서부터 오는 것이 아니라 냄새를 잘 못 맡게 한 근본원인- 그것이 신은 아니겠지만 그렇다고 부모라고 할 수도 없고-때문이기는 하지만 어찌됐던 그렇습니다. 굳이 4월이라고 한정하기보다는 차라리 봄이라고 하는 게 나을 지 모르지만, 그렇긴 그렇습니다. 그러므로 다른 사람들도 저마다 4월이 잔인하다고 느낀다면 다 그 이유가 있을 겝니다. 아니 없으면 어떻습니까? 그저 움츠렸던 겨울의 두툼한 옷을 벗어버린 지금 그러한 정신상의 술 주정을 한번쯤 해 보는 것도 괜찮은 것이겠죠. 어쨌던 4월이 무언가 설명하기 어려운 야릇한 느낌과 어색한 분위기를 주고 있는데, 사람들이 그것을 어떤 말로도 표현할 수 없는 차에, 영국의 시인이 4월을 콕콕 찍어가며 무어라고 하니까 다들 그런가보다 하며 생각과 느낌을 그리로 맞추는 것이지요. 성급하게 이 부분의 결론을 말한다면, 다른 사람이야 어떻든, 나는 4월이 향기 때문에 잔인한 것입니다.

그런데, 향기 말이 나왔으니까 말인데, 제 자신, 남의 향기는 못 맡지만, 향기를 발산하는 문제에 대해서는 할 말이 있습니다. 남들이 별로 좋아하지 않는 향기라서 터놓고 말하기는 뭣하지만, 나도 자주 향기를 발산하고 있습니다. 그것도 다른 사람보다는 훨씬 향기를 많이 발산하고 있습니다. 주로 하루 세 끼 밥을 먹은 뒤의 일입니다. 그 향기는 때로는 종종 아름다운(?) 소리를 동반하곤 합니다.

이쯤 되면 무슨 이야기를 하려는지 눈치를 채셨을 것입니다. 어릴 때부터 장이 좋지 않아서 자주 설사를 해 왔고, 또 배속에 자주 가스가 찹니다. 끼니때가 되어 식사를 하면 그 사이 생겨 배를 채우고 있던 가스들이 새로 들어가는 음식물과 치환이 되면서 아래 위 열린 구멍을 통해서 빠져나가게 되니, 자연히 향기가 많이 나게 되지요. 그것도 꼭 남들이 듣기 거북해 하는 소리를 동반하면서 말입니다.

M. E. 몽테뉴가 바로 나를 두고 말한 것 같습니다. "운수가 글러서

코에 향기를 담아두는 장치를 타고나지 못했다고 천성을 탓하는 것은 잘못이다. 왜냐하면 향취는 저절로 오는 것이다." 이 얼마나 근사한 말입니까?

그런데 문제는 몸에서 나는 향기가 저절로 오는 것이냐는 것이겠죠. 누구처럼 뱃속의 주인이 바뀔 때마다 인위적으로 밀어내는 향기보다는 몸에서 저절로 나오는 향기가 돼야한다는 점입니다.

향기라고 할 때의 향이란 글자를 뜯어보면 향(香)이란 글자는 벼

禾밑에 해를 뜻하는 日이 있는 것인데, 벼가 해에 잘 익어 저절로 나오는 익은 냄새라는 뜻이 됩니다. 혹 다른 사람은 이 日자가 달고 맛있다는 甘자의 변형으로서, 쌀로 밥을 지을 때에 풍기는 냄새가 입맛을 돋군다는 데서 향기롭다는 글자가 나왔다고 합니다. 어찌됐던 향기는 시간과 연륜을 필요로 하는 것임을 알 수 있습니다. 세월을 거치면서 자라고 익는 것, 밥이 익기까지 물을 붓고 불을 때야 나오는 것, 그것이 향기입니다. 그러므로 저절로 향기가 나오기 위해서는 무언가를 꾸준히 연마해야한다는 이야기가 됩니다.

또 하나의 문제는 사람들이 거북해하는 향기대신에 좋아하는 향기를 뿜을 수는 없냐는 것이지요. 내 몸에서 나는 향기는 잘 아시다시피 그렇게 좋아할 수 있는 것이 아닙니다.

그래서 저절로 향기가 나오도록 며칠 씩 목욕을 하지 않는다면 이것은 어리석은 일이 되는 것입니다. 몸에서 저절로 나오는 향기가 좋다는 뜻은 남들이 좋아하는 향기가 돼야하기 때문에 장기간 목욕을 하지 않아서 나오는 향기와는 본질적으로 다르기 때문입니다. 결국 진정한 향기란 오랫동안 익어서 나오는 것이되, 사람들을 즐겁게 하고 행복하게 해 주는 것이어야 한다는 결론에 도달하게 됩니다.

힌두교의 경전인 우파니샤드에 다음과 같은 이야기가 나옵니다. "활짝 핀 꽃나무 향기가 멀리서 불어오듯이 복업(福業), 즉 선행의 향기도 멀리서 불어온다."

중국의 역경에는 또 이러한 구절이 있습니다; 군자가 집에 있으면서도 그 말하는 바가 옳으면 천리 밖에서도 거기에 응하게 된다(君子, 居其室, 出其言善則 千里之外 應之). 바로 이러한 향기, 천리 밖에서도 사람들이 맡을 수 있는 향기를 진정한 향기라고 할 수 있지 않을까요. 쓸데없이 "북~ 북~"하며 가죽피리를 부는 것과는 차원이 틀린 이야기가 아니겠습니까?

누구나 느낄 수 있는 덕행의 향기, 좋은 책에서 느껴지는 사람의 향기, 오래된 수양으로 저절로 주위를 감복시키는 인격의 향기, 수양과 인격이 담겨 있어 시인을 직접 옆에서 만나는 듯한 몇 줄의 멋있는 싯귀, 그 속에서 느껴지는 향기, 이처럼 보이지도 않으면서 느낄 수 있고 만질 수 있는 향기가 진정한 향기라고 할 수 있지 않겠습니까?

오늘 아침 아카시아꽃나무 옆을 자동차로 지나면서 냄새를 잘 맡지 못하기 때문에 아카시아 꽃을 두려워하는 자신을 다시 발견하면서 진정한 향기에 대해서 생각해 보았습니다. 진정한 향기는 굳이 창문을 닫고 피한다고 피할 수 있는 게 아니지 않습니까? 두려운 것은 요즈음 그러한 향기가 점점 없어져가고 있다는 점이며, 우리 주위에서 그러한 향기를 기대하기가 갈수록 어렵다는 점입니다. 코로 맡는 향기가 아니라 몸으로, 마음으로 느끼는 향기가 다시 주위를 진동할 때에, 그 때는, 창문을 연다고 더 잘 느껴지는 것도 아니지만 자동차의 창문을 더 활짝 열텐데.... 그런 생각이 드는 것입니다.

구름정원

서울 은평구의 연신내를 지나 송추 가는 길로 달리다가 하나고등학교로 넘어가기 전의 네거리에 서 있는 아파트에 이사를 온지도 벌써 4년 가까이 된다. 거실에서 네거리가 내려다보이기에 날씨가 조금 좋은 날이면 버스에서 내려 배낭을 메고 신호들을 기다렸다가 산 쪽으로 가는 분들을 보는 것이 주요 일과 중의 하나이다. 이런 분들을 보기만 해도 기분이 좋아지고 절로 힘이 나는 것은 즐거운 일이지만 전날 술을 많이 해 몸이 좀 힘든 날에는 고역이 된다. “야, 이거 나도 가야 하나? 좀 쉬고 싶은데…” 몸에서는 이런 말을 하고 있는데 마음은 어느 새 옷을 차려입고 신발을 신으라고 한다. “높은 산으로 올라가는 것이 아니면 갈만 한데 왜 또 요령이야?”라고 꾸짖는 것이다.

우리 동네 이름은 제각말이다. “뭐요 제각말? 무슨 이름이 그래요?” 예전에 주소를 불러주면 꼭 받는 질문이다. 사람들 이야기로는 제각, 곧 제사를 올리는 작은 집이 많은 마을이란다.예전에 이 일대에 주로 왕실이나 궁에서 일하다 죽은 환관들이 많이 이 근처에 묻혔

고 그들을 위한 제각(祭閣)이 도처에 있었기 때문일 것이다. 그런 얘기를 들으면 어떤 이들은, "어휴 그만큼 귀신들이 많은 것 아니야?" 라고 공연히 거부감을 표시하는데 그럴 때마다 "아니 그러니까 이 일대가 아직도 깎이지 않고 나무와 숲이 남아있는 것이고, 그러니까 이

곳 뉴타운이 좋은 거지"라며 덩달아 집값을 올리고 싶어하는 작은 욕심도 드러낸다.

가장 좋은 점은 집에서 발을 떼어 백 미터만 가면 북한산 둘레길

제 8구간 구름정원길이라는 것이다. 구름 위에 있는 정원이라는 말 아니던가? 우리 쪽에서 가면 가파른 깔딱고개를 한 백미터 이상 올라가는데, 그게 바로 운동으로 직방이다. 집에서 TV를 본다고 비스듬히 반쯤 누워 있거나 글 쓴다고 구부정하게 있는 우리 몸을 바로 펴주는 효과가 있다. 어느 분이 나이 들면 허리와 하체 운동이 중요하다면서 누워서 가만히 두 무릎을 들어 배 근처까지 올리는 운동을 하라고 권하는데, 구름정원길을 올라가면 그 운동 효과가 그대로 난다. 가쁜 숨을 쉬게 되니 폐도 좋아진다. 그리고 참나무 숲에서 나오는 맑은 공기가 가슴을 상쾌하게 한다.

구름정원길은 예전 기자촌을 위에서부터 굽어보며 반 바퀴 돌아서 내려간다. 지금 보면 상당히 경사가 급한 것인데 예전에 여기에 기자촌이 있고 버스가 올라왔다는 게 믿어지지가 않을 정도다. 예전에 한 번 기자촌에 온 적이 있는데. 재건주택 비슷하게 단층으로 만든 양옥에다가 울타리가 당시에 유행하던 블로크 담이 아니라 외국 영화에서 보듯 납작한 판자를 가지런히 띄엄띄엄 붙여서 세워놓아 밖에서 집안이 훤히 들여다보인 기억이 난다. 이런 허술한 담을 보며 걱정을 하니 누군가 바로 이런 동네에 도둑이 들 수 없어 더 안전하다고 한다. 사방이 트여 있어서 서로 방안에서 앞집 옆집을 들여다볼 수 있으니 도둑도 어느 집에서 자기를 볼 줄 몰라 침입하려 하지 못한다는 것이다. 그러려니. 그게 곧 견제를 주 임무로 하는 언론의 생리와 통하는 것이 아니던가? 그런 추억이 있던 집들은 다 없어지고 지금은 교회 하나와 커다란 공터가 비탈에 조성돼 있는데, 여기에 고층 아파트를 더 짓니 마니 아직도 의론이 분분하다. 구청에서는 서울에서 마지막 남은 좋은 환경의 땅이니 이곳에 국립문학관을 짓고 싶다며 관계기관에 청원을 넣는 중이란다. 그런 공공시설이 들어오면 이 일대 뉴타운이란 성격과도 잘 어울려 좋을 것이다.

동네 자랑을 하면 요즈음 서울 시내건 어디건 그만큼 안 해 놓은 곳이 어디냐며 핀잔을 듣기도 하는데, 우리 동네가 좋은 점은 광화문까지 지하철로 30분도 안걸리는 교통에다가 무엇보다도 집에서 나가면 바로 산이고 나무고 숲이고 새소리이니 건강을 위해서는 그 이상 좋을 수가 없다. 아침에 간단한 둘레길 걷기를 하고 나가면 다들 얼굴 좋다고 부러워한다. 집값 올리려 또 동네선전 하는 것이 아니냐는 비난을 감수하고서라도 산이 있는 곳으로 오라고 권해드리고 싶다. 북한산 봉우리들을 탈 수도 있지만 그런 것 아니라 둘레길을 도는 것만으로도 충분한 운동이 된다고 단언한다. 그리고 아직 다들 하시는 일들이 많으시겠지만 잠깐 하루 한 시간 쯤의 하이킹 성격의 둘레길 산보로 몸과 마음을 단단히 하면 밥도 술도 맛있고 병도 없이 업무도 잘 되고 쾌적한 삶이 보장된다. 며칠 전 식사자리에서 어떤 선배가 자기 동네가 지하철 역에서 가깝고 주위에 병원들이 많으니 노년에 가장 좋은 곳이라고 자랑하기에 우리 동네로 오면 병원이 필요 없으니 더 좋다고 또 목에 힘을 주었다. 뭐 다른 것으로 힘주어봤자 무얼 하겠는가? 욕심 버리고 자연에 순응하며 아프지 않고 건강하게 안생의 아름다운 2막을 즐기는 것이 최고가 아니겠는가?

꽃보다 사람

슬로베니아, 우리에게는 생소한 이름이다. 근래 "꽃보다 누나"라는 한 케이블 방송 프로그램으로 발칸반도 여행의 일대 붐이 일어나 두브로니크 등 주요 관광지에 하루에도 수 백 명의 한국관광객들이 몰려 이 지역 물가에도 영향을 주는 지경이 된 크로아티아라는 나라는 다들 잘 알고 있지만 이탈리아북부와 오스트리아 남쪽에 있는, 우리나라 전라남북도를 합친 정도의 이 나라를 아는 사람들은 많지 않다. 필자도 이번 여행을 하기 전까지는 마찬가지였다. 그러나 북한의 김일성이 와서 감탄했다는 블레드 호수와 인근의 트리글라브 국립공원(Triglav National Park) 등 알프스의 기운을 받아 형성된 아름다운 경치가 많은 나라이다.

이번 여행이라 함은 4월 초 약 열흘의 일정으로 한국에서 온 30명의 관광객이 동유럽과 발칸 몇 나라를 도는 여행을 뜻한다. 그 여행의 마지막 날 우리들은 슬로베니아의 작은 항구도시인 포르토로스라는 데(Portoroz)에서 여장을 풀고 좀 일찍 저녁 식사를 한 뒤에 해변

산책에 나섰다. 우리 일행은 잔잔한 아드리아 해변을 따라 서쪽으로 태양의 아름다운 낙조를 휴대폰 카메라에 담으며 즐거운 시간을 가지고 호텔로 돌아오는데 몇 몇 아주머니 관광객들이 해변의 풀 섶을 뒤지는 것을 발견했다. 동료 중 한 명이 휴대폰을 잃어버려 이를 찾고 있단다. 우리 일행의 90%를 차지하는 여성관광객 중 상당수가 수색작업에 나섰던 것은, 여행이라는 것이 지나고 나면 사진 밖에 없다는 것을 너무 잘 알기에 휴대폰의 실종은 곧 모든 추억을 망각 속으로 버리는 것이 된다는 것을 공감하였기 때문임은 당연하다.

아주머니관광객들의 노력 덕택에 약 30분 후 뜻밖에도 땅 위의 잔디가 아닌 해안에서 바다로 길게 만들어놓은 나무다리 밑 바다 속에서 발견됐다. 해는 이미 서쪽으로 지고 잔광이 어스름하게 남아있을 때였는데 맑은 바닷물로 해서 바닥에서 반짝 빛나는 휴대폰을 누군가 발견한 것이다. 나무 다리의 틈 사이로 들어간 것 같은데, 아마도 유난히 모처럼 소풍 나온 어린 학생들처럼 기분이 좋아 사진도 찍고 나름 장난도 치다가 자신도 모르게 빠졌을 것이다. 그러나 눈에 빤히 보이지만 바다는 깊어 무턱대고 들어갈 수는 없었다. 그래서 호텔에 있는 가이드를 찾아 경찰서에 연락하니 슬로베니아의 119소방대원이 출동했다. 미혼으로 보이는 여성대원이 사람들을 수소문해 출동시키느라고 시간이 좀 걸렸다. 그 사이 울산에서 온 한 아주머니가 용감하게 먼저 뛰어들었다. 최근 바다수영을 배웠다는 이 분은 그러나 물속에 들어가니 잠수도 힘들고 애써 잠수하니 이미 앞이 보이지 않더라며 몇 번 애를 쓰다가 나오고 말았다. 물 깊이가 3미터는 되는 것 같다고 말했다. 이를 보던 여행 가이드가 팬티만을 남기고 뒤 이어 물속에 뛰어 들었다. 그 사이 이미 바다는 해가 진 뒤라 어둡기도 하지만 물이 심장을 멎을 만큼 차갑고 견디기 어려운 상황. 그도 어두운 바닷속으로 어렵게 잠수를 했지만 곧 비명을 지르며 솟아 올랐다. 바다 속을 더듬다 날카로운 바위에 오른손 검지와 중지를 크게 베인 것이다.

| 119대원들이 가이드 백 성준 씨의 손의 상처를 응급조치해주고 있다

이 무렵 출동한 이 지역 119 소방대원들이 가이드를 급히 끌어 올려 옷가지 등으로 보온조치를 하면서 붕대를 감는 응급조치를 한다. 뭐든지 잘 챙겨가는 한국 아줌마들 가방에서 후시딘 등 상처치료제가 나와 이것도 발라주고 호텔로 후송했다.

문제는 휴대폰을 건지는 일. 어두워 보이지 않는데다가 물이 차고 깊어서 응급대원들도 방한조

| 119대원들이 상황을 살펴보고 있다

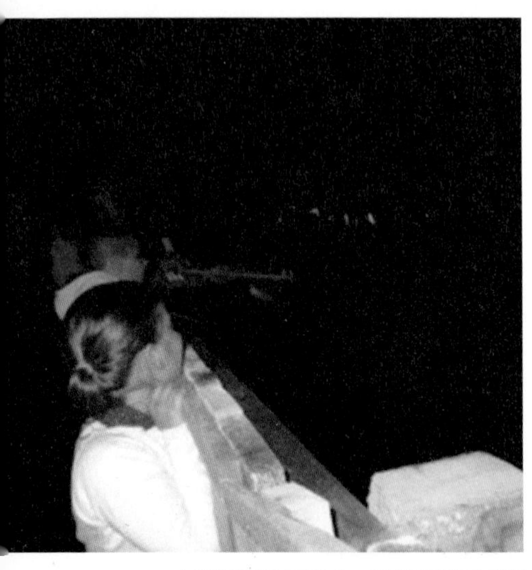

| 인양작업을 지켜보는 119여성대원과 주민

| 마침내 인양된 휴대폰

치나 장비 없이 무턱대고 들어갈 수는 없는 상황. 그렇다고 날이 밝기를 기다릴 수도 없다. 다음날 아침 일찍 우리가 떠나야 하기 때문이다. 그런 사정을 아는지 모르는지 슬로베니아 119대원들은 자신들이 갖고 있는 뜰채로 물속에서 건어 올리는 작업을 계속했지만 뜰채가 바닥에 닿지를 않는다.

휴대폰 때문에 이렇게 많은 사람들이 나서서 애를 쓰게 되었고 다친 사람도 나오는 등 부작용이 속출하자 휴대폰 여주인도 그만두자는 제의를 조그맣게 하기는 했지만 이 말은 출동한 슬로베니아 119대원들에게는 전달되지 않았다. 그들은 근처 어부에게 달려가서 보다 긴 장대를 가져와서 기존의 뜰채를 길게 만들었다. 그리고 시도하기를 몇 번이나 했지만 마치 어린이 문구점 앞에 세워놓은 자석을 이용한 낚시가 안걸리는 것처럼 휴대폰은 번번이 뜰채에서 미끄러지고 있었다. 시간은 또 반시간이 지나고 있었다. 이제 우리들 사이에서 정말 이렇게까지 할 일은 아니라고, 그냥 두고 들어가자는 목소리가 점점 커지고 있었다. 그런데 와 하는 소리가 들렸다. 나무다리에 기대어 밑을 보던 이 지역 어린이들의 환성이다. 드디어 휴대폰이 뜰채 안으로 들어간 것이다. 손바닥만한 휴대폰은 그렇게 바닷물에서 나와 주인 손으로 인계될 수 있었다.

무려 2시간의 공동노력이었다. 저녁 6시 반부터 시작해 밤 8시 반까지 이어지는. 우리 쪽 신고를 받고 현장에 구조대원을 출동시킨 미모의 미혼(사실은 애가 둘이나 있는 엄마) 여성대원으로부터 남성대원들, 밤늦게 장대를 빌려준 한 어부, 그들은 멀리 한국에서 온 관광객의 요청을 거부하지 않았다. 우리 같으면 아무리 해도 못 건지니 포기하라고 종용했을지도 모를 일이지만 그들은 묵묵히 어려움에 처한 한국인을 도왔다. 애 엄마도 밤늦게까지 두 명의 자녀와 함께 이 일이 끝날 때까지 곁을 지켜주곤 아이들과 함께 웃으며 돌아갔다.

다음날 베니스로 향하는 버스 속에서 미처 소식을 못 들은 일행들에게 소식이 전해지자 자신의 고객이라지만 관광객을 위해 그 싸늘한 저녁 바다에 뛰어 들어가 상처를 입은 등 철저한 직업정신을 보여준 가이드 백선생과 여러 사람이 머뭇거리는데 물 속에 제일 먼저 뛰어 들어간 울산 아주미니의 용맹함을 칭찬하며 여러 번 박수를 쳤다. 그런데 나는 이들 두 명 만큼이나 묵묵히 자기 임무를 다하며 한국인을 위해 4월13일 저녁 시간을 내어준 119 대원 등 슬로베니아 사람들이 더 고마웠다. 그 엄마 대원은 그날 저녁 두 애한테 어려움에 처한 사람들을 돕는 것이 얼마나 보람된 일인가를 밤 새 얘기해주었을 것이며 애들은 이런 엄마를 통해 아무리 어려워도 자신이 맡은 임무를 꼭 수행해야 하며 어려운 사람을 돕는 것이 당연한 일임을 평생 잊지 않고 가슴 속에 담으며 살아갈 것이다. 여러 번 물속에 들어갔다 나왔다 하면서 플래시를 비치고 뜰채를 만들어 기어코 휴대폰을 건져준 남자대원들과 마을 어린이들은 자신들이 한 일을 언제까지나 잊지 않을 것이며 이 이야기는 마을 사람들의 전설이 될지도 모를 일이다. 그렇게 이곳 사람들이 꽃보다도 더 아름다운 사람으로서의 도리를 제대로 하고 살고 있음을 확인한 셈이다.

저녁에 호텔로 돌아오느라 그들에게 제대로 된 감사의 인사도 전하지 못하고 말았지만, 우리가 그 날 물속에서 건진 휴대폰이나 각자 여행에서 찍은 수 백 장의 사진에 담긴 각 개인의 추억 이상으로 슬로베니아의 한 해변에서 본 슬로베니아 인들의 친절과 인간미는 더 오래 남을 추억의 사진이 아닐 수 없다. 이제 우리가 그들의 친절을 모두 기억하는 것으로, 그리고 만약에 기회가 있다면 우리도 갚을 것이라는 다짐으로, 슬로베니아 포로토로스의 사람뿐 아니라 슬로베니아 국민들에게 감사의 인사를 대신 보내고 싶다.

우리의 명자씨

삶의 순간에 작은 배움이나 깨달음이 있는 날은 그 기쁨으로 하루 동안의 수고가 그리 힘들지 않다. 어제가 그랬다. 친구로부터 이메일에 작은 꽃나무가 하나 사진으로 배달되어왔다. 많이 보던 꽃, 그 이름이 명자나무, 꽃은 명자꽃이란다. 비로소 알게 된 이름이다. '명자', 아무리 생각해도 아무리 뒤져봐도 아가씨 이름 같다. 그래, '아가씨꽃'이란 별명이 그래서 나왔나? 그러네. 그런데 하필이면 왜 '명자'일까? 그 이름이 도회지보다는 시골에 있던 아가씨 느낌이 드는 것은, 요즈음 도회지에서는 '~자'라는 이름을 잘 쓰지 않는 것 같아서일 텐데....

쑥쑥 새순 돋는 봄날
명자야 명자야 부르면
시골티 물씬 나는 명자가
달려 나올 것 같다

꽃샘바람 스러진 날
달려가다가 넘어진 무릎
갈려진 살갗에 맺혀진 핏방울처럼
마른 가지 붉은 명자꽃
촘촘하게 맺힌 날

사랑도 명자꽃 같은 것이리라
흔해 빠진 이름으로 다가왔다가
가슴에 붉은 멍울로
이별을 남기는 것이리라

명자야 명자야
눈물 같은 것 버리고
촌스러운 우리끼리 바라보며
그렇게 한 세상 사랑하자
-목필균, '명자꽃'

그런데 아가씨 이름 같은 이 꽃의 다른 이름으로 '산당화(山棠花)'가 있고 이 이름으로도 많이 알려져 있다고 한다. 이 꽃은 이른 봄에 비교적 먼저 꽃이 피는 관계로 봄소식을 전해주는 꽃으로도 알려져 있단다. 그래서 얻은 이름이 '보춘화(報春化)', 곧 봄을 알리는 꽃이다.

제일 먼저 너에게
꽃소식 전하고 싶다.

간밤 실비에 실려
산을 넘고 들을 건너
달려온 새빨간 봄소식을

오늘 아침 제일 먼저
너에게 보내고 싶다.
-권달웅, 산당화

그런데 시인이며 수필가인 이희숙씨는 이런 이야기를 전한다.

명자라는 너무 흔하고 촌스러운 이름을 가진 그녀의 고향은 중국이라고 했다. 어쩌다 알게 된 그녀는 오다가다 만난 사람 중 한사람일 뿐인데 머나먼 이국땅에서의 생활이 외로웠던지 묻지도 않았는데 고향에서는 그녀를 보춘화라 불렀다는 이야기까지 했다. 키는 작지만 화사하고 아름다운 그녀는 볼수록 신비한 매력이 숨겨진 묘한 여자였다. 불안할 만큼 투명한 그녀의 붉은 얼굴 때문만도 아닌데 평범 속에 숨겨진 조숙함 때문만도 아닌데 촌스런 이름 때문에 첫 만남에서 나를 웃게 했던 그녀는 이상하게 나의 봄을 어지럽히고 있다.

동네 어른들은 그녀와 어울려 다니면 봄바람 난다고 그녀와 말 섞는 내게 눈총을 주지만 볼수록 은은하고 청초한 느낌을 주는 매혹적인 그녀를 모른 채 할 수는 없었다. 그런 그녀에게도 표독스런 가시가 있다는 걸 안 건 봄바람이 성가시게 불어대던 어느 날 저녁 무렵이었다. 자신을 지키기 위한 어쩔 수 없는 선택이라고 말하며 선홍색 입술을 깨무는 그녀가 슬프도록 아름다웠다. 그 때 처음 알았다. 어떤 이유로든 아름다움이 있는 것은 가시가 있다는 것을, 그 가시가 있어 아무나 가까이 할 수 없는 도도함까지 갖춘다는 것을.
흔한 이름 때문인지 못 본 동안 잊고 있었던 그녀가 한 장의 엽서처럼 불쑥 가슴에 날아든 건 그녀를 못 본지 달포쯤 지난 어느 날 오후였다. 사랑만 하고 살겠다던 그녀가 한 번 본 남자를 따라 서울로 시집갔다는 소식은 적잖은 충격이었다. 그녀와 내가 무슨 로맨스가 있었던 것도 아닌데 터질 듯 터질 듯 피어나던 그녀의 미소가, 물먹은 볼처럼 통통한 그녀의 얼굴이 눈앞에 아른거려, 그만 나도 몰래 선홍색 입술을 깨물고 말았다. 찬란한 나의 봄은 그렇게 그녀로부터 왔다 지고 있었다.

-이희숙 '명자꽃'

꽃 색깔이 너무 곱고 매혹적, 혹은 고혹적인 것이어서 그런지 이 꽃은 봄과 비유되는 처녀들의 꿈과 연정과 열정, 동경.... 등을 상상하게 한다.

요란하게 골목을 누비며
깔깔 웃어대던 미쳐버린 뒷집 순자가
뜬금없이 퉁퉁 눈이 붓도록 울던 그 날처럼
뭉클뭉클 쏟아지기 시작하면 괜히 슬펐던
후드득 피눈물처럼 떨어져
내 마음을 아프게 하던 산당화가
올해도 봉긋하게 꽃망울을 달았습니다

새파랗게 질려서
밑동마다 꽃그늘 붉게 낭자하면
어쩌면 저리도 추할꼬. 그러셨던 그 꽃이
어김없이 계절을 건너왔네요
당신은 무당꽃이랬지요
산당화라고. 명자 꽃이라고 가르쳐드려도
당신은 무당꽃이랬습니다
그 꽃이 말이에요 어머니

지금 푸른 치맛자락 감추고

입술연지 점점 짙게 칠하고 있어요

목매달아 죽었다던

순자의 눈물이 돼버린 산당화가

조금만 더 붉어지면 말이에요 어머니

당신 못마땅해 하는 말 올해도 듣고 싶어

새빨갛게 웃을 텐데요

-김설하, 산당화피는 날에

꽃이 피어오를 때에는 빨간 꽃잎이 인생의 청춘을 위해 아름답게 몸과 마음이 피어오르는 처녀들의 진한 입술연지 색깔처럼 매력적이어서 그런 것인가? 그 꽃을 들여다보는 사내들의 마음도 울렁거리게 한다. 이럴 때에는 '산당화'보다도 '명자꽃'이란 이름이 더 어울리는 것 같다. 입술연지 대신에 립스틱으로 대신하는 도회지의 봄, 그것이다.

붉은 립스틱 벅벅 그어대며

그 사람 근무하는 사무실 창에

사랑을 고백했다는

전설 속의 그녀

뜨거운 사랑의 몸짓

한 길로만 흐르는 아픔일까

겨우내 칭칭 동여매었던

가슴앓이 신음소리

딱딱하게 굳어진 가지에도

붉은 핏물이 방울방울 내비쳤다

길어진 햇살

남향 창가에 서 있는

명자가

전설의 그녀가

한 몸으로 불타고 있다

-목필균 '명자꽃'

그만큼이나 겨울에 지친 사람들, 집안에 갇혀있던 사람들의 감정을 불러일으키는 강렬한 꽃이기에, 사람들은 예로부터 집안에 심으면 부녀자들이 바람난다고 집 담장 밖에 심도록 했다는 것인데, 과연 바람나게도 할 정도로 꽃 색깔이 강하기는 강하다. 그런데 정말로 그 아름다운 꽃이 달린 가지 끝이 가시가 되는 것을 보면 사랑이 변하여 미움이 되고, 풋사랑에 빠졌다가 후회하며 서릿발이 서는 여인의 심정 같기도 하다.

그러나저러나 아무리 궁리를 해 봐도 이 꽃의 이름이 하필 '명자'인지에 대해서는 알려주는 사람이 없는데, 일제시대 명자라는 이름이 아가씨의 대명사처럼 되어버려서 그런 이름을 받은 것인가? 그렇지 않고서는 하고많은 아가씨 이름 중에 굳이 명자가 선택될 이유가 없는데 말이다. 다만 정작 일본에서는 이 나무와 꽃의 이름이 보케(ボケ)이고 이를 한자로는 木瓜(목과)로 쓰는데, 명자 같은 별명이 없는 것으로 보면 우리나라 사람들이 갖다 붙인 이름인 것 같다. 육종학에 관심이 깊어 매화꽃도 수 천의 변종을 만들어내는 일본인들은 이 명자꽃도 변종을 300여종이나 만들었다고 어느 분이 전해주고 있어 그 꽃만큼 봄의 얼굴도, 사랑이나 연정의 모습도 다채로울 것 같다.

어제는 그런 날이었다. 친구가 보내준 명자꽃 사진이 마치 살아있는 꽃인 양 머리 속에서 하루종일 진한 향기를 내뿜고 있었다. 올해 봄을 명자꽃과 함께 맞이하게 해준 친구에게 고마웠다. 그러기에 꽃이 피었으니 한잔 하자는 친구의 권유가 정겹다. 그 말 한마디에 예전 중국에서 시의 귀신(詩鬼)으로 불리우는 이하(李賀, 790~816)의 술 마시자는 시 '장진주(將進酒)'가 다시 생각나고 몸 속의 술기운이 발동하는 것 같다. 아직 봄이 채 오지도 않았지만 말이다.

琉璃鍾,	유리 술잔은
琥珀濃,	영롱한 호박빛
小槽酒滴眞珠紅.	작은 주전자에서 떨어지는 眞珠紅 술
烹龍炮鳳玉脂泣,	용을 삶고 봉을 구우니 옥같은 기름 흐르고
羅幃繡幕圍香風.	수놓은 비단장막으로 향기로운 내음 넘치네
吹龍笛,	용피리 불고
擊鼉(타)鼓,	악어북 치며
皓齒歌,	아름다운 노래와
細腰舞.	가냘픈 춤이 있네
況是青春日將暮,	하물며 이 푸른 봄날은 저물려하고
桃花亂落如紅雨.	복사꽃 붉은 비되어 어지러이 날리니
勸君終日酩酊醉,	그대여 마시라 종일토록 취해보자
酒不到劉伶墳上土	술이란 유령 劉伶의 무덤에도 가져가지 못하는 것.

그래 봄이구나. 술이구나. 한국 남자들이 춘흥을 누를 방법을 찾지 못하고 또 술로 밤을 지새우고 싶어하는 때가 되고 있구나.

봄비

봄비가 제법 내린다.

부산에는 어제부터 비가 많이 왔다고 한다.

해운대 센텀의 사무실에서 밖을 내다보며 봄비에 얽힌 사연을 생각해본다

봄비는 곧 만물에 생명을 주는 것이므로 생명수라 할 것이다.

봄비 한번 내리자 땅 기운 융융(融融) / 一雨乘春土脈融

조촐한 밭 껍질 깨고 무더기로 파릇파릇 / 小畦條甲翠成叢

–사계 선생에게 바친 양성당 십영[沙溪先生養性堂十詠]

그런 생명수가 국민 모두의 갈증을 해소하고

더 큰 생명으로 자라나도록 도와주는 역할을 했으면 하는 기대는 예나 지금이나 마찬가지이리라.

남부지방을 중심으로 촉촉히 내리는 봄비가 바로 우리가 기다리던 봄비였다.

대저 하늘이 만물을 생장시킴에 있어 사시(四時)의 변화나 풍우(風雨)와 상로(霜露) 등 그 어느 것 하나 교화의 방편으로 삼지 않는 것이 없다 할 것이나, 봄에 싹을 틔우면서 단비로 촉촉히 적셔 주는 것이야말로 그 본바탕이 된다 할 것이니, 바람과 천둥으로 고동(鼓動)시키고 무서리와 눈발로 꽁꽁 얼게 하는 것 모두가 사실은 이를 기초로 하여 그 당위성이 인정되는 것이라 하겠다.

군자가 정치를 행하는 것 역시 이와 다를 것이 뭐가 있겠는가. 지방목민관이 정사를 행함에 있어서도 반드시 측달(惻怛)하고 인애(仁愛)한 마음을 근본으로 삼아야 할 것이다. 그러고 나서 총명을 발휘하여 일을 살펴보고 위엄을 확립해 기강을 엄숙히 하며, 고단한 사람은 어루만져 주고 강퍅한 무리는 제어해야 할 것이다. 이렇게 하면 정교(政教)와 상벌(賞罰)의 효과가 이루 말할 수 없이 극대화될 것인데, 이는 모두가 우리 백성들을 인자하게 대하면서 편안히 살게 하려는 마음에서 기인되는 것이라 하겠다.

대저 이와 같이 하면 백성이 된 자들 모두가 각자의 생활을 흡족하게 영위하게 될 것인데, 이는 마치 초목들이 따뜻한 봄철을 맞이하여 그 몸을 단비로 촉촉히 적시는 것과 같다고 할 것이다.

-춘우당기(春雨堂記), 계곡선생집 제8권

오늘은 봄비를 맞아보리라.

봄비에 젖어보리라.

과연 단비인가를 확인하는 거다.

강이 바다가 되고 물결이 조수가 되는 해운대의 바닷가에서

들판에 드리운 봄 그늘 풀은 푸르디 푸르고 / 春陰垂野草青青

시절 만나 매달린 꽃 나무가 온통 환해지네 / 時有幽花一樹明

저물녘 옛 사당 아래 외로운 배 정박하니 / 晩泊孤舟古祠下

비바람 끝에 가득 찬 물 조수가 들어 온 듯하네 / 滿川風雨看潮生

–자미(子美) 소순흠

빗소리가 좋은 이유

비가 내린다. 줄줄 내린다. 하염없이 내린다.

나는 지금 이 비를 보고 있는가? 비가 내리는 소리를 듣고 있는가?

비는 보는 것인가? 듣는 것인가?

조선조 중기의 시인 장유(張維,1587~1638)의 비는 보는 것일 터이다.

침상에 언뜻 번져 오는 서늘한 기운
집안 가득 연꽃 잎새 빗방울이 후두둑
구슬이 튀고 수은(水銀)이 흐르고 정말로 볼 만한데
일렁이며 뒤치는 모습 모두가 기이하네

涼意先從枕簟知
滿堂荷葉雨來時
跳珠瀉汞眞堪訝
亂颭輕翻摠自奇

–장유, 해산헌팔영(海山軒八詠)중에서 하당청우(荷塘聽雨)

그러나 정조대왕이 조선조 최고의 시인이라고 칭찬한 박은(朴誾,1479~1504)은 비를 보는 것이 아니라 듣고 있었다.

가을을 만나 더욱 생각이 많고
비 소리 듣고 새삼 사람 생각한다
逢秋轉多思
聽雨更懷人
–비 속의 느낌(雨中感懷)

그 때의 쓸쓸함, 허전함, 고독감을 어이하리오. 나이 들어 점점 친구도 멀어지고 권세를 쫓던 그 많은 사람들이 떨어져 간 때가 되면 비오는 밤은 정말로 견디기 어려울 정도로 쓸쓸하고 외롭다. 가만히 앉아 비를 통해 우주를 관조할 정도로 수양이 높으면 별개라 하겠지만 우리들은 그렇지 못하니까 자연 당나라의 시인 樂天(낙천) 白居易(백거이)처럼 정말로 마음 맞는 친구나 형제와 마주 앉아 밤새 술잔을 곁들여 얘기를 나누며 그냥 밤을 같이 보내고 싶은 것이다.

와서 함께 묵을 수는 없겠소
비바람 치는 데 침상 마주하고 잡시다
能來同宿否　風雨對牀眠
–백거이(白居易), 비 속에 장사업을 재우러 부르다(雨中招張司業宿)

바로 이 시에서 풍우대상(風雨對牀)이란 말이 생겨났다지 않는가? 멀리 떨어진 친구나 형제들이 그리울 때에 이런 싯귀를 쓴단다. 소동

파도 그랬단다. 송(宋)나라 때의 동파(東坡) 소식(蘇軾,1037~1101)과 소철(蘇轍 1039~1112) 형제는 우애가 돈독하기로 잘 알려져 있다. 두 형제는 같은 시기에 과거에 급제하여 각자의 임지로 떠나서 헤어져 오랫동안 보지 못하자 동파가 동생에게 보내는 시를 이렇게 쓴다.

비바람 치는 밤에 설당에서
침대 마주하는 소리 내자꾸나
雪堂風雨夜 已作對床聲
–소동파, 초가을에 자유에게 보내다(初秋寄子由 : 자유는 소철의 자)

그러자 동생 소철도 시를 써 준다.

밤 깊어 혼은 꿈속으로 먼저 날아가 버리고
비바람 속 같이 자다 새벽 종소리 들리네
夜深魂夢先飛去　風雨對床聞曉鐘

확실히 비는 사람들에게 많은 생각을 하게 한다. 눈이 와도 생각, 비가 와도 생각, 바람 불어도 생각, 사는 것이 온통 이 생각 저 생각이지만 가을을 앞두고 계속 배리는 비 속에 어디 외출도 꿈도 못 꾸고 서재 책상에 앉아 스탠드 등불 아래 앉아 창 밖을 내다보고 있으려면 온갖 생각이 풀리지 않는 실타래처럼 계속 이어져 나오지만 그 중에서도 보고 싶은 사람, 그리운 사람이 생각나는 법이려나....

그런데 어찌됐든 비를 보는 데는 연꽃잎이 좋겠지만 듣는 데는 파초만한 것이 없다. 바람이 몹시 불 때에 파초위에 떨어지는 그 "쏴~ 쏴~"하는 소리, 바람이 덜 불 때 "뚝 뚝" 하는 소리는 청우(聽雨), 곧 비를 듣는 사람에게는 그만이다.

隔窓知夜雨 창 밖에 비가 내리는 구나
芭蕉先有聲 파초 소리를 들어보니
–백거이(白居易), 밤비(夜雨)

이 짧은 열 자의 한자로 비가 내리는 경치를 그대로 그려볼 수 있

다. 사실 백거이의 이 夜雨(야우)라는 시는 꽤 인기가 있는 작품으로서, 그 앞머리에 있는 이 구절, 곧

早蛩啼復歇 철 이르게 귀뚜라미 울다가 그치다가.

殘燈滅又明 얼마 남지 않은 등불도 꺼지다가 다시 살아나고.

과 함께 많이 사랑을 받는 다고 한다. 조선조 초기의 문신 서거정도 이러한 정취를 생각한 듯 초 가을에 시를 한 수 쓰는데

주렴 걷자 오동 그림자가 의자를 덮어라

오사모 젖혀 쓴 채 조는 맛이 서늘하구나

한바탕 남풍이 불고 석양에 비가 내리니

집안에 가득한 게 온통 연꽃 향기뿐일세

捲簾梆影落繩牀

半頂烏紗睡味涼

一陣南風晩來雨

滿院都是碧荷香

물동이만 한 조그만 못 물은 옅고도 맑은데

부들풀이 새로 자라고 갈대 싹도 나오네

아이 불러 대통으로 물 끌어오게 하노니

파초 길러서 비 오는 소리나 들어보련다

小沼如盆水淺淸

菰蒲新長荻芽生

呼兒爲引連筒去

養得芭蕉聽雨聲

–서거정, 즉사(卽事)

집안에 파초를 심지는 않았는지, 혹은 심어놓고도 시치미를 떼는지는 모르겠지만 서거정은 뒤늦게 파초를 심어 비 떨어지는 소리를 듣고 싶단다.

아무튼 밤 비는 사람을 슬슬하게 만든다. 온갖 상념에 빠지게 한다. 외로움을 실감하게 한다. 그래서 밤 비는 보는 것이 아니라 듣는 것이리라.

山堂夜坐久 산 속 집에 오래 앉아 있으려니

窓外雨聲急 창 밖에 빗소리 급하구나

四壁悄無人 사방에 사람 하나 없어 쓸쓸하고

靑燈花欲滴 퍼런 불빛에 꽃잎이 방울처럼

–김시습(金時習), 비내리는 밤에 쓰다(夜雨記事)

요 며칠 째 밤만 되면 비가 온다. 죽죽 내리다가 때로는 강한 바람에 실려 유리창을 때리다가 마구 흔들기도 한다. 왜 내가 오는데 아는 척도 안하느냐 하는 것 같다. "그래. 미안하다. 나는 원래 비를 보는 것이 아니라 듣는 데 익숙해져 있어서 문을 열고 너를 영접하지는 못

하겠다. 네 오는 소리를 듣고 마음속으로 너를 환영하고 있으니 문을 열어주지 않는다고 화내지는 말게나." 이런 마음을 비가 알아줄까?

우리 집 거실에는 청우헌(聽雨軒)이라고 쓴 작은 편액이 걸려 있다. 북경에 특파원으로 있을 때에 우리 집을 방문한 서예가 김태정(金兌庭) 선생이 방문을 기념해서 당호(堂號)로 써 주신 것을. 북경에서 벽화를 연구하던 서용(徐勇) 현 동덕여대 교수가 나중에 각을 한 것이다. 글씨는 한자의 구성 원리인 상형(象形)과 지사(指事)를 써서

마치 비가 뚝뚝 떨어지는 느낌이 그대로 느껴지는 멋진 작품이다. 軒(헌)자는 왼쪽의 車를 아래 위로 두번 써줌으로해서 집이 높다는 뜻이 풍겨지는데, 그러다 보니 20층에 있는 우리 집을 미리부터 알고 쓴 것이 아닌가 싶다. 비오는 새벽, 짚 앞에 파초도 없고 오로지 시멘트 숲만 있지만 플라스틱 물받이 통속으로 쏟아지는 비소리랑, 유리창을 때리는 소리랑, 에어콘을 넣어두는 작은 방의 덮개에 떨어지는 빗물소리를 들으며 그 편액을 다시 한참 보다가 비를 듣는 것에 대해 마음속에서 많은 생각이 일어, 옛 사람들이 무슨 생각을 記(기)라는 형식으로 서술하는 것을 흉내 내어, 이름하여 청우헌기(聽雨軒記)로 적어본다.

하늘을 보자

새벽까지 술을 마신 여파로 아침 출근이 30분 정도 늦게 엘리베이터를 타니 한 초등학생이 할머니 손을 잡고 엘리베이터를 탄다. 할머니 손에는 숙제물이랑 신발주머니가 있다. 단정하게 머리를 빗은 여학생도 어머니의 배웅을 받으며 엘리베이터를 탄다. 평소에 보지 못하던 얼굴들이다. 우리네 출근 시간이 아이들 학교 가는 시간보다 30분 이상 빠른 관계로 살고 있는지도 모르고 지나치던 주민들의 얼굴이었다.

30분 늦게 문 밖으로 나오니 공기도 다른 것 같다. 매일 아침 그래도 쌀쌀하게 느껴지던 아침 공기도 오늘은 보들보들, 꼭 30분 차이 때문만은 아니라 하겠지만 그래도 이렇게 다른가? 30분 전 아파트 단지 앞의 대로는 지하철로 가는 사람들만 보이더니 이제는 이 근처가 직장인 사람들이 우루루 걸어온다.

오늘 같은 날은 아파트 입구에 놓여있는 전단지에도 눈길이 간다. 구청에서 발행한 소식지인데, 전면에 여의도의 활짝 핀 벚꽃을 싣고는 다음달에 여의도 봄꽃 축제가 열린다는 안내와 함께 “봄꽃 향기가 가득한 여의도로 놀러오세요!”라는 제목을 띄어 놓았다. 그러고 보니 화단에 있던 작은 관목들, 철쭉들도 가느다란 가지 위에 포로소롬한 점을 매달고 있다. 새 잎이 나오는 것이다. 갑자기 봄이 문 앞에 와 있다는 느낌이 저 먼 뒷머리에서 머리 앞으로 찡~하고 전해져온다.

그러게. 봄이 어느새 요만큼 와 있는 것이다. 영등포구 소식지 안에는 4월에 곳곳에서 실시하는 문화강좌나 스포츠 체험 행사 안내들이 엄청 많다. 우리가 늘 직장에 나가다 보니 그런데 눈길도 주지 않고 살아왔지만 집에 있어야 하는 사람들, 주부들에게는 그저 큰 돈을 들이지 않고 새로운 것을 배우고 즐길 수 있는 기회가 참으로 다양해졌다는 느낌을 지울 수 없다.

내가 좋아하던 여의도 공원에도 봄이 성큼 와 있을 것이다. 그렇지만 오늘같이 좋은 날 아마도 예년 같으면 점심시간에 산보를 하는 사람들 많았을 터이지만, 오늘은 별반 없었을 것이다. 방송가에는 기자와 피디들이 파업을 한다고 여의도를 떠나 어딘가로 가버려 상대적으로 남아있는 직원들이 마음 편히 산보를 할 겨를이 없을 것이고 그만큼 여의도 공원은 조금은 설렁할 것이다. 일터를 떠난 이들 젊은이들이 언제 다시 일터에 복귀할 것인가? 벌써 3주가 더 지난 파업은 접어질 기미가 보이지 않고 회사를 비난하는 목소리만 점점 더 커가니 이러다가 회사로부터 더 큰 징계를 받을 가능성이 높아지고만 있는 게 아닌가?

세상의 일이나 말이나 내뱉고 저지르기는 쉽지만 끝내거나 주워 담기가 어려운 법. 파업도 마찬가지이다. 상대방에 해결의 단초를 내놓으라고 강요를 하지만 결단이라는 게 그리 가능한 것도 아닌 것 같고 그러다 보니 그렇다고 파업을 그냥 접기도 어렵다. 그러니 파업을 하지 말라는 소리를 수 없이 하지만 못 참겠다고 기어이 파업을 벌이면 결국에는 외부로부터의 힘이 동원되어야 끝이 나는, 일종의 악순환이 계속 되어 온 것이 아니겠는가? 여의도를 바라보며 그런 안타까운 생각을 하지 않을 수 없다.

강서구청 사거리의 귀뚜라미 보일러 본사빌딩 북쪽편에 큰 조각작품이 서서 사람들을 맞는다. 높이 30미터에 이르는 이 조각은 스텐레스로 된 긴 기둥이나 막대기 같은 것이 비스듬하게 하늘로 솟아올라 있는데 그 위를 사람들이 걸어올라가고 있다. 작품이름도 "하늘을 행해 걷는 사람들(Walking to the Sky)", 조나단 보로프스키(Jonathan Borofsky, 1942~ 미국)라는 사람의 작품이다. 보는 사람들 마다 그 신선한 발상에 감탄을 하는 이 조각 속의 사람들은 시선을 높은 하늘에 두고 그 하늘에 다다르기 위해 위를 향해 힘차게 걷고 있다. 오늘 같이 좋은 날 모두 하늘을 행해 같이 걸어 올라갔으면 좋으련만 땅을 보고 밑으로 가자는 사람들도 많은 것 같다. 과격하고 격렬한 투쟁도 필요할 때가 있고 필요 없을 때가 있는데 그 기준이 서로 다르다 보니 우리나라는 조용할 날이 없는 것 같다.

오월이구나

온 세상이 연두 천지다. 봄이 온 가장 확실한 증명은 연두색의 잎이 솟아나온 것이다. 어디를 가도 연두다. 공원의 산책로 옆에도, 자동차 도로 옆 조그만 화단에도, 길 옆 나무 가지 에도 온통 연두다. 연두색 잎들이 손을 흔들고 있다. "저 보세요!" "제가 얼마나 싱그러운지 보이시죠?" 텔레비전에 위성을 통해 중계되고 있는 미국의 골프장 잔디들도 다 연두빛이다.

싱그러운 봄, 이 말을 표현하는 색깔은 연두색, 연두빛 등 단연 연두다. 연두, 완두콩의 빛깔을 상징하는 색이름이리라. 한자로는 '軟豆'라고 쓰니, 연한 콩이란 뜻이리라. 식물의 푸르름을 표현하는 한자말의 도움으로 형성된 우리말의 개념을 보면 綠(록)이라는 한자단어가 중심이라고 하겠는데, 가장 중심이 되는 단어가 綠色(녹색)이라면 그보다 조금 연한 것은 草綠(초록)일 것이요, 그보다 더 연한 것이 軟豆(연두)일 터이다. 이 綠이 더 진해지면 진녹색, 검녹색이 된다. 그러니 싱그럽다는 말은 곧 연두색 잎과 싹을 뜻하는 말이 된다.

우리 말로는 그냥 '연두'라는 말 하나일 것 같은데 영어를 보면 yellowish green, 혹은 yellow-green으로 표시하면서도 구체적으로는 pea-green과 grass-green으로 묘사하고 있다. 이러한 색의 표현에서 보면 우리의 색인식이 좀 너무 편한 구석이 있는 것 같다. 순수한 우리말로는 이런 것을 포현하는 말이 '푸르다'라는 단어 하나뿐이고 이 '푸르다'에 수식어를 붙여 살짝, 완전히, 많이, 연하게, 진하게.... 등등으로 표현하는 것이 보통이고 한자로 표현할 때 靑과 綠을 다 '푸르다'로 하는 것을 보면 우리들의 색 인식은 색을 구체적으로, 따로따로 나누어 생각하는 것이 아니라 색의 정도의 차이를 가지고 인식했음을 알 수 있게 한다.

산이 들이 기지개를 한다

노랗고 연두빛인

병아리 주둥이서

베시시 배꼽 열리고

그 안 작은 팔들이 쏙쏙 나와

천수천안의 햇살 맞는다

주머니를 활짝 연 나무들

햇살을 쿡쿡 쑤셔 넣는다

잔치집처럼

붉고 환한 꽃등

눈 부신

봄 자지러진다

-이숙희, 봄잔치

그렇다고 우리의 봄 인식이 그들보다도 덜 분석적이라든가 덜 세밀하다는 뜻은 아니다. 오히려 봄의 다양한 진행속도와 색의 차이, 생명의 움직임은 운율에 치중하는 한자어, 한문식보다도 우리 말이 더 편하게 묘사할 수 있는 것 같고, 그만큼 우리 시인들의 지성과 예지가 깊어져 있음을 알게 된다.

네모 난 밭에 둥근 마음 심어놓아

어느새 마음 닮은 연두빛 새싹들이

여기 저기 고개 내밀곤 다정히 웃음으로

말 건네준다

아, 고마와라

생명으로만 싹 틔울줄 아는 인내로움

시간 조금 지나

빛 고운 빨강 초록 노오란 금빛

고추 수박 참외 주렁히 줄 지어

함박웃음 가득 계절 초대할텐데,

고랑마다 풀들 흔들어대며

지나가는 바람이야

눈 흘김 어여뻐 사랑스러운 친구

한들한들 즐거운 친구

어찌 그리워하지 않을쏜가, 오월

밭둑마다 짙푸르게 싱싱한 쇠뜨기며

노오란 민들레

서로를 나누는 기쁨이 참 재밌다

-정윤목, 남정리 소나타1

짝을 부르는

산비둘기 음성이

빌딩 숲까지 흘러들어

설레게 하는 아침

살결을 어루만지는

연두 빛 바람이

자연적 심성을

자극하고

꽃과 풀과 향이

아우러져

이 땅에 펼쳐진

이상향이여

태양을 중천에 세워

영원히 여기에

머물고픈

이 아름다운 오월

-박인걸, 오월 아침

그래. 이제 오월이다. 하루만 살아도 좋다는 행복감이 우리를 포근하게 감싸주는 나날이 온 것이다. 몸과 마음이 건강한 분들이라면 이 봄을 즐길 것이요, 혹 그렇지 못한 분들이라도 새 봄의 기운, 싱그러운 연두빛 기운을 받아 자리에서 벌떡 일어날 일이다.

나무마다 축복이다
연두 빛 익어가는 모습
너의 가슴 나의 가슴
그리고 온 세상이
약간 현기증마저 이는 맑고 순결함
그래서 코끝이 붉어 오기까지 하지만
더 없이 행복한 계절이여
오늘 하루만 살아도 좋을 것 같은
아름다운 날이여
-송정숙 , 오늘 하루만 살아도 좋은 날

장미의 계절

다시 장미의 계절이 돌아왔다.

담장에 기대어

올망졸망 조아린 붉은 미소

떠는가! 떨지 마라 내 사랑아!

곱게 피워준 너를

이제야 보았구나.

-유일하, 오월의 붉은 장미

요즈음 서울 등 대도시에서 5월에 가장 많이 볼 수 있는 것이 장미이다. 장미는 장미이되, 땅에서 나무처럼 크는 것이 아니라 긴 줄기가 무한히 뻗어가는 넝쿨장미(rambling rose)이다. 어릴 때 많이 듣던 냣 킹 콜의 노래 그대로이다.

Ramblin' rose, ramblin' rose 넝쿨장미야, 넝쿨장미야

Why you ramble, no one knows 왜 너는 넝쿨이 지는 건지 아무도 모르네

Wild and wind-blown, that's how you've grown 거친 세파에 겪으며 너는 자랐지

Who can cling to a ramblin' rose? 누가 넝쿨장미를 가까이해 주겠는가?

장미는 원래 화단에 길고 넓게 심는 것으로 알려졌는데, 우리나라 도회지 아파트가 들어서면서 자연스럽게 담장에 심어져 넝쿨로 뻗어 가면서 담을 대신한다. 꽃이 피는 오유월에는 보기도 좋을뿐더러 가시 때문에 자연스럽게 방법 효과도 높지 않겠는가? 그러다 보니 도회지에 가장 흔한 식물이 되어버렸다.

그런데 문제는 역시 가시이다. 꽃의 여왕, 계절의 여왕이란 직위를 부여받았으면서도 잎 뒤에 감춘 가시들이 우리들의 따뜻한 마음, 뭔가 한껏 사랑해주고 싶은 마음에 따끔한 경종을 울린다. 그래서 이 가시는, 사랑의 상처로 비유되면서 여자들에게는 사랑의 눈물이요, 남자들에게는 사랑의 피가 되어 흐를 수 있다는 데서, 아예 장미를 거부하는 사람들도 나온다.

꽃은 꽃으로만 아름답기에
나는 가시가 있는 꽃인 장미꽃을
꽃이라 부르지 않았습니다

내 가슴에 비수처럼 꽂혀있는 당신의 가시가
바로 나를 사랑의 포로로 묶어 놓았기 때문입니다
나는 장미꽃을 사랑하지 않았습니다
-윤용기, 나는 장미꽃을 꽃이라 부르지 않았습니다

그러나 장미를 계절의 여왕이라고 부르는 데서도 보듯 장미는 본질적으로 여성이다. 그 아름다움이 너무나 고혹적이기에 겹겹이 풀어지는 꽃잎들의 그 신비한 배치를 보며 아름다움에 감탄을 억누를 수 있는 사람, 특히 남성이 얼마나 많겠는가? 그만큼 남성들은 장미를 무턱대고 좋아하기가 십상이지만, 바로 가시가 있다는 데서, 왜 아름다운 꽃에는 가시가 있는가 하는 점으로 해서 장미꽃은 여성을 그냥 꽃으로만 보지 말고 그 여성의 아픔도 함께 보고 아픔을 함께 나눌 수 있어야 한다는 가르침을 남성들에게 준다.

1979년에 나온 영화 '장미(The Rose)'가 그런 것이 아닐까? 미국에서 60년대를 산 전설적인 여성 록 스타의 고단한 삶, 사랑과 갈등을 그린 이 영화는 제목 그대로, 아름다운, 그래서 사람들의 시선을 받고 사랑을 받는 한 여성을 장미에 비유하면서도 그런 그녀의 고단한 삶 속에서도 꽃피워야 할 고귀한 사랑을 장미꽃으로 비유한 것이다. 그 영화의 주제가 '장미'는 여성 가수인 베트 미들러가 불러 지금까지도 사랑을 받고 있는 것은 주지의 사실이다.

₩Some say love it is a river that drowns the tender reed....
어떤 이는 말합니다. 사랑은 연약한 갈대를 삼켜버리는 강물이라고.
I say love it is a flower and you its only seed...
그러나 사랑이란 한 송이 꽃이고 당신은 그 사랑의 씨앗입니다
Just remember in the winter far beneath the bitter snows
기억하세요. 겨울의 매서운 눈발 밑 저 깊은 곳에
Lies the seed that with the sun's love in the spring becomes the rose
봄의 사랑스런 햇빛을 받으면 장미로 피어나는 씨앗이 숨어 있답니다.

다시 장미를 본다. 저 꽃이 아름다운 것은, 영원히 필 수 없는 운명 때문이리라. 아름다움과 화려함은 영원히 지속될 수 없다. 우리 인간들도 영원히 살 수 없기에 우리의 삶이 매 순간 소중한 것이다. 그리고 그 삶이 아름다우려면 꽃을 피워야 한다. 우리의 삶의 꽃은 무엇

일까? 그것은 역시 사랑일 것이다. 부모님의 자식 사랑, 자식들의 부모 사랑, 형제의 사랑, 친구의 사랑, 이웃에 대한 사랑, 나라에 대한 사랑, 이 모든 사랑이 곧 우리들이 아름답다고 칭찬하는 장미꽃이리라.

그런데 그 사랑을 맺기 위해서는 가시로 상징되는 고생과 고통, 고난이 없을 수 없다. 아름다운 꽃을 피우고 보호하기 위해 자신의 몸을 가시로 만드는 장미의 그 헌신이 있기에 아름다운 꽃이 필 수 있는 것처럼, 우리도 힘든 순간을 참고 이겨내며 더 큰 성취를 위해 자신의 몸을 스스로 고난의 구덩이 속으로 던지고 그 속에서 성취를 이뤄내는 헌신이 있어야 하는 것이다. 아마도 젊은 날의 군대라는 생활도 그런 것이 아니겠는가? 자신의 몸을 나 아닌 남을 위해 던지는 그런 경험은 우리들의 삶에 큰 비료가 될 것이다. 그것을 비료로 만들고 거름으로 활용하는 기회이다.

봄을 보내며

아직 떠나는 것은 없지만
떠나야 할 것은 많다.
이제사 이 땅에 봄이 온 때문이다.
잦은 추위, 눈, 비, 바람 속에, 변고 속에
봄의 주인공들이 저마다 가슴 아파했다.
얼굴도 찡그렸고 몸도 움츠러들었다.
그 사이에 펴지도 못하고 진 꽃들도 많다.

뒤늦게 햇살이 돌아온 봄의 정거장에는
떠나려다 못 떠난 꽃들이 서성인다.
이미 피었어야 할 철쭉, 영산홍 들이
뒤늦게 정신을 차린 듯 열심히 꽃을 피운다.
조팝나무, 이팝나무들이
하얀, 보라색 꽃들을 내밀고
나를 봐달라고 사정을 한다.

이미 늦었다. 얼굴을 봐주기에는
원래 잎이 무성하기 전에 나와야
아름다움이 돋보일 텐데
은행나무마저 잎을 내보내는 이 때에
꽃의 아름다움이 느껴질 텐가?
그렇지만 꽃들은 목숨을 건다
자연의 명령을 거역할 수 없기에

이제 장미까지 나오면,
오월이 여왕까지 나오면 그야말로
봄의 정거장은 소란스러울 것이다.
이미 떠났어야 할 것들이
미련을 남기고 있고
이제 자랑해야 할 것들은
시간이 없다고 아우성이고

그래도 그런 소란이 낫다
내내 흘리는 눈물보다는
자연은 잔인한 것이란다
사람들이 어떻게 되든 말든
묵묵히 자신의 법칙을 실현시킬 뿐
그냥 가자는 것이다.
나중에 계산하자는 것이다.

그런 자연이 원망스럽지만

그래도 그 무자비함 때문에 우리가 산다

진실로 망각이 없으면

그 깊은 골을 어찌 메우나

오월이니 잊자 오월이니 가자

바람에 흩어졌던 그리움 다시 모으고

그래 이제는 삶을 얘기하자

Part 2

큰 바위 얼굴

문득 가고 싶으면
소나무 아저씨
최상의 피서법
모기님이시여!
부채바람
큰 바위 얼굴
이 지독한 늦더위를
9월의 존재이유
도토리 키재기
부추 위의 이슬
등불 앞에서

문득 가고 싶으면

문득
어디론가 가고 싶다

세상은 넓고
흔적 남길 공간이 적어
점점 외로워지는 나

누군가 나를 그리워한다면
떠나는 발자국
얼마나 가벼워 질 수 있을까
-신혜림, 바람

휴일 아침 이런 생각을 해보지 않은 분들이 있을까? 답답한 도시 생활이란게 우리를 언제나 어디론가 떠나라고 유혹하고 강제를 한다. 그래서 요즈음 산을 찾는 분들이 더 많아졌을까? 경제상황이 나아졌다고는 하지만 돈을 함부로 펑펑 쓰기 어려운 보통사람들에게는 그저 산행이 가장 좋은 친구이고 수단이다. 그래 오늘은 어떡하든 산에 한번 가자. 그런 마음이 높은 산은 아니라도 산길을 찾게 했다.

너럭바위에 누워서는

구름 갈기를 좀 바라보고

나무등걸에 앉아서는

황조롱이 노래를 좀 듣자

풀섶에 쪼그리고선

구절초 몇 점을 어루거나

솔둥치에 기대어선

바람소리로 솔솔 흐를까

-고재종, 오솔길의 명상 4

시인 고재종이 오솔길을 걸으며 이런 명상을 했다면 나는 그런 명상도 버거울 정도다. 왜냐면 그냥 푸르름, 그 자체가 너무 좋았기에 굳이 더 이상의 사색이나 명상을 할 겨를이 없었기 때문이다. 나무가 푸르러 푸르고, 하늘이 열려서 푸르고, 공기가 시원해 푸르고, 졸졸 흐르는 물소리가 시원해 푸르다. 우리 말 '푸르다'의 뜻을 영어의 blue로만 생각하는 사람은 없겠지만, 참으로 숲 속을 걸으면 이 '푸르다'라는 우리 말 표현의 오묘함을 체감한다. 아마도 영어로 풀어본다면 열 가지 이상의 뜻이 그 속에 있을까? green, fresh, cool, refreshing, blue, transparent, invigorating, spirited, animated,

azure, raw, inexperienced...

2년이 넘는 기간 동안 못 가던 곳이었다. 이렇게 얘기하면 뭐 얼마나 대단한 곳인데 가니 못가니 한다고 하느냐 라고 묻거나, 아니 또 뭐, 당신이 거기를 가고 안가고가 뭐 그리 중요하다고 목소리를 높이느냐고 하겠지만 2년이란 시간은 짧게 보면 짧은 것이고 길게 보면 얼마나 긴 시간인가? 여러분도 한 2~3년 딴 데 갔다가 와보라. 집 주위를 보면 나무가 자랐고 아이들이 자랐고 집은 늙었다는 생각이 든다. 내가 중국에 가서 3년 5개월 만에 돌아오니 직장이 있는 여의도의 나무들이 얼마나 커 보이는지 깜짝 놀랐던 기억이 있는데, 2년 만에 다시 찾은 산림욕장은 그렇게 더 풍성해진 느낌으로 우리(주;

늘 부인, 곧 우리 집 사람과 같이 다니니까 '나'는 항상 '우리'이다)를 맞는다.

도대체 어디 있는 무슨 산림욕장인데 이리 서두가 긴가? 바로 과천 서울대공원 뒤편 산자락에 조성된 산림욕장이다.

그 언제던가, 공원 입장료를 안내고 들어간 기억이 있는 것 같아서 조금 일찍 가자고 갔는데. 서울 대공원 역에서 내려 큰 호수길을 돌아 올라 입구에 가니 7시가 막 넘었다. 그런데 매표소건 출입문이건 모두 닫혀있는 것이 아닌가? 두리번 두리번, 한 참 후에 어느 멋진 모자를 쓴 아저씨에게 물어보니 8시부터란다. 이상하다. 전에 분명히 7시 전에 간 기억이 있는데? 그러나 저러나 그렇다면 그런 것. 이제는 자꾸 따지지는 말자는 다짐과 함께 준비해 간 냉동떡 2개를 녹여서 먹고 좀 쉬다보니 8시가 되었다. 5천 원 하는 입장료를 두 장 끊어서 들어가니 깨끗한 구내가 싱그럽다. 조금 전에 본 아저씨들이 다 이렇게 끌끔하게 치워놓고 손님을 맞으려 그리 부산을 떨었구나. 그런 생각으로 관리하시는 아저씨들을 보니 아까 본 노란 바나나색의 모자가 멋있다. 이런 모자를 파나마 모자라고 하는가? 본래는 파나마풀의 어린잎 섬유를 소재로 하여 손으로 짜서 만든 것인데 주산지는 에콰도르 · 콜롬비아 · 페루 등이지만 일찍부터 미국의 영향이 강한 파나마 항구에서부터 여러 나라로 많이 수출된 데서 이 이름이 생겼다고 하는데, 우리나라의 영안모자라는 회사가 이런 모자를 수출해 세계적인 모자수출국이 되었기에 오히려 지금은 다른 한국식 이름이 필요한지 때인지도 모르겠다. 아무튼 그런 모자를 쓴 아저씨들이 갑자기 더 멋있어 보인다.

저 계곡물 소리엔
핸드폰 벨 소리를 지우고
이 둥근 무덤 가에선
시계도 벗어 던져버리면
날다람쥐는 그대로 날을라나
갈참 잎은 그대로 일렁일라나
올 때는 사상을 입었으나
갈 때는 바람으로 풀어진
어느 파르티잔이 있다 하자
바람은 정처도 없다고 하자
-고재종, 오솔길의 명상 4

사람들이 산에 오르는 이유, 아니 거창하게 산이 아니라 작은 산길을 오르는 이유는, 아마도 고재종 시인처럼 산길에서 멋진 자연을 만날 수 있다는 기대를 하기 때문일 것으로 보이지만, 사실 과천의 삼림욕장이 핸드폰소리를 지울 만큼 물이 많이 흐르는 계곡이 있는 것은 아니다. 그러나 물소리 때문이 아니라 계곡이 깊고 나무가 많아 핸드폰 소리가 자연에 의해 지워지는 곳은 곳곳에 있다. 그리고 날다람쥐, 아니 요즈음 우리나라 산야를 점령한 청솔모는 곳곳에서 나뭇가지를 날아다닌다. 그런 동물이라고 해도 산에 오르는 사람에게는 무척 반가운 존재. 그런 존재가 또한 다정한, 무언의 친구일 터.

호기있게 산림욕장을 찾았으나 올라가면서부터 길이 어긋난다. 원래 길은 동물사육사를 휘둘러 감싸는 포장도로에서부터 다람쥐 광장쯤에서 산 쪽으로 길을 바꿔 타야하는데, 너무 오랜만이어서 그런지, 그것을 놓치고 그냥 아스팔트로 된 동물원 순환도로로 가다보니 아무래도 전에 걷던 길이 아니다(나중에 알게 된 사실은, 입구가 바뀌었다는 것. 새로 단장을 하면서 바꾸어놓은 것인데, 왜 산림욕장 길이란 안내판을 안붙여놓은 것인지를 불만이다). 그러나 저러나 비록 아스팔트 길이라도 예전보다 훨씬 키가 커진 나무들 사이로 걸어가는 기분은 누구도 이해할 수 없고 가져갈 수 없다. 정처도 없는 바람이 불어와 코끝을 간질고는 휙 지나간다. 저 앞에 우리보다 앞에 들

어갔던 노인 3~4분이 그냥 포장된 아스팔트 순환로를 따라 올라 가신다. "그렇구나! 산림욕장의 산책길에도 인생과 나이가 있구나!" 이 말은 내가 한 말이 아니라 옆에서 같이 가는 동반자가 한 말이다. 무슨 말인가 하면, 이 서울대공원이 있는 골짜기는, 우리가 잘 알다시피, 청계산의 서쪽 자락인데, 젊은 사람들은 이 산의 등성이를 따라 산을 오르내린다. 저 건너편 서초동 쪽으로 해서 올라와 매봉과 망경봉을 거쳐 이쪽 매봉으로 넘어와 과천이나 의왕으로 나가는 코스는 쉬운 것 같으면서도 만만치는 않다. 그런데 그런 산등성이 코스를 거치지 않고 삼림욕장을 가는 사람들은 산등성이를 넘는 사람들보다는 힘이 모자란 분들이고, 다시 더 나이가 들면 그 산책길도 힘드시니까 그냥 순환도로만을 돌고 내려가시는 것이다. 그처럼 청계산 계곡을 낀 세 가지 산책방법이, 나이와 힘의 상관관계를 설명해주는 것이다.

혀끝을 간지럽게 스치는
자스민 향기가 아닙니다
5월의 깃발, 장미의 분 내음도 아닙니다

산자락 고랑마다 걸러낸
푸르디푸른 산소, 상큼한 단 내입니다

땅 깊은 곳, 솟아나는 옹달샘
짜릿하고 쏴-한 물맛의 느낌입니다

사철 초록의 젊은 소나무
아무도 흉내 낼 수 없는 특유의
떠름한 향기,
처음 머리에 스몄습니다
-유소례, 처음 본 소나무

길이 어긋났기에 선택은 샛길에서 산책길로 올라갈 것인가, 아니면 그냥 앞의 노인분들처럼 아스팔트만의 순환도로를 돌고 내려갈 것인가의 선택이다. 그런데 아무리 모처럼 왔다지만, 그냥 편한 길만을 돌고 내려갈 수는 없는 법. 그래서 첫 번째 남미관 뒤 샛길을 거꾸로 올라가서 산책길에 합류한다.

그리로 올라가면 얼음골 숲이 나오고 바로 조금만 더 가면 생각하는 숲, 약수물, 쉬어가는 숲이 차례로 나와서 그야말로 산책의 맛을 느낄 수 있다.

"숲"이라는 글자는 모양마저도 숲을 닮아서
글자만 들여다봐도 숲에 온 것 같다.
발음을 분리해서 봐도 마찬가지이다.
"ㅅ"의 날카로움."ㅍ"의 서늘함은 모두 바람의
잠재태다. 그 잠재태가 모음"ㅜ"에 함께 실리면,
나무숲에 이는 부드러운 바람 느낌이 난다.
-김훈

전에 한 번 이 길을 가다가 갑자기 무릎이 아파서 중간 샛길로 내려간 적이 있다. 아마도 저수지 길이었던 것 같은데, 그리 길고 험한 길도 아닌데, 그것을 다 걷지 못하고 내려갈 때 스스로에게 느낀 그 한심함이 아련한 추억으로 머리 속에서 가물거린다. 오늘은 유난히 힘이 난다. 아침에 오늘 무엇을 할까 하고 논의하는 과정에서 한강변을 걷자는 본인의 제의를 거부하며 오늘은 내 말대로 좀 해 주세요 라고 삼림욕장행을 강력히 추천한 부인도 길을 밟고 올라가며 발바닥으로 힘이 느껴지고 기운이 생겨 피곤한 줄 모르겠다며 놀라워한다. 그래 우리가 얼마나 오랫동안 잊고 살았던 길인가? 이 길처럼 오르락 내리락 하면서 그렇게 사람을 힘들게 하지 않는 길이 어디 그렇게 많단 말인가? 물론 사람의 편하기만 한 길이 좋다고는 할 수 없지만, 그래도 긴 인생길에 이처럼 즐거움과 건강함이 함께 하는 길은 만나기가 쉽지가 않다.

아침 먹고 넘은 고개 벌써 저녁 차릴 무렵 / 朝餐度嶺戒哺餐
걸음마다 험한 산길 굽이굽이 서렸도다 / 步步崎嶇曲曲盤
빽빽한 숲엔 누렇고 붉게 물든 잎새 어여쁘고 / 穿密猶憐葉黃赤
신선한 열매 따 먹나니 달면서도 새콤하네 / 摘鮮聊喜果甘酸
돌 모서리 자꾸 채여 옷은 완전히 너덜너덜 / 屢逢石角衣全破
길 잃은 운무(雲霧) 속에 말소리만 두런두런 / 相失雲層語未團
북쪽 길 손쉽다고 그 누가 말을 했나 / 北上誰言道路易
말안장 붙어 가는 일도 이제는 겁나는걸 / 羸驂從此怯當鞍

—최립(崔岦), 고령(高嶺)에서 차운하다.

사실 언제부터인가 서울대공원은 연중 무휴로 개장된다. 아마도 우리가 부산에 내려가던 지난 2007년부터였을 것이다. 그 전에는 11월말만 되면 눈이 온다, 춥다는 이유로 출입이 통제되고 3월이 되어서야 문을 열었었다. 그러다가 연중무휴로 개방되니 우리같은 사람들에게는 좋은 산책길이 사시사철 열리는 셈이다. 총 길이가 7.4km이니까 쉬엄쉬엄 가도 2시간에서 2시간 반이면 충분히 걸어낼 수 있다. 휴식공간도 11곳에 이르니 가다가 쉬다가 가다가 쉬다가를 마음놓고 선택할 수 있고, 혹 도시락이나 싸와서 길 옆의 의자에 펼쳐놓고 먹을 량이면 지나가는 사람들에게 무한한 부러움을 준다. 그러나 우리 같은 사람이야 굳이 뭣하러 산에까지 속세의 음식을 싸 오느냐며 대개는 물만 가지고 올라오는 관계로 지금까지 열 번 이상 다닌 이 길에서 뭐든 먹어본 기억은 없다. 또 그래야만 새와 벗하고 나뭇잎들의 대화를 듣고 바람이 전해주는 향기를 더 잘 맡을 수 있다. 왜 있지 않은가? 약간은 시장해야 더 맛이 있는 법. 약간은 배가 고파야 밖의 사물에 더 민감해지고 흡수하려는 마음도 강해지는 것을. 아무렴. 이곳에는 소나무, 팥배나무, 생강나무 등 470여종의 다양한 나무들과 다람쥐, 산토끼, 너구리 등 35종의 동물들이 서식하고 있다고 한다. 아쉬운 것은, 나무의 이름을 알려주는 표찰이 있지만. 이제는 기억이 잘 안돼. 자주 다시 그 표찰을 들여다본다는 것이다. 아무래도 어릴 때에 미리 이런 교육을 받았으면 더 잘 기억할텐데, 나이 들어서 기억하려니까 그만큼 성과가 없다.

깊숙한 골짜기의 구름이 나는 곳에 / 幽洞雲生處

시내는 흘러 밤낮으로 찧는다 / 溪流日夕舂

꽃이 밝으매 산길이 익숙하고 / 花明山路熟

사람이 끊겼으매 돌문이 무거워라 / 人斷石門重

푸른 연 산봉우리 새는 지나 날고 / 鳥度靑蓮嶂

비스듬한 소나무 용이 누웠다 / 龍頹韋偃松

일찍부터 구경하는 버릇으로 / 從來爲眼癖

지팡이 짚는 수고 생각하지 않았다 / 不計費扶笻

위의 이 시는 생육신 중의 한 명인 추강 남효온(南孝溫)이 지금의 삼청동의 작은 구역인 소격동 일대를 친구와 걸으며 쓴 시인데, 궁궐

가까이에 있던 이런 경치를 이제는 저 멀리 과천에 가서 서울대공원 삼림욕장에서나 느껴볼 수 있는 것이다. 산책길을 절반쯤 돌아가니 비로소 다른 등산 손님들이 몇 몇 보이기 시작한다. 그 때까지는 우리가 처음이어서 우리 앞에 사람들이 없었다. 그야말로 호젓해서 우리끼리 자연을 느끼고 접하고 받아들이고 가슴에 담을 수 있다. 사실 이 곳의 시원한 공기야 가슴에 아무리 많이 담아간 들 누가 뭐라고 하랴. 그러니 자연은 공짜고 자연은 포근하고 자연은 위대한 것이다.

덤으로 받은 숲의 싱그러움
나를 감싸는 사색의 향 피어올라
계곡에서 더 먼 골짜기로
제각기 갈 길 찾아 가는데

세월 넘나드는 순한 바람에
온 산이 메아리치는 풀꽃향기
새벽에 피는 그리움보다 더 하얗게
내 가슴에 핀다.
-김길자, 덕유산 자연휴양림에서

산림욕장 산책길의 절반을 지나서 가려니, 등산손님이 많아질 뿐더러 등산화를 벋고 하얀 맨발로 오시는 분들이 드문드문 보인다. 우리와 반대편 길로 올라오신 분들이다. 이 쪽에는 흙길이 많아서, 이를 잘 다져서 맨발로 걷기 좋게 만들어놓았다. 이른바 맨발체험길이라고나 할까. 길이가 약 450미터쯤인데, 그 길을 다 걷는 곳에 작은 개울이 흘러, 거기에 발을 씻으면 되는 것이다. 나이든 분들도 그렇지만 여성들이 작은 발을 내놓고 걸어오니 그 발이 그렇게 이뻐 보일 수가 없다. 뒤에 평생 같이 살아온 아름다운 부인이 있지만 눈앞에 다가오는 여인들의 하얀 발이 또 다시 눈길을 끄니, 남자들은 평생 어쩔 수가 없는가?

언제부터 인간은
발바닥을 가두어 둔 채
오랫동안
무좀에 시달리며 살았을까

시골 논두렁길이 아니어도
서해안 갯벌이 아니어도
바닷가 모래사장이 아니어도
비록 못에 찔려 피가 난다 해도
아, 맨발의 상쾌함을

가끔 구두와 양말을 벗어제치고
미개인처럼 나는
도심을 행보하고 싶다.

-김영월, 맨발로 걷고 싶다

맨발처럼 우리들은 굴레를 벗어나고 싶은 것이다. 자꾸만 시골에 가서 살고 싶은 마음이 그것이고, 멋진 전원주택을 지어놓고 친구들을 불러 호기 있게 저녁 술잔을 건네고 싶은 것도 그런 것이고, 경제적인, 시간적인 구애를 받지 않고 마음 껏 세계 여행을 하고 싶은 것도 바로 일상의 굴레를 벗어나고 싶음 때문일 것이다.

아마도 그런 해방감은 산에 올라가면 가장 잘 느낄 수 있을 것 같다. 산길을 가다가 보는 나무와 골짜기와 등성이와 봉우리, 그리고 그 밑에 펼쳐지는 넓은 자연이 우리의 마음을 열어준다.

푸른 산길

푸른 산, 자랑스런 자태
높은 언덕보다도 더 높은,
외경스럽고 신비로운 푸른 색
시냇물이 쏟아져 내려오는 소리

푸른 산, 끝없는 소나무
눈물이 바람 길을 장식해준다
영혼이 마침내 방향을 틀어가네
잊어버린 꿈길을 따라서

푸른 산, 당신의 이야기
당신이 살아온 길을 말해주지

내적인 평안의 빛이기도 하고
때론 분노의 혼란이기도 한...

푸른 산, 길을 내주게
정상을 탐하는 사람들에게
눈물도 마음껏 흘리게 하게
영원한 휴식과 평화를 위해
-루 싱어(Lou Singer), 푸른 산(Blue Mountain)

맨발 길을 지나면 과거 군부대가 있을 때에 세운 감시탑이 두 개가 보이고 그 다음에는 솔밭이다. 치톤피드인가 뭔가 하는 물질이 가장 많이 나온다는, 그래서 삼림욕이 가장 잘 된다는 그 곳에 다다르니 이제 제법 많은 분들이 올라오고 있다. 벌써 10시가 넘다보니 토요일 비로소 휴일을 위해 나선 분들이 올라오는 것이다. 그 분들에게 목례를 하고는 우리는 마치 우리만이 귀중한 보물을 발견하고 온 양 가슴 속에 온갖 희열을 담으며 산길을 내려왔다. 삼림욕장의 끝은 바로 국립현대미술관 입구이다. 거기서 다시 긴 길을 걸어 내려오면 커다란 호수를 지나서 걸어가야 되는데 그런 수고를 다시 하고 싶지 않은 알량한 마음에, 혹 가슴 속에 담긴 희열이 빠져 나가면 안된다는 이상한 핑계를 생각하며 눈길이 그 옆의 케이블 카로 간다. "이런 기분 자주 맛볼 수 있나?" 이런 생각과 함께 뛰어가서 표를 끊는다. "뭐 일인당 5천 원? 차라리 코끼리 열차가 낫겠다" 함께 두 시간을 걸어온 집사람의 이런 알뜰함, 산에서까지 달고 있는 이런 마음도 케이블

카에서 내려다보는 서울대공원 일대의 경치가 주는 시원한 즐거움에 묻혀버린다. 그래 오늘 모처럼 2년 만에 와서 두 시간 정도 걸은 것이지만, 이 서울대공원의 산림욕장, 그 속에서 느끼고 맛본 것은 누구에게도 나눠줄 수 없는 기쁨이었다. 해방이었다. 자유였다. 행복이었다. 작은 산 길 속에서 우리는 잠시 이 세상을 떠나 있었다..........

소나무 아저씨

어린 시절을 시골에서 자란 사람들은 대부분 소나무와의 추억을 한 두 개쯤은 갖고 있을 것이다. 문경의 주흘산 동쪽 자락에서 자란 필자도 그런 추억을 갖고 있다. 그것은 바로 집 바로 뒤 산자락에 자라고 있던 소나무들과 놀던 기억이다. 초등학생이던 1960년대 전반, 집 바로 뒤에는 30~40년생의 소나무들이 굵은 허리를 드러내며 마을을 둘러싸고 자라고 있었기에 그 소나무들을 술래잡이의 기준목으로 삼거나 그 허리를 잡고 올라가는 놀이(한 번도 나무 위로 올라가는데 성공한 적은 없지만) 등으로 시간을 보내었고 그 소나무 기둥에 기대어 마침 그 앞에 만들어진 묘에서 봄 가을에 펼쳐지는 어느 집의 시사를 구경하다가 시사가 끝난 뒤에 나눠주는 떡이랑 음식을 받아먹던 기억도 아직 생생하다. 과자 같은 주점부리가 마땅치 않은 당시 봄에는 공연히 남들을 따라 낫으로 소나무 껍질을 벗기고 하얀 속껍질을 입으로 씹어보기도 하였는데, 약간의 단 맛이 약하게 있기는 하지만 별로 그리 기분 좋은 맛은 아니었던 기억이 남아 있다. 이 소나무들은 친척이 있는 아랫마을에도, 외가가 있는 그 아랫동네에도 동네 집 뒤로 길이로 숲을 이루고 있었다.

그러다가 도시에서 중고등학교를 다니다가 어느 땐가 고향에 갔더니 그 소나무들이 모두 없어진 것이 아닌가? 깜짝 놀라 어른들에게 물어보니 소나무가 병이 많아 모두 베어냈단다. 그 때의 그 아쉬움과 허전함이란 마치 고향을 잃어버린 것 같았다.

고등학교와 대학을 서울에서 다니고 서울에서 생활한 지 어언 40년이 넘었지만 고향에서 친구처럼 친했던 소나무에 대한 그리움은 여전했다. 그러기에 봄 가을 소풍으로 어디 고궁이나 혹 왕릉 같은 데를 가면 소나무가 옆에 있다는 사실만으로도 그렇게 포근할 수가 없었다. 특히 경주에 여행을 갈라치면 삼릉지구를 비롯해 곳곳에 소나무가 많아서 정말 고향에 다시 온 듯한 기분이었고, 몇 년 전 삼릉지구에 작업실을 짓고 대형 유리창을 통해 소나무들을 내다볼 수 있게 한 한국화단의 중진화가의 집을 방문했을 때는, 마치 시샘 많은 어린이처럼 나도 언제 이런 집을 가져보나 하는 욕심이 생기기도 하였다.

이처럼 소나무를 가까이하면서 친구처럼 스승처럼 생각한 사람이 한국에서 어디 나 혼자뿐이랴? 한국 사람이라면 열이면 열 모두가 소나무를 그처럼 좋게 생각을 하고 있음에랴. 애국가 또는 국가에 나무이름이 들어간 나라가 있으면 나와 보라고 해라. 실의에 빠져 좌절했을 때 바위벼랑을 뚫고 내린 소나무 뿌리에 용기를 얻은 사람이 어찌 초의선사(草衣禪師) 한 분이겠으며, 바람이나 이슬에도 불변하는

그 기개를 스스로의 지조로 삼은 이가 어찌 성삼문(成三問) 한 분 뿐이겠는가.

고려 때 문장 이인로(李仁老)가 옥당(翰林院)에 서 있는 소나무를 향해서 일갈하기를 "너같이 허리가 구부정하고 푸른 수염 난 자가 어찌 이 신선부에 들어와 있느냐?"라고 했더니 그 소나무가 대꾸하기

를 "내가 비록 비틀어져 사람들이 알아주지 않으나 빙설 같은 맑은 기개가 선생의 지조를 깔보며, 풍우를 마다않고 이겨낸 억지는 선생의 외고집을 손가락질하며, 천년을 지나도 무성함은 선생의 지친 여생을 비웃는 도다"라고 했다는 이야기도 전해져 오는 데서 보듯 소나무는 우리 민족의 정신이기도 한 것이다.

기개라고 하면 누구에게도 지기 싫어하는 인물 중에 석주(石洲) 권필(權韠,1569~1612)이라고 하는 분이 있는데, 광해군 때 왕비 유씨(柳氏)의 아우 유희분 등 척족들의 전횡을 비판한 궁류시(宮柳詩)를 지은 죄로 귀양을 가다가 죽은 이 사람도 소나무에 대해서 각별한 마음이 있었고 그래서 한자를 한 자부터 두 자 석 자 등으로 열 자까지 늘여 두 줄로 배치한 한시를 지었는데,

松(송) : 소나무는

松(송) : 소나무는

傲雪(오설) : 눈을 우습게 보고

凌冬(릉동) : 겨울을 능멸한다

白雲宿(백운숙) : 하얀 구름을 잠재우고

蒼苔封(창태봉) : 푸른 이끼도 봉했구나

夏花風暖(하화풍난) : 여름 꽃에 바람이 따뜻하고

秋葉霜濃(추엽상농) : 가을 잎에 서리가 짙어진다

直幹聳丹壑(직간용단학) : 곧은 가지 붉은 골짜기에 솟아있고

淸輝連碧峯(청휘련벽봉) : 맑은 빛이 푸른 봉우리에 닿아있다

影落空壇曉月(영락공단효월) : 그림자 떨어진 빈 제단에는 새벽달

聲搖遠寺殘鐘(성요원사잔종) : 소리는 흔들리고 먼 절간에는 종소리

枝翻涼露驚眠鶴(지번량로경면학) : 가지가 뒤집혀 찬 이슬에 자던 학 놀라 날고

根插重泉近蟄龍(근삽중천근칩룡) : 뿌리는 뻗어서 깊은 샘에 서린 용 다가간다

初平服食而鍊仙骨(초평복식이련선골) : 초평을 복용하여 먹으며 신선을 익히고

元亮盤桓兮盪塵胸(원량반환혜탕진흉) : 원량을 서성이며 속세의 가슴을 씻는다

不必要對阮生論絕品(불필요대완생론절품) : 완적이 뛰어난 작품 논한 것 볼 필요 없고

何須更令韋偃畫奇容(하수경령위언화기용) : 위언이 기이한 용모 어찌 다시 그리게 하랴

乃知獨也靑靑受命於地(내지독야청청수명어지) : 땅의 명을 받아 푸름이 혼자임을 알았으니

匪爾後凋之姿吾誰適從(비이후조지자오수적종) : 너 아니면 절개 지키는 자세를 누굴 따르랴

라고 하였다. 이 시의 요점은 역시 마지막 행, 독야청청하는 소나무의 절개를 따르지 않을 수 없다는 것이다.

이 소나무들이 이제는 우리들 옆으로 다가오고 있다. 서울의 새로 짓는 아파트나 관공서 건물, 사무실 건물들 앞에 조경을 하면서 소나무를 많이 심는 것이다. 10년 전쯤 여의도에 광장이 조성될 때에 등장한 소나무들이 바람을 일으켰는지 곳곳에 소나무들이 들어서고 있다. 내가 사는 아파트도 준공 된지 4년이 넘었는데, 정원을 조성하면서 심은 소나무들이 제법 높이 자라고 있어 아침 저녁 산책길에 좋은 친구가 되어 우리를 맞이한다.

그런데 산들을 자주 오르다보면 소나무들이 갈색으로 시들어가는 모습도 느끼게 된다. 우리 아파트도 몇 십 그루가 말라 죽어 새로 식재를 하기도 하는데, 활착률이 그리 높지 않은 것 같다. 그 병명은 '피목가지마름병'이란다. 지난 1996년 국내에서 최초로 발견된 후 빠르게 확산되고 있다고 한다. 최근에는 소나무 에이즈라고 하는 재선충 병이 도져 이 병을 막느라 일정 발병구역의 소나무들을 모조리 베어버려야 하는 가슴 아픈 일도 많아지고 있다.

왜 그럴까?

소나무는 추위 속에 잘 자라는 이 침엽수인데, 지구 표면 온도가 올라가고 겨울에도 추위가 사라지고 더워지면서 소나무들이 기진맥진하고 대신 더위 속에 잘 자라는 활엽수가 기승을 부리고 있다는 설명이다. 한국환경정책연구원에서 지난 2002년 지구온난화에 따른

한반도의 식생변화 예상도를 작성,발표했는데, 앞으로 100년 뒤인 2100년에는 한반도의 기온이 1990년보다 2.08도 올라 소나무는 10분의 1로 줄어 태백산, 지리산 그리고 설악산 극히 일부 지역에 조금 남아서 자랄 뿐, 남한 전역에서 소멸될 것으로 예상한 적이 있다.

또 하나는 최근 집이나 건물을 새로 짓고 조경수로 소나무를 많이 옮겨 심는데, 옮기는 과정에서 혹 추위에 얼어죽을까 뿌리릴 많이 덮어주는 경우가 있는데 이것이 소나무에게는 완전히 쥐약이라고 한다. 우리 동네인 진관사의 산문 근처에 있던 소나무들은, 진관사 경내를 파헤치고 전각을 새로 지을 때 나온 토사를 덮어 지표가 많이 올라갔는데 그 영향으로 소나무들의 뿌리가 흙 밑으로 잠기게 돼 결국 3년이 지나면서 차례로 말라죽고 있다. 소나무는 뿌리로 숨을 쉰다고 하는 말이 잇을 정도로 뿌리를 덮어주면 그만 병이 생겨 시름시름 앓다가 말라 죽는다.

과연 우리 산의 소나무들이 소멸하거나 아니면 급감할 수 있는가? 설마 그렇게까지야 되겠는가? 한국 사람들은 그런 불길한 생각을 애써 지우려 하지만 우리 주위에 소나무가 많아지는 만큼 소나무가 죽기도 한다. 소나무 예찬론자들은 한국에서 소나무의 소멸을 한국이나 한국인의 정체성 소멸로 직결시키기도 하는데, 그렇게까지 볼 일은 아니라고 하더라도 어쨌든 그리 유쾌한 소식은 아니다.

소나무는 한자로는 松(송)자를 쓰는데 이 자의 오른쪽 公(공)은 이 나무가 모든 나무의 윗자리에 선다는 것을 뜻한단다. 진시황제가 길을 가다가 소나무를 만났는데 소나무 아래에서 비를 피하에 되자 보답의 뜻으로 '목공(木公)'이라 하였고 이 두 글자가 합쳐져서 '松'자가 되었다는 이야기도 전해오며 명나라 때에 나온 이시진(李時珍)의 본초강목(本草綱目)에 "소나무는 모든 나무의 어른(長)이다"라고 했다는 것을 보면 소나무는 우리나라만이 아니라 중국에서도 사랑과 존경의 대상이었던 모양이다. 우리 말에서는 소나무, 또는 솔이라는 말이 있는데, '솔'은 '으뜸'이나 '우두머리'를 뜻하며 나무 중에 우두머리라는 뜻으로 '수리', '술'이라고 부르다가 '술'에서 '솔'로 변천하고 솔나무에서 'ㄹ'이 탈락하여 소나무로 부르게 되었다는 설명도 있다.

아파트에 소나무가 들어서면서 굳이 먼 산에 가지 않고도 아파트 정원에 나가 의자에라도 앉으면 시원한 바람에 솔잎이 바람을 가르는 풍입송(風入松) 소리로 마음을 재울 수 있다. 우리 민족에게나 나무 중의 으뜸으로 숭앙받는 소나무를 가까이에서 보게 된 것을 반가워하면서도 변화하는 기후 속에 소나무가 자연 도태되지 않을까 하는 걱정에 적절한 보호대책을 정부가 게을리하지는 말아야겠다는 생각이 드는 것이다.

최상의 피서법

손주들을 데리고 놀이터에 가면 처음 목마에서 시작해 시소, 미끄럼틀을 차례로 타보다가 마지막엔 그네를 타고 싶어 한다. 맨 처음 뒤에서 밀어주어야 조금씩 타다가 뱃심이 생기면 어느새 스스로 탈 수 있다고 할아버지 손을 뿌리친다. 그런데 몸을 굴러서 앞으로 위로 올라갈 때 그것을 우리가 어떻게 표현할 수 있을까? 사물에 혀와 마음이 오그라들어버린 우리들은 묘사할 말을 못 찾는데 의외로 다산 정약용이 그 답을 주신다;

굴러서 올 땐 흡사 허리 굽은 자벌레 같고 / 踻來頗似穹腰蠖
세차게 갈 땐 참으로 날개 치는 닭과 같아라 / 奮去眞同鼓翼鷄

그러네. 자벌레처럼 굽혔다가 몸을 펴고 닭이 날개를 치고 올라가는 듯 하는구나. 고금의 법제를 환히 꿰뚫는 공부만 하신 줄 알았더니 시인처럼 묘사를 하는 것도 정말 수준급이구나. 하기야 평생 2천 4백수에 이르는 한시(漢詩)를 지으신 대(大)시인인데 몰라본 우리가

죄송한 것이지.

다산이 무더운 여름을 나려고 더위를 없애는 방법을 찾아서 쓴 시 소서팔사(消暑八事)를 보니 큰 느티나무 그늘에 그네를 매고 그것을 타는 것이 주요한 피서법이 된다. 그렇게 그네를 타니 "솔솔 부는 서늘바람이 온 주위에 불어오니 / 어느덧 뜨거운 해가 벌써 서쪽으로 기울었네"라며 시간 가는 줄을 모른다는 것이다. 그네를 타기 전에 우선 술동이에 술을 가득 채워 오이를 띄워놓고 안주로 오얏을 맛보며 소나무 밑에 늘어트린 과녁에 활을 쏘아 맞히는 것이 우선 첫 번째이다. 그리고 그네를 타며 땀을 식히고 물가에 투호를 놓고 몇 개나 명중하는가 서로 내기하는 것이다. 또한 그 옆 그늘에서는 바둑판을 놓고 바둑으로 생선회 내기를 하며, 그것도 아니면 호수에 배를 띄우고 연꽃을 감상하다가 연잎에 술을 붓고 잎에 구멍을 내어 그 틈으로 술이 흘러내리면 그것을 입으로 받아 마시는 것이다.

뭐 그리 요란을 떨지 않더라도 숲 속에서 우는 매미소리를 듣는 것도 힘 안들이고 얻을 수 있는 훌륭한 피서법이다. 그리고 다산 같은 시인들이 늘 하는 것이 어려운 운자(韻字)를 찾아서 시를 짓다 보면 무더위를 생각할 겨를도 없다. 그리고는 저녁이 되면 집에서 물에 발을 담가 씻고 있다 보면 스르르 잠이 오면서 여름 무더운 하루가 그야말로 금방 지나간다.

옛 사람들이 하던 이런 피서법을 어디서 할 수 있겠는가? 각박한 도시에 살면 그럴 공간이나 친구들이 없어서 마음도 먹을 수 없다. 그러나 점점 날은 뜨거워지고 집에 있으면 짜증만 나는 요즈음, 맨날 에어컨만 켜놓고 있을 수도 없고 하니 이럴 때에는 식구들이나 친구를 초청해서 억지로라도 숲이나 물가를 찾아가는 것이다. 그렇게 옛 사람들 흉내라도 내지 않고는 어찌 더위를 이길 수 있으랴.

에어컨이 없으니 얼마나 더울 것인가? 그래도 솔 나무 사이에 앉으면 자연스레 불어오는 바람이 에어컨만큼은 시원하다 느낄 수 있다. 선풍기는 손에 든 부채로 대신한다. 그 부채에는 소동파의 적벽부(赤壁賦) 귀절을 써놓는다. “변하는 데서 보면 천지(天地)도 한 순간일 수밖에 없으며, 변하지 않는 데서 보면 사물과 내가 다 다함이 없으니 또 무엇을 부러워 하리요? 천지 사이의 사물에는 제각기 주인이 있어, 나의 소유가 아니면 한 터럭이라도 가지지 말 것이나, 강 위의 맑은 바람과 산간(山間)의 밝은 달은 귀로 들으면 소리가 되고 눈에 뜨이면 빛을 이루어서, 가져도 금할 이 없고 써도 다함이 없으니, 조물주(造物主)의 다함이 없는 선물이 아니겠는가?”

이런 얘기를 하게 되면 “더워 죽겠는데 자연의 선물 운운하며 불어오는 바람이나 쐬라고 하는가? 이런 답답한 양반아!"라고 불평이 쏟아질 것이다. 그래서 다산에게 다른 피서법이 없느냐고 물어보니 다시 더 방법(又消暑八事)을 가르쳐주신다. 첫째 바람이 솔솔 불어 풍경소리가 들리는 마루에서 오래된 오동나무로 만든 거문고를 힘차게 연주하는 것. 둘째 삽과 삼태기를 들고 나가서 논의 물길을 틔워 물이 잘 흐르도록 한다. 셋째 집 앞의 소나무에 그늘을 만들어 거기서 쉰다. 넷째 한참 자라고 있는 포도나무 아래에 가 포도를 맛보는 것이다. 다섯째 서책을 펼쳐놓고 옛 사람들의 글을 읽다 보면 저절로 시원한 바람이 느껴진다. 여섯째 아이들을 모아놓고 시를 짓게 한다. 일곱째 강물에 배를 띄우고 물 따라 흐르면서 되는대로 물고기들을 잡으며 저녁까지 놀아본다. 그리고는 고기를 냄비에 담아 끓여 내오는 것으로 술잔을 기울이며 더위를 잊어버리는 것이다.

대체로 남한강과 북한강이 합치는 양수리 근처에 살던 다산은 강진에 18년 동안 유배생활을 하면서 바닷가 사람들의 삶을 많이 체험했고 나중에 고향에 돌아와서는 나라를 위한 많은 글을 쓰면서도 틈틈이 한강을 배로 오가거나 운길산 수종사에 오르면서 풍광을 즐기곤 했는데, 현대인들은 도시에 살면서 자연과 더불어 보고 즐기는 그러한 삶을 엄두도 내지 못하는 형편이니 짜증이 없을 수 있겠는가? 그렇지만 우리들은 지금 먹고 사는 것이나 다른 생활에서의 편리함이 옛 사람들을 훨씬 능가하고 있으니 무더위일수록 생각을 바꾸어서 옛 사람들이 살던 평화로운 세상을 마음으로 느끼며 자연 속에서 이웃들과 잘 어울리며 사는 방법을 찾는 것이 어떨까? 그것이 이 시대의 새로운 피서법일 것이다.

모기님이시여!

한 여름을 지나기 어려운 것은 무더위 때문만은 아니다. 바로 모기가 있기 때문이다. 올해는 장마가 길어 계속되는 비에 모기유충이 떠내려가는 바람에 모기가 그리 극성은 아니지만 그래도 아파트 수십층 높이에 있는 집에까지 모기가 올라와 앵앵거리는 등 모기도 생존력이 높아지자 잠을 이루지 못하는 사람들이 많다. 그들에게는 그 한두 마리의 모기를 잡는 일이 큰 전쟁이나 다름 없다.

다산 정약용 선생도 그랬다. 전에 규장각에서 벼슬을 할 때는 바람이 잘 통하는 번듯한 건물 안에서 숙직을 하고, 모기장을 달아 차단하는 관계로 모기 무서운 줄을 모르다가 일단 유배를 당해 아무런 문명의 혜택을 받을 수 없는 상황이 되자 여름밤의 모기는 호랑이보다도 더 무서운 존재가 된다.

맹호가 코밑에서 으르렁대도

나는 코를 골며 잠 잘 수 있고

긴 뱀이 처마 끝에 걸려 있어도

꿈틀대는 꼴을 누워서 볼 수 있지만

모기 한 마리 왱하고 귓가에 들려오면

기가 질려 속이 타고 간담이 서늘해진다.

猛虎咆籬根

我能齁齁眠

脩蛇掛屋角

且臥看蜿蜒

一蚊嚶然聲到耳

氣怯膽落腸內煎

'얄미운 모기(憎蚊)'이란 제목의 이 시가 바로 모기와 싸우는 절박한 심정을 절절이 묘사한 걸작이다. 마치 손자 앞에서 얘기해주듯 다산 정약용의 한시 솜씨는 명불허전이다. 코를 골며 잠을 잔다는 표현으로 '후후면(齁齁眠)'이라고 한 것도 재미 있다. 정말로 모기 소리가 '앵'하고 들리면 그 때부터 공포를 느끼는 분들이 요즈음에도 많은 지라, 한번 당해본 분들은 다산의 하소연에 공감할 수밖에 없다. 다산은 원망을 쏟아낸다.

부리 박아 피를 빨면 그것으로 족해야지

어이하여 뼈에까지 독기를 불어넣느냐

베이불을 덮어쓰고 이마만 내놓으면

금새 울퉁불퉁 혹이 돋아 부처 머리처럼 돼버리고

제 뺨을 제가 쳐도 헛치기 일쑤이며

넓적다리 급히 만져도 이미 날아가고 없어

揷觜吮血斯足矣

吹毒次骨又胡然

布衾密包但露頂

須臾瘣癗萬顆如佛巓

頰雖自批亦虛發

髀將急拊先已遷

우리 말로 묘사하래도 쉽지 않은 모기와의 전쟁을 눈 앞에서 보는 듯하다. 그래 다산은 모기라는 미물에 대해서 훈계를 하려한다.

싸워봐야 소용없고 공연히 잠만 못 자기에

여름밤이 지루하기 일 년과 맞먹는다네

몸통도 그리 작고 종자도 천한 네가

어찌해서 사람만 보면 침을 그리 흘리느냐

밤으로 다니는 것 도둑 배우는 일이요

제가 무슨 현자라고 혈식을 한단 말가

力戰無功不成寐

漫漫夏夜長如年

汝質至眇族至賤

何爲逢人輒流涎

夜行眞學盜

血食豈由賢

그렇지만 미물이 어찌 이런 말을 알아들을 것인가? 또 미물에게 훈계를 한들 무슨 소용이 있단 말인가? 다산은 결국 자신의 신세가 그래서 그런 것이라는 낙담과 자조로 돌아간다. 옛날 좋은 시절에는 모기 걱정을 하지 않았는데, 지금은 흙바닥에 볏짚을 깔고 자는 신세이므로 어쩔 수 없다는 것이다.

생각하면 그 옛날 규장각에서 교서할 때는
집 앞에 창송과 백학이 줄 서 있고
유월에도 파리마저 꼼짝을 못했기에
대자리에서 편히 쉬며 매미소리 들었는데
지금은 흙바닥에 볏짚 깔고 사는 신세
내가 너를 부른 거지 네 탓이 아니로다
憶曾校書大酉舍
蒼松白鶴羅堂前
六月飛蠅凍不起
偃息綠簟聞寒蟬
如今土床薦藁鞂
蚊由我召非汝愆

다산 같은 훌륭하신 학자가 모기에 모든 원한을 쏟을까? 모기를 탓하기 보다는 결국에는 자신에 대한 반성과 현재의 처지에 대한 아

쉬움을 털어놓는 것이다. 그렇다고 다산이 자기 신세 한탄에 그쳤다면 그의 뛰어난 저술이 남아있을 수가 없다. 다만 한 여름밤에 무더운데 모기까지 활약을 하니 여름밤이 왜 이렇게 길고 힘든지, 하는 넋두리를 한시를 통해 쏟아보고 있는 것이다.

요즈음 같은 여름밤, 그 때에는 열대야라는 말도 없었을 정도로 그렇게 무덥지는 않았겠지만, 요즈음 열대야라는 말처럼 기후가 변해 여름밤이 온통 후줄근 땀으로 젖는 그런 밤을 보내자니 나도 모르게 짜증이 나서 옛날 모기에 넋두리를 한 다산의 심정을 다시 체험하는 것으로서 이 밤의 무더위를 잠시 잊어보고자 하는 것이다.

부채 바람

'사상 최장의 장마', '사상 최악의 무더위'... 올 여름엔 이런 '사상 최^^'의 여름이었다. 장마가 길었던 것도 사실이고 무더위가 기승을 부린 것도 사실이지만, 난 무엇보다도 늘 사람들이 "정말 올 여름엔 왜 이러는거야?" 라던가 "지구가 미쳤어!" 라던가 "봄 가을이 없어지니 여름 겨울만 너무 길어 힘드네" 라던가 하는 사람들의 목소리를 그냥 푸념으로만 여기고 싶은 마음이 있다. 사람들이란 것이 다소는 지난 일에 대해서는 무디어지고 당장 눈 앞에 펼쳐지는 현상은 마치 생전 처음 이 세상이 오고 있는 듯 얘기하는 것이 조금은 경망스럽지 않느냐는 생각에서 기인된 마음이라고 할까?

그렇지만 더운 것은 사실이었다. 더구나 그 전에는 더운 여름에 어쨌든 출근하는 사무실이 있어서 그 속에서 에어컨 바람을 쐬며 살았는데 올해는 처음으로 집에서 여름을 나고 있으니 아무래도 더위와 직접 맞대고 사는 수 밖에 없는 지라 더욱 더위가 몸으로 느껴진다. 장마가 계속되는 동안에도 더위가 없었던 것이 아님에, 지난 달 중순

에 집안에서 생활을 시작하면서 나도 모르게 내 손이 책상 서랍을 열고 그 안에 넣어두었던 부채를 찾는다. 하로동선(夏爐冬扇)이 아니라 하선동로(夏扇冬爐) 현상이라고나 할까? 이제 에어컨은 집에서 켜기 어려우니 부채로 더위를 이기고 여름을 나야 한다는 나름 비장한 결의의 발로였을 것이다. 그래 서랍을 열고 이것저것 찾다 보니 손에 쏙 들어오는 부채가 있었다. 펼쳐보니 깔깔한 필치로 쓴 한시(漢詩)가 보인다.

臨溪茅屋獨閒居 임계모옥독한거

임계라니, 음~ 개울 옆에 붙는다는 뜻이려니. 모옥이라...그렇지 뭐 초가집 정도일 터. 독한거? 거 참 독한것이 무엇일까? 독한것이 아니라 독한거다. 그래 홀로(獨) 한가하게(閒) 거(居)한다는 것이구나... 그러면 아 이런 뜻이구나 “개울가에 초가 지어 혼자 사는데”

그 다음 글귀는 風淸月白興有餘(풍청월백흥유여)이다.

풍(風)이 청(淸)이면 바람이 맑다, 곧 시원하다는 뜻일 것이고 월(月)이 백(白)이면 달이 하얗다, 곧 달이 밝다는 뜻인데

그 다음 흥유여라... 흥(興)이 유(有) 곧 있다. 여(餘) 남는 것...곧 흥이 흘러 넘쳐 여유가 있다는 뜻이네...그럼 이 문장은 이런 뜻이구나 “바람 시원하고 달이 밝으니 흥이 저절로 넘치네”

다음 글귀는 外客不來山鳥語(외객불래산조어)이다.

사실 약간의 행서로 쓴 이 문장에서 조금 어려웠던 것이 아닐 不... 그냥 점을 막찍어놓은 것 같아서 不로 읽기가 쉽지 않다. 또 鳥도 코끼리象을 쓴 것 같아서 혼란스러웠는데 한참 고민하니 새鳥가 아니면 안될 것 같아서 그렇게 읽어보니 외객불래산조어인 것이다.

외객(外客)이 불래(不來)라니...밖에서부터 손님이 오지 않는다는 뜻이 된다.

그 다음 산조어(山鳥語)이니 산조, 곧 산새들이 어(語)한다, 곧 말을 한다는 뜻이다.

무슨 말을 할까? 그저 뭐라고 지저귀는 소리들이 눈에 들어온다는 뜻일게다.

그럼 이 문장은 어떤 뜻인가? “찾는 이 오지 않고 산새만 지저귀네” 이런 뜻인가?

이 문장의 해석은 조금 변화가 가능한 것 같다. 예를 들어

"찾는 이 없는데 산새만 지저귀네"라던가 "찾는 이 오지 않아도 산새는 지저귀네"라던가

그냥 앞 뒤 상황을 아무런 조건으로 연계하지 않고 그냥 "찾는 이 오지 않고 산새는 지저귀네"로 하는 것 들이다.

어쨌든 지금까지를 다시 보면

"개울가에 초가 짓고 혼자 사는데
바람 시원하고 달이 밝으니 흥이 절로 나네
찾는 이 없는데 산새는 지저귀니"

이렇게 읽을 수 있겠다. 문제는 마지막 문장, 移床竹塢臥看書(이상죽오와간서)이다.

이상(移床)이라면 고향인 경상도에서 '들마루'라고 하는 평상을 옮긴다는 뜻이고

죽오(竹塢)의 塢는 잘 보지 못하던 글자인데 뜻을 찾아보니 둑이나 제방을 뜻한다.

그러면 죽오라고 하면 대나무 둔덕이라고나 할까. 대나무 언덕이라고나 할까 아무튼 대나무가 많이 있는 그늘을 의미하는 것 같다. 그 다음 와간서(臥看書)인데, 와(臥)는 눕는다는 뜻, 간(看)은 본다는 뜻이니 누워서 책을 본다는 뜻이 된다. 그러면 이 문장은 어떻게 연결되나? "대나무 그늘로 평상을 옮기고 거기에 누워 책을 본다"는 뜻일 것이다.

그게 무슨 말이지?

"개울가에 초가집 짓고 혼자 사는데 바람 솔솔 달도 밝으니 너무 좋구나
찾는 이 없는데 산새는 지저귀는 가운데
나는 평상을 대나무 그늘로 옮겨놓고 배 깔고 누워서 책을 보니
세상에 이보다 더 좋은 것이 어디 무엇이 있으랴..."

뭐 그런 뜻인 것 같다. 그래 맞아. 그렇게 여름을 지낼 수 있으면 그보다 더 좋은 것이 무엇이 있으랴... 그런 심정으로 맨 뒤를 보니 쓰신 분이 松隱(송은) 이라고 되어 있다. 우리 서단의 원로이신 심우식(沈禹植) 선생이시다. 이 그렇다. 몇 년 전에 선생님이 기념으로 주신 것이구나. 겨울에 주신 부채가 이제 역사상 가장 무더운 여름이 되니 아주 효과적으로 쓰여지는 구나. 실제로 이번 여름 한창 더울 때 이 부채를 들고 집에서 책상머리에 앉아 무언가 쓰는 척 하면서 자주 부치게 되었고 때로는 시내 사람들 만나러 나갈 때에도 들고 나가서 활 펼치고 바람을 펄펄 내면서 부치며 주위에 "당신들은 뭐 이런 것 없지?"라는 듯한 시선을 뿌리며 폼을 잡지 않았던가?

그러나 저러나 이런 시는 누가 쓴 것일까? 궁금해서 검색을 해 보니 길재(吉再) 선생이란다. 고려말의 삼은(三隱), 곧 세 분의 숨은 거사 중의 하나이며 조선조 초기까지 계시면서 우리나라 성리학의 법통을 세우신 분이 아닌가? 호를 야은(冶隱)이라고 하신... 고려 말 공민왕 때인 1353년에 태어나셨으니까 나하고는 딱 600년 차이다. 세종 1년인 1419년에 돌아가셨으니까 지금 내 나이보다는 6년을 더 사

셨네. 요즈음 기준으로 보면 조금 일찍 가신 것이고, 그 다시로 보면 뭐 그냥 약간 아쉬울 정도가 아닐까?

아무튼 그러니 이 부채는 야은이 쓴 시를 송은이 글씨로 했구나...이만하면 어디 내놔도 조금도 손색이 없는 멋진 물건이구나.

말복을 넘기고 처서가 지나니 아침 저녁 열기가 조금 죽고 시원한 바람까지 간간이 불고 있다. 이제 곧 본격 가을이 오겠지. 그러면 점차 이런 부채의 고마움을 잊어버리게 될 것이다. 그러니 오죽하면 겨울 부채라는 말이 있을 것인가? 그렇지만 나는 겨울이 와도 이 부채를 버리지 않고 소중히 간직했다가 내년에 다시 쓸 터이다. 이만한 명품이 또 어디 있단 말인가? 야은 글재 선생은 또

> 대나무빛은 봄 가을로 절의를 굳게 하고
>
> 개울물은 흘러 밤낮 탐욕을 씻어낸다.
>
> 마음 근원은 밝고 고요하여 세상 먼지 없으니
>
> 이로부터 비로소 도의 맛이 감미로움을 알겠네.
>
> 竹色春秋堅節義　溪流日夜洗貪婪
>
> 心源瑩靜無塵態　從此方知道味甘

라는 시를 남겼다. 길재 선생이 조용한 시냇가에 집을 짓고 거기서 마음을 씻고 번뇌를 없앤 후 우주자연을 들여다보며 이 세상의 원리를 찾아들어가 그 근원을 알게 되니 마음의 온갖 티끌이 사라지고 마치 밤 하늘의 저 밝은 달처럼 우주와 하나가 되고, 그 깊은 맛을 비로소 알겠다는 뜻이 된다. 그야말로 유학가운데 가장 깊은 철학인 성

리학(性理學)의 본체가 여기에 있구나. 과연 우리나라 성리학의 법을 이어주신 분다운 경지이다. 이런 마음이 바탕이 되어 위의 혼자 시냇가 대나무 그늘 아래 누워 책을 보는 여유로움이 생긴 것이고, 그러한 경지가 바로 앞의 한시로 드러난 것이구나.

지난 여름 북한산 자락의 뉴타운 아파트로 이사를 온 뒤 벌써 4년. 그동안 시간이 되면 북한산 둘레길 8구간 구름정원길을 오르내리고 진관사 계속, 삼천사 계곡, 향로봉과 비봉, 사모바위를 오르락 내리락 하면서 보고 받아들인 자연의 아름다움은 무어라 비길 수 없이 멋지고 넉넉하다. 굳이 깊은 산 속으로 들어가지 않고도 도회지에서 바로 이런 멋을 느끼고 즐길 수 있다니. 아침 저녁 새들은 산책길을 맞이하는 손님이요. 맑은 바람, 흰 구름은 속세를 떠난 지극한 한가로움이니 그것이야말로 인간이 아닌 자연과 우주로 들어가는 현관이다. 몇 년 전 부산에 있을 때 뵌 통도사의 수안 스님이 나의 아호를 현관(玄關)으로 지어주셨는데. 현관이란 것이 바로 이처럼 우주의 너르고 깊은 영원의 세계로 들어가는 문을 의미하는 것이니, 스님께서는 내가 이 동네로 이사올 것을 미리 예견하셨단 말인가?

오늘 새벽 아직도 남은 더위를 씻느라 부채질을 하기 위해 다시 펴본 부채의 글귀와 글씨를 읽어보며 일어난 잡다한 생각의 올들을 더듬어보다 보니 어느 새 날이 밝았구나. 이제 나의 친구인 새들을 만나고 바람을 품으러 나가야겠구나....

큰 바위 얼굴

“아니, 이거보세요. 서울 한복판인 광화문에서 30분만 가면 설악산 외설악동이라니까요. 그런데 뭘 망설이세요?”

이렇게 친구나 친지들에게 이사를 권유하며 이 동네로 이사 온지도 4년이 다 돼간다. 북한산 자락인 은평구 옛 진관동, 진관사로 들어가기 바로 전, 은평뉴타운 5단지이다. 말 그대로 고개를 들면 북한산이 눈앞에 병풍처럼 펼쳐진다. 기분이라도 울적한 날이면 부부가 같이 눈 앞을 바라보며 봉우리를 센다. “저어기 저 왼쪽 끝에 가장 높은 것은 백운대이고, 그 왼쪽에 살짝 삐져나온 하얀 바위 있지? 그것은 인수봉이고...그 옆의 만경대까지 큰 봉우리 세 개가 나란히 모여서 수려함을 자랑하고 있으니 이게 삼각산이란 이름이 여기서 나온 거야...” 둘이서 열심히 바라보며 기운을 받아 기분을 돌리곤 하며 지내온 지 3년이 다 돼가는 것이다. 확실히 중학교 3학년 수학여행 때 처음 외설악동에 가서 본 설악의 경치와 비슷한 데가 많다. 물론 뾰족뾰족한 것은 설악에 못 미친다고 하겠지만 백운대에서부터 만경대

를 지나 대성문, 대남문을 지나고 보현 문수봉을 지나고 그 옆으로 의상, 용혈, 용출봉을 거느리고 사모바위, 비봉, 향로봉을 지나 불광동과 진관동으로 내려오는 이 거대한 봉우리들의 집결체인 북한산이 갖고 있는 역사와 품격, 산에 담긴 덕으로 말하자면 설악산에 떨어진

다고 할 수는 없으렸다.

문래동에 한 10년 가까이 살다가 이쪽으로 이사오게 된 가장 주된 이유는 집사람이 제시했다. 문래동 주민들의 사랑을 받는 문래공원이 좋기는 하지만 공원 한 바퀴를 도는데 불과 10분도 안되니 운동이라도 좀 되게 하려면 같은 길을 서너 바퀴이상 돌아야 하는데, 이게 마치 초롱 속에 갇힌 다람쥐 신세인 것처럼 느껴지니, 반복되지 않는 길을 가거나 오르고 싶어서였다는 것이다. 나도 그 이유엔 물론 찬동했지만 속으로는 다른 이유가 있었다.

대학교 1학년 때, 교양과정부라는 것이 예전 서울공대가 있던 공릉동의 옆 땅을 밀고 세워진 황량한 시멘트 건물 1동에 있었기에 그곳으로 통학하기 위해서는 청량리역까지 가서 거기서 스쿨버스를 기다려 타던가 아니면 시내버스를 다시 골라 타야 하는데, 거기서 공릉동으로 가다보면 차창 왼쪽으로 인수봉으로부터 만경대를 넘어 정릉쪽으로 이어지는 북한산 능선이 눈에 들어온다. 그런데 이 능선을 누군가가 저녁 때에 보고는 미국 케네디 대통령의 옆 얼굴이라며 사진을 올린 것이 신문에 보도된 것이 있는데, 이 선이 영락없이 그 얼굴이다. 인수봉은 늘 포마드를 발라 바짝 세운 앞머리이며 그 다음으로 조금 튀어나온 이마하며 둥글레 마감하는 턱선이 케네디 그대로 아닌가? 케네디 대통령은 이미 한참 전에 세상을 떴지만 그에 대한 동경심이나 존경심은 청년들에게는 남아있었던 터, 나도 모르게 차창을 보며 북한산을 큰 바위 얼굴로 생각하고 케네디 대통령이 이루려했던 미국의 꿈을 한국의 꿈으로 바꾸어 세상에 전하고 싶다는 염원을 세우곤 했었다. 그런 북한산을 가까이에서 보고 살 수 있다니 얼마나 행복일까, 그런 생각에 못이기는 체하며 와서 보니 과연 전망이 맘에 들어 결국 이사까지 하게 된 것이다.

그런데 나다니엘 호손의 단편소설 '큰 바위 얼굴'의 피날레는 주인공인 어네스트가 자신의 머리 뒤로 큰 바위 얼굴을 지고 앉아서 사람들에게 말을 해주던 중에 햇살에 비친 모습이 큰 바위얼굴과 같이 보였다는 것인데, 그런 그림이 우리 집 쪽에서는 잘 안보인다. 결정적으로는 케네디 얼굴을 북한산의 큰 바위 얼굴이라고 한다면 그것은 우이동이나 의정부, 수락산 쪽에서 보이는 것이기에 젊을 때 큰 바위 얼굴에 염원을 세우던 사람에게는 그리 좋은 지점이 아니라고 하겠다. 그렇지만 산 전체를 조망하고 그 위엄을 느끼기에는 이만한 곳도 없으니 나로서는 정말 좋은 선택을 한 것이 된다.

소설 '큰 바위 얼굴'은 1962년에 모든 교과서가 개편될 때 국어교과서에 처음 실린 뒤 40년 이상 계속 실리면서 학생들에게 큰 감동을 주어왔는데, 그런 때문인지 우리나라 곳곳에서 큰 바위 얼굴을 찾는 사람들이 많아졌고 그런 바위를 찾았다는 보도도 이어지고 있다. 몇 년 전에는 강진의 월출산에서 큰 바위 얼굴이 확인되었다는 보도와 함께 그러한 발견이 그 고장에서 통일대통령이나 큰 부호가 나타나는 신호가 아닌가 하는 기대를 보이기도 했는데, 원래 소설의 감동이 이어지려면 그런 바깥 세상에서 활약하는 유명인들보다도 평범한 일상에서 가장 성실하고 정직하게 살며 삶의 지혜를 터득해 이를 알리는 그런 사람(그래서 주인공 이름도 어네스트가 아닌가)이 곧 큰바위얼굴이라는 뜻이라고 한다면, 그런 큰 바위 얼굴이 발견됐다고 좋아하면서 그것이 당장 눈앞에 자신들의 이익으로 돌아오기를 기대하는 것은 다소 통이 작은 기대라고 하겠다.

요즈음 사람들이 전망 좋은 집을 많이 찾으면서 한강변의 아파트가 인기가 있는데, 우리 집은 물이 아니라 산과 바위가 보이므로 한강변보다는 인기가 덜하고 집 값도 상대적으로 싸다. 어쨌든 집이 산을 보고 있으니 논어에 나오는 공자님 말씀처럼 산을 좋아하는 사람으로 분류돼 인자(仁者), 곧 어진 사람 축에 속할 수 있을까? 어찌보면 지혜라던가 지식이 많아서 물을 좋아하는 사람, 곧 지자(知者)는 아니므로 그것들이 부족하고 세상 경륜이 약한 사람이지만 인자의 부류로 분류를 해 준다면 그것으로도 고마운 일이 될 것이다. 그리고 산이 좋은 것은 물보다는 시간이 가는 것을 느리게 볼 수 있다는 것, 다시 말하면 흐르는 물보다는 여유가 있을 수 있다는 것이 장점이라면 장점이라고 하겠다.

물론, 그렇다고 산을 좋아하거나 물을 좋아하거나 하는 것이 사람의 등급을 매기는 것이 아니고 하나의 성향을 의미하는 것이라면 산이나 물 모두를 다 좋아하거나 이를 받아들이는 너른 마음이 필요할 것이란 생각이 든다.

시간이 빨리 지나가니 그저 맥을 놓지 말고 생각을 바로 세우고 행동도 올바르게 하면서 삶의 가치를 찾아 이를 실천하는 것이 필요하다는 말일 것이다. 공자도 흘러가는 냇물을 보고 이렇게 탄식(歎息)했다고 하지 않는가?(논어 자한편) "가는 것이 이와 같구나. 밤이나 낮이나 쉬지 않는구나" 그렇다면 꼭 특정 바위가 큰 바위얼굴이 아니고 산 전체, 자연 전체가 곧 큰 바위 얼굴이며 우리들 삶의 스승이라는 말일 것이다.

이 지독한 늦더위를

입추가 지나고 한 달 반, 그 사이 처서 백로가 지나고 내일 모레면 추분인데도 한 낮이 기온이 한 여름을 방불케하며 덥다. 아침저녁으로 긴 팔을 꺼내어 입어야 할 정도로 서늘해졌으면서도 한 낮에는 왜 이리 뜨거울까? 한참 익어가는 들판의 곡식들에게는 좋은 일이지만 우리네 얄팍한 심사에는 얄밉다. 그러니 에어컨을 막 키고 해서 전기 사용량이 한여름만큼 올라가 유사 이래 처음의 전력 대란이 일어난 것도 무리는 아닌 것 같다.

이렇게 기온이 자신들이 경험해 온 지난 시간과 차이가 나면 사람들은 이상기후니 이상기온이니 하며 걱정을 하고 이러다가 큰 재앙이라도 오지 않나 걱정을 하게 된다. 특히나 글로서 업을 하는 사람들은 거개가 옷을 잘 차려입고 무게를 잡고 앉아있어야 하는 관계로 더위를 더 심하게 느낄 것이다. 그러다 보니 앉아서 나오는 것이 더운 날씨에 대한 푸념이자 걱정이다. 조선시대 인조 대에 활동한 유명한 문장가인 계곡(谿谷) 장유(張維1587- 1638)선생도 그런 점에서는 우리와 별 다른 점이 없다.

그 양반은 지금보다 한 달 전 쯤, 곧 입추가 지나고 며칠 쯤 된 때에 너무나 혹독한 무더위에 참을 수가 없었던 지 긴 시를 하나 쓴다. 선생이 이름을 날리고 문장으로 유명해 진 것이 1620년대라고 한다면 이 시도 그 때 쓴 것이라고 보고 그러면 지금부터 한 400년 전쯤인데 그 때도 너무 날씨가 무더워 혹 온 세상에 재앙이 내리는 것이나 아닌가 걱정을 하기까지 한다. 하기야 그 때의 하늘은 우리가 지금 이해하는 하늘보다도 더 무섭고 엄한 존재인만큼 그런 걱정을 하는 것이 당연할 것이지만, 날씨에 얽매이고 그 위력에 몸을 숙여야 하는 것은 예나 지금이나 크게 다르지 않다는 데서, 이 분의 시를 같이 읽어보자. 과연 어땠는지...........

시 제목에 이미 그 사연이 다 기록되어 있다.

입추가 지나 며칠 동안 제법 서늘한 기운이 돌더니 이윽고 혹독한 무더위가 점차 기승을 부려 한여름보다도 더욱 심하였다. 더위를 먹어 마음을 다잡을 수 없기에 마침내 2백 자의 시를 짓게 되었다.[入秋數日 頗覺凉爽 旣而毒熱轉增 甚於長夏 病暍無憀 遂成二百字]

그리고는 본문이다. 2백자나 되는 만큼 넉줄을 한 문단으로 해서 끊어 읽어보자

가을철 접어들며 조금 서늘한 기운　　新秋稍淸爽

며칠 동안 가을바람 불어오기에　　數日來商飆

숙살지기(肅殺之氣) 엄습하는 계절인 만큼　　謂是金候肅

교만한 노염(老炎) 이제는 막 내렸다 여겼는데　　老火不復驕

끄떡없이 다시금 기승을 부려　　居然更烏休

갈수록 꼼짝없이 답답하게 만들면서　　怫欝彌難聊

어둠침침 안개 비 흩뿌리는가 하면　　昏霾挾霧雨

작렬하는 태양 사정없이 불 태우네　　熾曝劇焚燒

날씨라던가 답답함이라던가 울화…이런 것을 표현하려 해서 그런지 평소에 보도 듣도 못하던 한자들이 막 나온다. 한국 고전번역원의 번역이 없다면 우리 같은 사람들이 어찌 그 뜻을 알겠는가? 아무튼 날이 너무나 뜨겁다는 이야기이다. 게다가 어찌 바람도 한 점이 없단 말인가?

물결하나 일지 않는 공한 연못	淪池息纖紋
높은 나뭇가지에도 바람 한 점 안 부나니	高樹停調勺
모시 옷 걸쳐도 마치 갑옷 입은 듯	輕絺若衽革
높은 집에 있어도 마치 가마 굽는 듯	崇館如藏窰

게다가 나의 처소 낮고 비좁아	而我處湫隘
빈한한 생활 감수하며 사는 처지에	陋巷甘簞瓢
붉은 해 하루 종일 곧추 내리쬐니	赤日烘短簷
온몸이 녹아나며 기름 땀 범벅이라	爍體融脂膋

이 문단은 번역은 그렇게 간단하게 했지만 실제로 가만히 들여다보면 재미있는 표현이 너무도 많다. 윤지식섬문(淪池息纖紋)을 '물결하나 일지 않는 공한 연못'으로 풀었는데, 못에 있는 물에 아무런 물결, 파문이 없이 조용하다는 뜻이다. 두 번째 줄 고수정조작(高樹停調勺)에 나오는 '調勺'이라는 글자는 한국고전번역원에서 원문 입력 때 잘못한 것 같다. '調勺(조작)'이 아니라 '調刁(조조)'이어야 한다. "맹렬한 바람이 일단 지나가고 나면 뭇 구멍이 다시 텅 비게 되는데,

그대는 그때에 나뭇가지와 잎사귀가 아직도 간들거리는 모습을 유독 보지 못하였느냐.[厲風濟則衆竅爲虛 而獨不見之調調之刁刁乎]" …. 《장자(莊子)》 제물론(齊物論). '조조'는 바람이 부는 형상을 묘사한 유명한 표현이다. 높은 나무도 잎이 흔들리는 것을 멈추었다는 뜻이다. 경치약임혁(輕絺若衽革)에 나오는 絺(치)는 칡의 껍질로 섬유질을 빼어 만든 베옷이라고 하니 여름에는 이보다 더 좋은 옷이 없을 터인데 이런 가볍고 얇은 베옷이 衽革, 곧 갑옷처럼 느껴진다는 말이다. 革은 잘 알다시피 가죽이라는 뜻이 가장 먼저인데, 대개의 갑옷이 가죽 위에다 보호판을 대는 것이어서 아마도 갑옷이라는 뜻으로까지 확대된 듯하다. 또한 두 번째 문단 두 번째 줄 누항감단표(陋巷甘簞瓢)은 누항에 살면서도 簞瓢를 달게 감수한다는 뜻인데, 簞瓢는 우리가 잘 아는 대로 대나무로 만든 작은 도시락과 한 바가지의 물을 의미해서 형편없는 밥을 뜻하지만 陋巷簞瓢누항단표라고 아주 네 글자를 붙여서 "누항(陋巷)에서 사는 사람의 한 그릇의 밥과 한 바가지의 물", 곧 "아주 가난한 사람의 생활 형편(形便)"을 이르는 말이 되었다고 한다. 나는 그 다음 문장 적일홍단첨(赤日烘短簷)이 기막히다고 생각된다. 烘은 불지르다, 태우다의 뜻이고, 短簷은 짧은 처마이니까 붉은 해가 처마에 그늘을 주지 않고 더 붉게 타오르는 듯 만든다는 뜻이 되어 글자만 읽어도 더 더운 느낌이 든다. 이런 절묘한 표현들이 있기에 장유 선생을 문장가라고 하는 것이리라.

옛날 병 발작할까 따질 사이 또 있으랴	寧論舊疾動
숨이 턱턱 막히면서 소갈증(消渴症) 생겼나니	渴肺成中痟

마치도 가마솥 속의 물고기처럼	有如鬵中魚
이리 뒹굴 저리 뒹굴 삶기기만 기다리네	宛轉待爛焦

땀을 훔치고 창틀에 기대어도	揮汗倚牕櫺
몰아쉬는 숨 소리 헉헉거릴 뿐	急喘聲嘵嘵
밤에 더욱 극성인 이 놈의 찜통 더위	入夜轉欝蒸
언제쯤 늦더위가 사라질런고	殘暑何曾消

이런 날에는 옛날에 아팠다는 기억도 호사스러운 것이 된다. 숨이 턱턱 막히니 어느 새 소갈증이 생긴 듯하다. 소갈증은 목이 말라서 물이 자꾸 먹히는 병(病)이라는 뜻인데, 한의학에서는 당뇨병을 소갈증이라고 표현한다. 이리 더우니 사람이 마치 가마솥에 들어간 물고기처럼 곧 불길을 기다리는 형국이 된 것이다. 땀을 훔치고 창틀에 기대서도 숨이 막히는 것은 알겠는데, 여기에 숨이 막히는 소리까지 효효(嘵嘵)하고 집어넣어 그 밑의 소(消)자와 운을 맞힌다.

드디어 밤이 되었다. 돗자리를 깔고 뜰 앞으로 나갔다. 그런데도 더위는 그대로이고 밤에 잠을 이룰 수가 없다. 그러한 상황이 컬러 동영상처럼 보인다.

돗자리 펴 보지만 정말 그냥 해 보는 일	枕簟諒徒設
이리 뒤척 저리 뒤척 짧은 밤 지새우며	轉輾徹短宵
밤 하늘 머리 들어 하소연해서	擧頭呼蒼天

국자 모양 북두칠성 되돌려놓게 하고 싶네	徑欲斡斗杓
질서정연한 사계절 운행 법칙	元化序四運
어찌하여 이 화기(火氣)가 기승부리나	一氣寧獨饒
용화도 서쪽으로 흘러갔으니	龍火旣西流
혹독한 축융(祝融)도 자리 옮길 때 되었거늘	酷融行可祧

국자모양의 북극성을 되돌리고 싶다고 한다. 어디로 되돌리나? 뭐 여름이 아니라 가을, 겨울로 되돌리고 싶다는 말일 것이다. 斗杓는 북두칠성을 뜻하고, 斡은 우리가 斡旋(알선)이란 말에서만 그 뜻을 배운 것 같은데, 斡의 원뜻은 '돌다', '돌리다'라는 뜻이란다. 그러니 알선은 '장물(贓物)인 줄 알면서 수수료(手數料)를 받고 매매(賣買)를 주선(周旋)하여 주는 행위(行爲)'라는 고약한 뜻으로 알고 있지만 '남의 일을 잘 되도록 일을 융통성있게 마련하여 줌'의 뜻도 생기는 것이다. 어쨌든 밤하늘을 보니 이제 서남쪽 하늘에 보이는 龍火, 곧 화성도 서쪽으로 가버렸고 여름神이라고 하는 축융(祝融)도 자리를 옮길 때가 되었는데도 왜 이리 덥느냐는 것이다. 그러니 마치 계절이 잘못되어 사람들에게 큰 우환이나 재앙이 오지 않을까 걱정되어 만감이 교차하는데, 이런 마음을 누가 알아나 줄까, 아무도 옆에 없다는 한탄으로 제법 긴 시가 끝난다.

어찌하여 지금껏 멈추지 않고	奈何尙不戢
지독하게 더운 열기 불어제치나	毒燄扇爀歊
두렵도다 상제(上帝)의 법도 허물어져서	便恐帝載隳

온 누리 재앙 입지 않을지	六合多昏祅
서생이 어찌 감히 내 몸 아끼랴	書生敢自愛
미천한 이 목숨 날파리와 같은 것을	微命同肖翹
만감(萬感)이 교차하여 홀로 부르는 나의 노래	百感集孤吟
찾아오는 채시관(采詩官) 아무도 없네	無人采我謠

두 번째 줄 독염선혁효(毒燄扇爀歊)를 보면 무더위를 표현하는 글자로 '염'은 염이되 炎(염)이 아니라 燄(염)을 썼다. 炎이라는 것에는 아름답다는 듯이 조금 들어가 있으므로 정말로 지겨운 더위, 열파라는 뜻에서 燄을 골라 쓴 것 같다. 爀歊(혁효)는 역시 무더위를 표현하는 말이지만 앞의 독한 열파에 의해 더 커지는 것을 묘사하고 있다. 곰곰이 보면 볼수록 한자 하나하나가 그냥 쓰여지는 것이 아니라 다 깊은 뜻을 담고 있다. 맨 마지막 무인채아요(無人采我謠)는 아무도 내 노래를 채집하지 않는다는 뜻인데, 고전번역원에서는 이를 채시관 아무도 없다는 것으로 풀었다. 채시관은 옛날 중국의 주(周)나라 때 각 지방의 풍속과 정치를 살펴보기 위해 그 지방의 시가(詩歌)를 채집했던 관원 이라고 한다.

아무튼 추분이 가까워지고 있는데도 한 낮에 계속되는 무더위는 400년 뒤 오늘의 우리들도 힘들게 한다. 나야 사무실 안에 편하게 잘 있지만 밖에서 일을 보는 사람들, 어디로 가서 뭘 해결해야 하는 사람들은 얼마나 짜증나고 힘들까? 그러나 아침저녁 시원한 기운이 옆에 다가왔으므로 해서 그 고통을 이길 일이다. 나도 사무실에 앉아 계곡 장유 선생의 한시(漢詩)를 하나하나 분석하며 읽다보니 해가 어느새 서산으로 기울고 있고 더위도 저만큼 가고 있어서 이제 뒷모습만 보이는 것 같다. 그래 갈 더위는 가고 이제 서늘한 가을, 풍성한 수확의 가을로 우리들 이제 조금이라도 안심을 하고 지내보자.

9월의 존재 이유

그토록 한 낮을 뜨겁게 달구었던 9월의 태양도 이제 시간 앞에 무릎을 꿇고 겸손히 몸을 낮출 모양이다. 9월이 며칠 남지 않은 이 때, 찬 비가 내리면서 대지가 식고 태양도 열기를 낮추고 보통의 가을 해로 돌아올 것 같다. 어제가 27일, 양력 9월이 사흘만 더 지나면 끝나는 시점이지만, 달력을 다시 보니 다시 9월이 시작되고 있다. 이번에는 음력 9월이다.

9는 예로부터 신성한 숫자였다. 9는 황제, 제왕과 관련된 수였다. '구오지존(九五之尊)'이란 말이 있는데, 이것은 九五의 위치에 있는 존귀한 사람이란 말로서, 九五는 주역에서 임금의 지위를 이르는 말인 만큼, 임금, 곧 왕이나 황제의 지위를 뜻하는 말이 된다. 왕이나 황제가 거하는 궁궐은 9를 기본 단위로 만들어진다고 한다. 중국에서는 자금성이나 황제가 다니는 원림(苑林)의 대문을 만들면서 거기에 황금색의 장식못(釘)을 박는데, 이것을 횡으로 아홉개,아래위로도 9개, 합해서 81개를 박는다고 한다. 자금성의 가장 큰 3대 전각도 높이가 9장9척이란다. 중국 황제가 사는 황성의 정문인 정양문(正陽門)도 높이가 9장9척이고 천단(天壇)의 가장 높은 한 층의 직경도 9장9척이란다. 둥그런 지붕으로 유명한 천단 기년전의 높이도 9장9척이고. 회음벽 바로 옆의 오래된 측백나무도 9마리의 용이 함께 승천하는 것 같다는 뜻에서 구룡백(九龍柏)으로 불린다. 청나라 황실에서는 새해를 맞는 큰 잔치에서 각종 음식물 99품을 진열했고 황제의 생일 때 9의 배수인 81종의 오락 프로그램이 펼쳐졌다고 한다.

우리가 쓰는 숫자가 한자에서 온 것이기는 하지만 숫자의 단위인 억(億), 조(兆), 경(京) 등이 하부 단위가 꽉 찰 경우에 넘어가는 다음 수이기는 하지만 일종의 유한한 개념이라고 한다면 9는 크고 많고 높다는 뜻으로 더 많이 쓰인다. 구천(九天)이란 말은 하늘의 중앙과 사방팔방의 하늘을 더한 9개의 하늘이니 하늘 전체를 말하는 것이요, 구주(九州)라는 말은 요순시대 이후 중국전역을 크게 나누는 개념으로서 기(冀) · 연(兗) · 청(靑) · 서(徐) · 형(荊) · 양(揚) · 예(豫) · 양(梁) · 옹(雍) 등 9주로 나누어 사용해왔다. 이렇게 9가 들어가는 말은 궁궐도 9중궁궐이요, 벼슬도 9품이요, 사방의 이민족도 구이(九夷)이며, 구소(九韶)는 피리 등 관악기로 부는 9개의 음악으로서 순(舜) 임금이 만들어 연주했다는 전설적인 음악이요, 구소(九霄)는 하늘의 변화를 9가지, 곧 신소(神霄) · 청소(靑霄) · 벽소(碧霄) · 단소(丹霄) · 경소(景霄) · 옥소(玉霄) · 낭소(琅霄) · 자소(紫霄) · 태소(太霄)로 나누어 설명할 때 쓰는 말이다. 구성(九星)이란 말은 인간의 길흉을 결정짓는 9개의 별, 곧 일백(一白) · 이흑(二黑) · 삼벽(三碧) ·

사록(四綠) · 오황(五黃) · 육백(六白) · 칠적(七赤) · 팔백(八白) · 구자(九紫)를 의미한다. 이렇게 9가 들어간 개념은 끝도 없다.

9는 숫자로 보면 한 단위에서 가장 큰 수다. 9는 양수(陽數)가운데 가장 큰 수로서 하늘을 상징한다. 그래서 구천(九天)이란 말은 온 하늘을 지칭한다. 하늘은 9개의 층으로 나뉘어 있다는 뜻이다. 아주 높은 하늘 저 끝을 구소운외(九霄雲外)라고 한다. 아주 넓은 세상천지

는 구주방원(九州方圓)이요, 아주 깊은 곳은 구천지하(九泉之下)이며, 아주 추운 날은 수구한천(數九寒天)이라고 한다.

9는 가장 큰 양수, 가장 높은 수이기에 가장 좋다는 뜻을 담고 있다. 그러므로 민간에서는 모든 기준을 9로 해서 그 배수로 표현하는 경향이 있다. 우리나라에서는 그 의미가 퇴색했지만 중국에서는 9가 겹치는 9월9일을 중양절(重陽節)이라고 해서 이 날을 중요하게 쉰다. 九(구)는 久(구)와 발음이 같다. 오래 산다는 뜻, 오래 간다는 뜻이 들어가 있다. 필자가 중국에 특파원으로 있던 1990년대 초 중국인들은 자동차 번호판도 9로 끝나는 것을 좋아하고 있었다. 필자가 있던 차량의 번호는 2369이었는데, 중국인들은 이 번호판을 보더니 너무 좋다며 자기들에게 팔라고 한다. 낮은 데서 시작해서 9로 끝나니 사업이나 인생이 다 잘 되어가는 형상이라는 것이다.

어떻게 보면 옛 사람들이 생각한 좋은 수 9에 해당하는 진정한 달은 음력 9월이 아닌가 한다. 필자의 생일도 음력 9월9일이었다. 9가 두번 겹쳐서 좋은 날인것 같은데, 사주에 의해 하루 앞당겨졌다. 가장 좋은 날 9가 2개나 겹치면 더 좋지 않겠는가? 그러나 너무 좋은 것은 곧 꽉 찼다는 것이고 그것은 더 이상의 발전이 없이 곧 내려간다는 뜻이 되기 때문에 약간 덜 찬 중양절 하루 전도 생일로는 그리 나쁘지는 않다. 음력으로 9월이 되니 괜히 쓸데없이 자기 생일 타령인가? 지금 세상은 금융위기, 통화위기에다가 우리 사회는 신뢰성 상실의 위기로 모든 사람들이 불안하기만 한데, 그런 세상의 고민을 도외시하고 자기 생일 타령이나 하고 있단 말인가?

그러나 내가 걱정한다고 세상 고민이 다 풀리는 것은 아닌 만큼 나는 내 고민과 관심부터 해결하면서 세상일을 걱정하련다. 날씨도 늦더위에서 가을의 서늘함으로 넘어간다는데, 양력과 음력 9월의 길목에 서니 별 쓸데없는 생각이 다 드는 것이다.

도토리 키재기

"오늘은 도토리에 미끌어지지 않을까 조심해야 하겠네."

아침 북한산 둘레길 산책길에 나서서 계단을 조금 올라가자마자 길에 도토리가 제법 많이 떨어진 것을 본 집사람의 말이었다. 그 말처럼 오늘 아침엔 도토리들이 이곳저곳에 많이 떨어져 있다. 상대적으로 알밤은 별로 보이지 않는다. 지난 주말을 정점으로 한 보름동안

둘레길 구간에 있는 몇 군데의 밤나무 밑에는 알밤이 곳곳에 떨어져 있어 산책길의 시민들에게는 밤을 줍는 쏠쏠한 재미를 만끽하게 해 주었는데 이제 알밤은 대충 떨어지고 도토리가 그 역할을 대신하려는 듯하다.

"툭~ 툭~" 풀이나 나뭇잎 위로 떨어지는 밤소리는 그리 크지는 않지만 귓속에 마치 큰 돌이나 떨어지듯 크게 들린다. 소리가 들리는 곳을 바로 찾아가 보아도 밤은 잘 보이지 않다가 열심히 찾으려는 의지를 보인 사람들에게만 자신을 드러낸다. 그렇게 벌써 보름 가까이 알밤 줏기는 우리 아침의 소소한 기쁨이었다.

사실 알밤을 줏는 것도 보물찾기에 진배없다. 어릴 때 소풍을 가서 보물찾기를 하면 난 정말 지지리도 보물을 찾지 못하고 남들 줏은 것을 바라보며 헛물만 켰는데, 성장해서도 마찬가지였다. 같이 산책길을 가도 내 눈에는 전혀 보이지 않는데, 어느새 집사람은 허리를 굽히며 알밤을 줏어낸다. 어떤 날은 한 두개 줏다 보면 서른 개나 되기도 한다, 나야 기껏해야 10개도 안되는데..그런데 풀과 나뭇잎 사이에서 하나 둘 알밤을 발견할 때의 그 기쁨은 또 어떤가? 그것이 나뭇잎과 비슷한 보호색이어서 금방 눈에 안띄고 진정으로 마음눈이 밝은 사람에게만 보여주지 않던가?

"그거 주워가서 뭐하는 거예요?" 이런 질문은 그깟 산의 알밤을 줏어가면 뭐 먹자마자 할 것도 없을텐데 그리 열심히 줏어가느냐는 비난과 항의가 그 속에 담겨 있음을 모르는 바가 아니다. 그러나 나는

짐짓 "아니 산 밤을 안드셔보셨나요? 얼마나 달고 고소한데.."라며 애써 변명 겸 모면을 한다. 뭐 그 말이 기실 틀린 것은 아닌 것이, 집에서 삶은 것을 몇 번 먹어보니 공주에서 나는 재배 밤보다도 크기는 작아 먹을 것은 없어도 맛은 더 있다. 고소하기도 하고.

그런데 오늘 아침에도 우리는 또 갈등을 겪는다. 우리가 이미 방송의 켐페인을 통해 다람쥐등 산짐승이 먹도록 제발 도토리나 알밤을 줏어가지 말라는 말이 생각나기 때문이다. 집사람은 어차피 다람쥐는 밤은 먹지 않을 것 아니냐, 우리는 도토리는 줏지 않으니 괜찮은 것 아니냐며 밤을 주웠다. 다만 오늘은 좀 늦게 산책을 나온 탓에 다른 산책객들이 밤 나무 밑에서 몸을 구부리고 풀섶을 헤치는 모습이 평소보다 많이 보이는 관계로 대충 그만 줍고 집을 가기로 하였다.

오다 보니 한 아주머니 앞 가슴에 제법 큰 자루가 달려 있는데 자세히 보니 다 도토리다. 그리고는 아침에 우리가 올라오던 길에 그렇게 많이 보이던 도토리가 하나도 없는 것이 아닌가? 아니 도토리를 저렇게 다 줏어가면 정말 다람쥐들은 어떻게 하란 말인가?

이렇게 자신이 밤 줏어가는 것에 대해서는 미안해하지 않고 남 도토리 줏어가는 것을 뭐라고 그러는 마음이 생긴다. 따지고 보면 그 아주머니나 나나 산에서 집어서 가는 것은 오십보 백보, 도토리냐 밤이냐의 차이니까 도토리 키재기이다. 분명한 것은 우리는 아무 생각 없이 줍지만 우리 것이 아닌 것을 집어가는 것은 마찬가지라는 것이다.

종조부이신 퇴계는 일찌기 서울에서 세들어 있을 때 이웃집의 밤나무 가지가 담장을 넘어 뻗쳐 있었으므로 밤이 익으면 알밤이 뜰에 떨어졌는데, 가동(家僮)이 그걸 주워 먹을까봐 언제나 손수 주워 담 너머로 던졌을 정도로 개결한 성품이었다고 조선왕조실록은 퇴계의 졸기(拙記, 사람이 죽으면 그의 행장을 개략적으로 평가, 정리하는 글)에 전하고 있는데, 우리는 그저 아무 생각 없이 밤이고 도토리고 줏어온다, 물론 어떤 분들은 도토리로 분을 내어 묵을 쑤기도 하고, 산 알밤은 또 굽거나 삶아 먹으면 달콤하기에 심심풀이로 그만이지만 오늘 아침에는 어떤 아주머니가 너무 많이 줏어가시는 것 같아서 갑자기 손이 부끄러워졌다. 도토리에 미끌어지기는커녕 너무 깨끗해 마치 집 앞을 청소한 것처럼 산책길 나무계단이 깔끔한 것을 보니 더욱 그렇다.

주머니에 손을 넣어 세어보니 한 일고 여덟 개쯤 되는 것 같다. 한 주먹쯤 되는데, 이것을 꺼내어 산책길 옆, 철망 속으로 휙 던져버렸다. 가까이 떨어진 것은 사람들에게 안 보이게 다시 나뭇잎으로 덮어주었다. 그리고는 속으로 나지막하게 말했다. "미안해."

내려오는 나의 주머니는 비었지만 그 속에는 자그만 기쁨이 들어가 있었다. 내 손안에도 어느 새 작은 '복'이 들어가 있었다. 누가 그러지 않던가? 사람은 누구나 다 죽고 죽으면 아무 것도 가져가지 못하지만 오직 자신이 지은 복은 가져갈 수 있다고. 그리고 그 복이라는 것은 자신이 갖고 있는 것을 남에게 주는 것, 그것이라고.

그래 작은 알밤 몇 개라도 주고 가자. 본래 내것도 아니었는데 뭐.

부추 위의 이슬

계절이 겨울로 치닫는가?

이른 아침 공기가 차다. 얼마 전까지 풀잎과 꽃잎 위에 맺히던 이슬들이 어느덧 차가운 서리로 변하는구나. 우리네 몸이 움츠려 드는 만큼 마음도 움츠려든다. 아침 일찍 산책이라도 할 양이면 바로 조선 중기의 시인 장유(張維, 1587(선조 20)~1638(인조 16))의 이런 시가 생각날 것이다.

흰 이슬이 찬 서리로 변하는 계절	白露變淸霜
강 언덕 뭇 방초(芳草)들 꺾여 쓰러지네	江潭摧衆芳
풍진 세상 천리마들 하릴없이 늙어가고	風塵老騏驥
화살맞아 떨어지는 난조(鸞鳥)와 봉황(鳳凰)	矰弋到鸞凰
아득한 하늘에 어떻게 따져 물어보리	天遠眞難問
미천한 인간 혼자서 가슴 아파할 따름	人微謾自傷
예로부터 흘린 눈물 어찌 헤아릴 수 있으랴만	古今無限淚

내 다시 홀로 서서 옷깃을 적시누나　　　　獨立更沾裳

—감회에 젖어[有感], 장유

이슬이 찬 서리로 변하기 전, 아침 햇살을 받으면 이슬이 금방 없어지는 것을 보면 그 이슬이 사라지는 것이 마치 우리들 인생 같다고 해서 부추 위에 생긴 이슬이라는 뜻의 '해로가(薤露歌)'라는 노래가 있다네.

부추 위 맺힌 이슬 어이 이리 쉽게 마르나　　　　薤上朝露何易晞

이슬이야 말라도 내일이면 다시 내리지만　　　　露晞明朝更復落

사람은 죽어 한번 가면 언제나 돌아오나　　　　人死一去何時歸.

부추 위에 맺힌 이슬처럼 덧없이 지는 인생을 슬퍼하는 이 노래가 우리 조상들이 상여를 메고 장지로 가면서 부르는 만가(輓歌)의 유래란다. 썰렁한 가을이나 추운 겨울 상여를 메고 장지로 가면서 들판을 지날 때 만장이 앞을 서고 많은 조객들이 뒤를 따르는 가운데 요령을 흔드는 선소리꾼이 선창을 하면 후렴으로 따라 부르는데 언젠가 조부가 돌아가셨을 때 장지로 따라가면서 듣는 만가는 왜 그리 슬프던가? 하관을 하고 마지막에 성토를 하면서 부르는 덜구소리는 또 왜 그리 애절한가? 일전에 해로가의 유래가 되는 전횡(專橫)의 고사를 공부한 적이 있다. 중국 청도 동북쪽에 있는 전횡도(田橫島)라는 조그만 섬에 얽힌 이야기이다.

전횡은 사람 이름이다. 중국을 통일한 진(秦)의 시황이 죽고 나서 곧바로 대제국은 여러 제후들이 들고 일어나 다시 전쟁터로 변해버렸는데, 이 때에 산동(山東)지방에는 전(田)씨 형제가 세력을 잡고 있으면서 맏형이 제왕(齊王)을 칭하고 있다가 죽고 동생인 전횡(田橫)이 왕이 되었다. 나중에 한의 고조가 된 유방(劉邦)이 점차 천하를 통일해나가자 전횡은 유방이 보낸 설득객인 역이기(酈食其)의 말을 듣고 귀순하려 했으나 도리어 유방이 보낸 한신(韓信)에게 공격을 당해 크게 패한다. 전횡은 속았다며 역이기를 죽이고 남은 세력 500명을

이끌고 청도 근처의 이 섬으로 도피해 들어간다. 드디어 천하를 통일한 유방은 섬에 남아있는 제왕(齊王)의 세력을 그냥 둘 수가 없어 벼슬을 줄테니 귀순하라고 종용한다. 고민하던 전횡은 수하 2명을 데리고 수도인 낙양(洛陽)으로 향하다가, 유방에게 가면 틀림없이 치욕을 당하고 죽을 터이니 차라리 스스로 죽는 것이 낫다고 판단한 듯, 30리 앞에서 자결하고 2명의 수하는 전횡의 목을 유방에게 바치고 역시 자결한다. 유방은 이에 왕에 준하는 성대한 장례식을 열어주는데, 그 섬에 남은 500명은 전횡이 죽었다는 소식을 듣고는 일제히 자결함으로서 왕에 대한 충절을 보여주었다.

전횡(田横)이 죽자 그를 따르던 사람들은 소리 내어 울지도 못하고 두 편의 시를 외우며 슬픔을 달랬다고 하는데 그것이 바로 '해로가'와 '호리가'라고 한다. 해로는 부추 잎의 이슬, 호리는 시신이 묻히는 무덤. 이렇게 두 수인데 나중에 앞의 것은 높고 귀한 사람들에게, 뒤의 것은 평민 이하의 사람이 죽으면 불러주었다고 하고 이것이 곧 상여소리의 시작이란다.

蒿里曲(호리곡)

호리는 누구의 집터인가.	蒿里誰家地
혼백을 거둘 땐 현명함과 우둔함이 없네.	聚斂魂魄無賢愚
귀신은 어찌 그리 재촉하는가.	鬼伯一何相催促
인명은 잠시도 머뭇거리지 못하네.	人命不得少踟躕

겨울이 지나 봄이 오면 사람들은 생명의 탄생을 생각하고 즐거워하며 날이 추워지고 겨울이 오면 사람들은 생명이 시드는 죽음을 생각한다. 다만 삶은 즐겁고 죽음은 괴롭다고만 한다면 누가 죽으려 할 것이며, 죽기 싫어서 얼마나 나쁜 짓을 하려고 할까? 그러기에 삶과 죽음은 별개가 아니고 단지 끝없이 반복되는 자연의 법칙이기에 그것을 받아들이면 마음이 편해지지 않을까? 물론 덧없이 사라지는 이슬처럼 우리네 삶의 길이도 짧은 것이지만, 다른 생물에 비하면 엄청

나게 길게 부여받았다고 생각할 수도 있기에 짧고 험하다고만 생각할 일이 아니다.

어제 오늘 아침에 보이는 이슬, 조금 있어 해가 뜨면 또 없어질 이슬을 보며 이런저런 우리네 삶의 길이의 문제를 생각해보게 된다.

등불 앞에서

입추가 지났으니 밤에 불어오는 바람이 가을을 담고 있는 느낌이다. 밤새 창 밖에는 비가 계속 내렸고 또 지금도 내리고 있다. 한밤중에 내린 비이니까 이를 三更雨(삼경우)라고 해도 괜찮을 것 같다. 그야말로 고운 최치원 선생이 읊은 '窓外三更雨(창외삼경우)' 곧 '창 밖에는 삼경우가 내리고'이다. 비가 밤새 내리고 있다는 뜻이다. 이렇게 밤새 내리는 비를 새벽에 듣고 보게 되면 그 앞의 귀절이 다시 생각난다.

秋風唯苦吟(추풍유고음) 가을 바람은 썰렁한 소리를 내는데
世路少知音(세로소지음) 세상에는 날 알아주는 사람 없네

바로 요즈음 같은 시간이다. 가을에 들어서는 문턱에 와 있는데 밤새 비가 내린다. 이따끔씩 부는 바람은 가을 바람처럼 슬픈 소리를 내는데, 생각해보니 이 내 마음을 알아주고 내 뜻을 이해해주는 친구가 정말로 없다는 생각이 든다는 것이다. 그러니 창 밖에 밤새 내리

는 비가 새삼 귀에 들어온다. 그리고는 마지막 귀절이다.

燈前萬里心(등전만리심)
어둠을 밝힌다고 켜 놓은 등잔불의 불꽃이 바람에 흔들리는 그 앞에서 내 마음은 천리 만리를 달려서 가고 있구나.

불과 스무자에 지나지 않는 짧은 시이지만 자연과 때와 사람과 세상과 내 마음의 흐름까지를 완벽하게 담아낸 명시라 하겠다. 올 여름은 여름이라고 할 것도 없이 비가 계속 내렸고 사람들은 큰 비에 피해를 많이 힙어 마음이 빗 속에 젖어든 듯 썰렁하고 처연한데 입추가 지나면서도 날씨는 해가 나지 않고 계속 비만 내려 더욱 마음이 싱숭생숭하다. 이러다 보니 세상이 별로 신이 나는 일도 없고, 또 마음을 알아주는 친구도 없는 듯 공연히 이 생각, 저 생각, 다시 마음이 춤을 춘다. 발 없는 마음이니 천리를 못갈까 만리를 못갈까 새벽 빗소리에 잠못이루는 우리네 신세를 여지 없이 그려내고 있다.

이렇게 짧은, 많지 않은 글자로 깊은 뜻을 담아낼 수 있는 것이 아마도 한자, 한시가 갖고 있는 매력일 것이다. 지금 우리들이 한문을 제대로 배우거나 쓰지 않고 완전히 한글로만 생각하고 기록하는 한글문화시대로 접어들었지만 그래도 가끔씩 한시를 인용하고 이를 읊는 것은 바로 한자가 갖는 이런 맛 때문일 것이다.

그러나 바람소리에, 빗소리에 마음이 상하고, 나를 알아주는 사람 없다고 하소연 아닌 하소연만 하고 말 일은 아니다. 원래 세상이 그렇지 않던가? 그동안 봄에서부터 여름까지 우리의 삶이 힘차고 화려하고 요란한 가운데에 살아왔기에 삶의 원래의 모습을 우리가 잊고 있었던 것 뿐이리라. 열심히 살 수 있을 때에는 열심히 살고 또 그렇지 않은 때에는 성찰을 하면서 인생을 다시 생각하며 새로운 갈 길을 생각하는 것이다. 그것은 자신이 세상에서 갖고 있던 작은 권력이나 권세, 이런 것이 떠나고 난 뒤에 느끼는 허탈한 심정에서 스스로를 해방시키는 것이 될 수도 있다. 세상의 의무에서 벗어나는 만큼 자신도 자신을 얽매이고 눈과 귀를 가려주었던 세상의 아편, 세상이 주는 환각에서부터 스스로를 떼내어야 하는 것이라는 말이 된다. 자유라는 말을 우리가 자주 쓰지만 세상에서부터 스스로 자유로워지는 것이 곧 자유의 참 뜻이라고나 할까...

가을의 입구에서 밤바람이 길고 설렁설렁하게 부는 것을 보면서 이제 긴 인생의 전환점에 서 있는 자신을 다시 보며 자신의 길을 다시 설정하는 것이다. 벌써 가을인가? 벌써 그럴 나이인가 하고 말할 수도 있겠지만 가을을 볼 수 있고 느낄 수 있다는 것 자체가 사람들에게는 작은 위안, 아니 축복일 수 있다는 생각에 창 밖에서 불어오는 한줄기 서늘함이 그리 서운하지만은 않다.

Part 3

평화 만들기

달빛 길어 올리기

가을 하늘 밝은 달

이런 신한류를

함께 사는 법

평화만들기

은비령의 별

풀잎에 난 상처

차나 한잔 하시고

달빛 길어 올리기

벌써 아침인가?

부시시 눈을 부비며 일어나보니 창밖이 훤하다. 날이 벌써 새나? 이런 생각에 밖을 내다보니 8월 보름달이 겨우 이틀 지나 조금은 원만함을 다소 감춘 둥그스러한 모습으로 자애롭게 서쪽 하늘에서 내려다보며 웃고 있는 새벽이다. 추석 때부터 밤마다 하늘이 맑아져 올해는 둥글고 둥근 보름달을 제대로 볼 수 있는데, 오늘 새벽 날 깨운 것은 정녕 달의 부드러운 미소렸다.

그 달을 올려다보다가 눈을 밑으로 내리니 세상이 온통 은빛 속에 춤을 춘다. 북한산 자락을 도는 집 바로 앞의 도로도 차량의 흔적이 끊긴 채 고요하고, 멀리 북한산 백운대에서부터 가까이는 의상봉과 문수봉, 사모바위 등 봉우리들이 은은히 시립하며 달빛 공주의 춤을 위해 박수를 쳐주고 있다.

당나라 시인인 이백(701~762)은 어떻게 그리 이 달빛을 보는 순간 영원히 잊혀지지 않을 절창을 했을까? 어떻게 이 달빛을 보며 고단한 인생, 고향을 떠나 살 수 밖에 없는 우리 나그네의 심사를 온통 다

쓸어 담았을까?

침상 앞 달빛 어찌 그리 밝은지	床前明月光
서리가 내린 줄 알았잖아	疑是地上霜
고개 들어 밝은 달 보다보니	擧頭望明月
고향 생각 고개 절로 내려가네	低頭思故鄕。

다섯 글자로 넉 줄, 곧 20자의 한자로 표현한 가장 간결한 달밤 정경인데, 초저녁이 아니라 나처럼 새벽에 깬 상태이리라. 정야사(靜夜思), 곧 고요한 밤에 생각나는 것이란 제목에서 사람들이 달빛을 보

며 무슨 생각을 하는지를 비로소 알겠다.

우리가 보름달이 좋은 것은 그 속에 고향이 있기 때문이리라. 고향은 곧 부모님이고 부모님은 곧 우리에게 언제나 먹을 것을 대어주시던 포근함이고 넉넉함이다. 무엇이든 해주려 하고 무엇이든 먹이려 하고 무엇이든 객지에 나간 자식을 위해 싸주려 하는 그 사랑의 마음이다.

우리가 추석이라고 그 고생을 해가면서도 고향에 가려고 하고 겨우 한 시간을 보고 올 망정 고향에 가서 부모님을 보고 싶은 것은 바로 그 마음, 그 포근함, 그 사랑이 그리워서일 것이다. 우리의 삶이 도시로 나가서 살지 않으면 갈수록 어렵고 그 속에서의 삶이란 팍팍함과 살벌함으로 점점 달려가는 이 현실에서 우리에겐 고향의 부모님의 사랑이 그리운 것이고 아무 걱정없이 부모님의 해주시던 그 음식을 다시 먹어보고 싶은 것이리라. 비록 팔 순 구순이 되어 이젠 움직이기도 힘들어지신 부모님일지라도 그 주름진 손으로 만든 음식을 받아먹어보고 싶고, 그 깊게 패인 눈가의 주름이 웃음과 기쁨으로 펴지는 것을 보고 싶은 것이다.

그런데 그것도 못하고 일을 하거나, 찾아갈 부모가 없는 분들은 이렇게 하늘에 떠 있는 달을 보고 대신 부모를 만나는 것이다. 그 달 속에 부모가 있고 고향이 있고 사랑이 있고 풍만함과 풍요로움이 있다. 달은 곧 어머니의 얼굴이기 때문이다.

그래도 달빛을 보고 고향의 서리를 생각한 이태백 보다는 달빛을 보고 부모님의 사랑을 생각해낼 수 있는 지금의 나는 훨씬 행복하지 않은가? 달빛을 서리가 아니라 어머님의 백설기 쌀가루라 생각하면 비록 지금 남들보다 모자란 것 같고 못난 것 같아도 마음은 더 풍요롭지 않은가? 곧 하현달로 접어들 저 보름달이 지기 전에 달빛공주의 춤을 되도록 더 많이 보고 조금 더 창밖의 백설기 쌀가루를 마음으로 받아 먹어야겠다.

가을 하늘 밝은 달

잊을까 걱정돼 이 책 저 책 뽑아 놓고서
흩어진 걸 도로 다 정리하자니,
해가 문득 서산으로 기울어지고,
가람엔 숲 그림자 흔들리누나.
막대 짚고 뜨락으로 내려가서
고개 들고 구름재를 바라보니,
아득히 밥 짓는 연기 피어오르고,
으스스 산과 벌은 차가웁구나.
농삿집 가을걷이 가까워지니,
방앗간 우물터에 기쁜 빛 돌아.
갈가마귀 날아드니 절기 익어가고,
해오라비 우뚝 선 모습 훤칠쿠나.
그런데 내 인생은 홀로 무얼 하는 건지
숙원이 오래도록 풀리질 않네.
이 회포를 뉘에게 얘기할거나.

고요한 밤, 거문고만 둥둥 탄다.

-퇴계 이황(退溪 李滉), '저녁 산보(晩步)'

위대한 학자로 알려진 퇴계의 이 시는 가을 저녁을 맞아 분주해지는 사람들의 생활 속에서 쓸쓸함을 느끼며 끝없이 추구하는 학문이 아직 이뤄지지 못함을 아쉬워하는 한 평범한 인간의 내적인 면모를 전해준다.

날씨가 부쩍 추워졌다. 아침 기온이 서울지방의 경우 영상 7도 가까이로 내려가고 설악산에 눈이 17센티나 쌓였다는 소식에 아침 산책길에 만난 계절의 얼굴이 전보다 무척 싸늘해진 느낌이다. 요즈음이야 난방이 잘 되는 아파트에 살면 창 밖의 추위가 남의 나라 이야기처럼 느껴지지만 예전에는 난방이 제대로 안 되는 데다가 바람이라도 불면 외풍이 방안에 밀려와 을씨년스럽기가 그지없었을 것이다. 춥다고 곧바로 불을 때는 것도 아니고, 불을 때어도 온돌일는 것이 겨우 초저녁 몇시간만 절절 끓을 뿐, 아침이 되면 다시 냉골이 되지 않나? 또한 지금 같은 내복이라고는 별도로 없고 솜을 넣어 만드는 바지와 저고리가 유일한 방한복이었을 텐데 그것만을 껴입고 있을 수도 없고 이래저래 옛사람들은 계절이 가을에서 겨울로 접어들면 몸으로 느끼는 추위가 점점 강해지면서 정신적으로도 긴장을 할 수밖에 없었을 것이다.

낙엽이 본격화되는 요즘 같은 가을을 맞아 뜰 앞에 내려선 퇴계에게도 가을은 그렇게 다가왔다

庭前兩株梅 뜰 앞의 두 그루 매화나무

秋葉多先悴 가을되니 다투어 시드네

谷中彼薈蔚 산골짜기는 아직 울창해서 (회=艸+會)

亂雜如爭地 좁은 땅을 다투는 듯 한데

孤標未易保 뛰어난 풍채 보존키 어려운 것은

衆植增所恣 온갖 나무들의 제멋대로 때문이라

風霜一搖落 바람과 서리 호되게 몰아치면

貞脆疑無異 꼿꼿하든 약하든 무슨 차이 있으랴

芬芳自有時 저마다 꽃답고 향기로운 때

豈必人知貴 사람이 귀한 것 알아주어야

–秋懷 가을의 회포

이른 봄 청아한 향기와 함께 여름까지 고고한 기품을 자랑하던 매화도 잎이 떨어지고 나니 앙상한 가지만 남고 쓸쓸해 보인다. 인생도 이와 같아서 꽃이 피고 향기가 나는 한창 때에 곱게 잘 피어서 좋은 역할을 하고 좋은 역사를 남겨야 하지 않겠는가? 하는 회포를 퇴계는 잎이 떨어진 매화나무에 빗대어 풀어놓고 있다.

조선시대 선비라는 것은 관가에 나가야 돈과 명예가 생기지만 그 자리는 늘 목숨을 건 싸움판이었다. 툭하면 무고하고 모함해서 귀양을 보내거나 죽인다. 퇴계 자신도 40대 후반 그가 조정에서 두각을 나타낼 무렵부터 많은 견제와 모함을 받기 시작했다. 이 때부터 그는 벼슬에는 뜻이 없었다. 그의 형인 온계공 이해(溫溪公 李瀣)가 황해도 관찰사와 충청도 관찰사 한성부 우윤 등을 지내다가 1550년 간신 이기(李芑) 등의 모함에 몰려 고문을 당한 끝에 귀양가던 중 별세하자 아예 벼슬길에 더 이상 있을 마음이 없어졌다. 그래서 고향에 한서암(寒棲庵)이란 작은 집을 짓고 뜰에다 소나무 · 대나무 · 매화 · 국화 · 오이를 심어 지조의 표상으로 삼으며 늘상 감상했다. 그 한서암에서 그 해에 지은 시가 퇴계의 속마음을 대변한다.

高蹈非吾事	높은 벼슬은 내 하고자 하는 일이 아니네
居然在鄉里	흔들리지 않고 향리에 있고 싶어.
所願善人多	바라노니 착한 사람 많이 만드는 것,
是乃天地紀	이게 천지의 덕 갚는 도리 아닌가

벼슬에 뜻이 없는 만큼 퇴계는 자연을 지극히 사랑한다. 살던 집에 솔 · 대나무 · 매화 · 국화 등을 심고 벗삼아 즐겼다. 1951년에는 계상서당(溪上書堂)으로 옮겨서도 방당(方塘:네모난 연못)을 만들고 연을 심고, 솔 · 대 · 매화 · 국화 · 연(松 · 竹 · 梅 · 菊 · 蓮)을 다섯 벗으로 삼아, 자신을 포함하여 여섯 벗이 한 뜰에 모인 육우원(六友園)이라

하며 그 속에서 서로 어울리는 흥취를 즐겼다. 61세가 되던 봄에는 도산서당 동쪽에 절우사(節友社)라는 단을 쌓고, 솔 · 대 · 매화 · 국화를 심어 즐겼다. 특히 매화에 대한 사랑이 남달라 서울에 두고 온 매화분을 손자 안도편에 부쳐 왔을 때 이를 기뻐하여 많은 시를 읊기도 했다.

獨倚山窓夜色寒　홀로 산창에 기대서니 밤이 차가운데
梅梢月上正團團　매화나무 가지 끝엔 둥근 달이 오르네
不須更喚微風至　구태여 부르지 않아도 산들바람도 이니
自有淸香滿院間　맑은 향기 저절로 뜨락에 가득 차네
–도산월야영매(陶山月夜詠梅)

퇴계는 34세에 벼슬을 시작하여 70세에 사망할 때까지 140여 직종에 임명되었으나 79번을 사퇴하였다. 30회는 수리되었지만 49회는 뜻에 없는 근무를 하였다. 질병 때문이기도 하지만 원래 벼슬보다 학문과 교육에 뜻이 있었기 때문이었다. 모든 선비들이 벼슬에 눈이 어두워 패가망신하는 험한 세상에서 진정으로 학문을 하면서 사람들에게 성현의 바른 삶을 보여주고 싶었던 것으로 봐야 한다. 그러나 관직에 있으면서도 일단 직책을 얻으면 책임을 다하고 소신껏 일을 하였다. 그는 문무를 겸비한 국방책을 진언했고, 침범한 왜적을 용서하고 수교를 해야 한다는 외교정책인 걸물절왜사소(乞勿絶倭使疏), 왕도를 깨우친 무진육조소(戊辰六條疏), 파면을 당하면서도 궁중의 기강을 바로 세운 진언, 성학십도(聖學十圖)를 올려 나라의 교학을 개혁했고, 군수로 나가서는 수리시설을 하여 농업을 진흥시켰고, 단양에서는 팔경을 지정하여 자연을 가꾸었으며, 우리나라 처음으로 산수를 기록하여 치산과 등산하는 법도 등을 남겼다. 충청, 경기, 강원에 어사로 나가서는 탐관오리를 잡아내고, 흉년으로 굶주리는 백성을 구제하였다. 중국 사신을 맞아서는 행패를 막았고, 문장과 글씨로 중국 예부 관원들을 감탄시켰다. 궁궐의 기문과 상량문, 현판 글씨, 외교문서 작성 등 많은 글과 글씨를 남겼다. 퇴계를 이기이원론이니 주리론이니 하는 어려운 철학사상으로 씨름하는 단순한 성리학자로만 아는 사람들에게 퇴계의 일생은 그가 얼마나 열심히 그리고 성실하게 살았는가를 보여준다.

그는 20세를 전후하여 ≪주역≫ 공부에 몰두한 탓에 건강을 해쳐서 그 뒤부터 다병한 사람이 되어 버려 자주 병고에 시달리면서도 항상 맑은 마음으로 자연을 대하며 그 속에서 인간의 철리를 깨닫고 이를 실천에 옮김으로서 후세의 사표가 되려고 애썼다.

"나는 항상 오래된 병고에 사로잡혀 있으니, 비록 산에 있다 해도 마음대로 글을 읽지 못한다. 깊은 아픔을 견디며 오래 숨을 고르고 나면, 때로는 육신이 날아갈 듯이 가볍고 편하여지며, 몸과 마음이 맑게 깨어나서, 세상을 돌아봄에 감개무량하기 이를 데 없어지기도 한다. 그럴 때면 책을 덮고 지팡이를 이끌고 방을 나서서 '헌'(巖栖軒)에 이르고, '당'(淨友塘)을 구경하고, '단'을 거닐고 '사'(節友社)를 찾고, 밭에 나아가 약초를 심고, 숲을 헤쳐 꽃도 따고, 혹은 돌 위에 앉아 샘물도 만져보고, '대'(天淵臺)에 올라 구름도 바라보고, 혹은 물가 바위에 기대 고기 노는 것도 구경하고, 물 위에 배를 띄우고 앉아 갈매기도 희롱하여 보기도 한다. 이렇게 마음이 끌리는 대로 이리 저리 돌아다니고, 눈길 가 닿는 것마다 살펴보고, 좋은 경치를 만나 흥에 취하여 노닐다가 돌아오면, 집은 적막하게 가라앉아 있고, 책은 벽에 가득하여, 책상을 마주하고 앉아 이미 알아낸 것은 따르고 새로 찾은 것은 닦아서 마음으로 깨우치기를 기다리다가 어떤 때는 밥 먹는 것까지 잊을 정도이다."

그렇게 열심히 학문에 진력한 끝에 퇴계는 50이 넘어서면서 그의 사상을 막힘없이 수많은 글로 쏟아낸다. 53세에 정지운(鄭之雲)의 〈천명도설 天命圖說〉을 개정하고 후서(後敍)를 썼으며, ≪연평답문 延平答問≫을 교정하고 후어 (後語)를 지었다. 54세에 노수신(盧守

愼)의 〈숙흥야매잠주 夙興夜寐箴註〉에 관해 논술하였다. 56세에 향약을 기초, 57세에 ≪역학계몽전의 易學啓蒙傳疑≫를 완성했고, 58세에 ≪주자서절요≫ 및 ≪자성록≫을 거의 완결지어 그 서(序)를 썼다. 59세에 황중거(黃仲擧)에 답해 ≪백록동규집해 白鹿洞規集解≫에 관해 논의하였다. 또한 기대승(奇大升)과 더불어 사단칠정에 관한 질의응답을 하였고, 61세에 이언적(李彦迪)의 ≪태극문변 太極問辨≫을 읽고 크게 감동하였다. 62세에 ≪전도수언 傳道粹言≫을 교정하고 발문을 썼으며, 63세에 ≪송원이학통록 宋元理學通錄≫의 초고를 탈고해 그 서(序)를 썼다. 64세에 이구(李球)의 심무체용론(心無體用論)을 논박했고, 66세에 이언적의 유고를 정리, 행장을 썼고 ≪심경후론 心經後論≫을 지었다. 68세에 선조에게 〈무진육조소〉를 상서했고 그의 학문의 만년의 결정체인 ≪성학십도≫를 저작해 왕에게 헌상했다.

퇴계는 당시까지 가장 많은 저술을 한 분이다. 전문적 저서는 별도로 하더라도 일기는 손수 쓴 것 4년 분 외에 이름이 전하는 것만도 9종이 되며 시는 제목을 아는 것이 3천560수, 편지는 3천 수 백 편이 문집에 전하고, 그밖에 여러 종류의 긴 글이 문집에 298편이나 실려 있다. 그처럼 많은 저작을 한 관계로 퇴계학을 연구하는 많은 학자들이 오랜 세월 동안 열심히 연구하고 있지만 퇴계의 저술을 다 읽은 이가 없을 정도라고 한다.

왜 갑자기 퇴계인가?

요즈음같이 도덕이 땅에 떨어지고 인륜이 갈갈이 찢겨진 세상에서 그 분의 존재가 다시 그리워지기 때문이다. 아버지는 아들의 벼리(綱)가 되고 임금은 신하의 벼리가 되고 지아비는 아내의 벼리가 되어야 한다는 가장 기본적인 덕목이 실종됐다는 한탄이 높아가고 있다. 신문을 보거나 방송을 들으면 우리 사회에서는 서로 상대방을 비난하는 목소리만 높아가고 한번도 상대를 잘했다고 칭찬하는 목소리는 듣기도 어렵다. 잘했으면 잘 했다. 못 했으면 못했다가 아니라 무조건 자기와 당이나 파가 다르면 비난부터 하되, 그것도 금도(襟度)가 없이 되는 대로 막말을 막 한다. 정치판이 그러니 사회 모두가 이를 부지런히 따라가기만 한다. 모두가 출세하려 혈안이 되어있고 남을 거꾸러트리고 자기가 올라가려고 하고 있고 밟힌 사람들은 나 몰라라 하고 있다. 조선시대 극심한 당쟁이 다시 재연되는 것이 아닌가 우려되는 상황이다.

이럴 때 퇴계의 삶이 다시 조명되는 것이다.

嗟爾世上人　아아! 세상 사람들아
愼勿愛高官　부디 높은 벼슬일랑 좋아 마시오.
富貴等浮煙　부귀는 뜬 구름과 같고
名譽如飛蠅　명예는 나는 파리와 같다네.

권력이나 이권이나 명예를 탐하는 게 세상의 변함 없는 인심인데, 이런 것들을 과감히 버리고 조촐한 인격을 꿋꿋이 지켜나간 그 분의 삶이 다시 보이는 것이다. 그의 생애가 우리에게 말해주는 것은 나 혼자만의 삶이 아니라 우리 모두의 올바른 삶을 위해 오늘 우리가 무슨 말을 어떻게 하고 어떤 생각과 태도를 지녀야 하는 것이다. 다산 정약용은 말한다;

"일일이 실행을 통해서 많은 인재를 길렀으며 누구든 어떤 부문이든 가르쳐 모두 대도에 이르게 하였다. 중도에 폐하는 사람이 없이 끝까지 가르쳤으며 학문을 닦아 선생의 뒤를 잇게 했다. 선생의 가르침을 읽으면 손뼉치고 춤추고 싶으며 감격해서 눈물이 나온다. 도가 천지간에 가득 차 있으니 선생의 덕은 높고 크기만 하다."

가을하늘 밝은 달과 같았던 퇴계의 일생. 자신의 명예욕, 물욕 대신에 학문을 통해 진정한 자신을 발견하고 이를 실천하는 선비의 정신과 삶, 그것이 지금 이 시대에 필요한 까닭이다.

이런 신한류를

미국 등 서양인들이 지하철이나 시내버스를 타면 자리가 나도 급하게 앉으려하지 않는데 비해, 우리 한국 사람들은 자리가 나면 급하게 앉으려 한다고 한다. 왜 그럴까? 그 이유를 생각해보면 아무래도 한국인들이 한국에서 버스를 타고 갈 때 그냥 복도에 서있다가는 넘어 지거나 밀려나 옆에 사람에게 피해를 줄 확률이 높기 때문일 것이다. 자리에 앉아야 그런 힘든 경험을 하지 않을 수 있다는, 일종의 경험철학에 의한 것이라고 봐야 한다. 상대적으로 미국인들의 경우 버스를 심하게 빨리 몰지 않으므로 자리에 앉아 있거나 서 있거나 간에 개인에게 그리 큰 피해가 오지 않으니까 자리에 앉는 것에 집착하지 않는다고 봐야 한다.

무슨 말인가 하면, 한국, 특히 서울에서의 '버스타기'는 이웃나라 일본에 비해서 여전히 곡예 같고, 시민들의 입장에서는 서커스 단원이 되지 않으면 편하게 목적지까지 가기가 어렵다는 현실이 상존하고 있다는 점이다.

“일본에서는 받아들일 수 없는 ‘한류(韓流)’”라는 제목의 글이 일본 최대의 일간신문인 요미우리(讀賣)에 실린 적이 있다. 요미우리 서울 지국의 마에다 야스히로(前田泰廣)기자가 쓴 칼럼인데, 이 글을 주목할 수밖에 없는 이유는 우리의 시내버스 타기 현실의 문제를 정확히 지적해 주고 있기 때문이다.

마에다 기자는 서울에는 버스 노선이 그물망처럼 잘 뻗어있어서 출근길이나 쇼핑을 위해서 아주 편리하다고 전제를 하고, 그러나 승차에서부터 하차하는데 까지 한국인들의 조급한 성격이랄까, 대충주의를 느끼게 하는 면이 곳곳에 있다고 지적한다.

그는 가장 버스가 붐비는 명동입구 롯데백화점 앞의 예를 든다. 노선이 많이 지나가는 이 정류장에서 그냥 가만히 버스를 기다리고 있다가는 버스를 못 탈 가능성이 높다고 말한다. 버스 여러 대가 도착할 경우 뒷 차들이 정차선에 대지 않고 길 가운데에서 손님들을 내려놓는 바람에 버스 이용객들은 길 가운데로 들어가서 버스를 타고, 그렇게 되면 버스는 길 가운데서 그냥 출발해 버리는 수가 많다는 것이다. 승객들은 길 가운데에 선 버스를 타기 위해 길 가운데로 달려가야 하므로 아무리 좌우로 눈치를 살펴도 안전하지 못한 것은 당연하다. 불의의 사고가 난 경우를 보았다고 마에다 기자는 말한다. 그러므로 정류장에 가냥 가만히 서 있다가는 버스를 놓칠 확률이 높다는 것이다.

버스를 탔다고 하더라도 급발진이나 급정거로 괴로움을 당한다. 몸의 균형이 무너지게 되므로 옆 승객에게 부딪치거나 쓰러지는 경우도 많이 있고, 자기가 내리려는 정류장이 아니더라도 주의를 해야 하는 것이, 정차하기 전에 출입문이 열려 만원버스에서 튕겨나가 주행 중에 길바닥으로 떨어지는 경우도 있다는 것이다.

이윽고 자기 목적지에 도착해도 잘 내리는 것도 최후의 관문이라고 말한다. 승객이 내리는 동안에 출입문이 닫히는 것을 알리는 부저가 울리므로, 마지막에 내리려는 승객들은 버스에서 탈출하는 것처럼 빨리 내리지 않으면 안된다. 실제로 두 번이나 출입문에 낀 일본인도 있다고 마에다 기자는 전한다. 운전사에게 항의를 해도 "당신이 늦게 내려서 그런 것이 아니냐"며 거꾸로 공격을 받는다고 한다.

한국인들은 다 아는 이런 이야기를 새삼 인용하는 것은, 결국 이런 환경이 한국인들이 버스를 타면 자리에 앉으려고 서두르는 현상으로 이어지는 것이고, 그만큼 우리의 버스타기 환경은 여전히 한국적인

조급함과 대충주의를 대표하는 현상으로 남아있다는 것을 다시 지적하고 싶은 것이다. 버스를 타고 가다가 정거장에 도착하기도 전에 우리들이 곡예를 하듯 손잡이를 잡고 출입문쪽으로 나오는 것은, 이런 조급함, 즉 승객이 편안하게 내릴 수 잇도록 버스를 여유 있게 운전하지 않는 관행(?)에 익숙해진 탓일 것이다. 그냥 가만히 있다가는 차문에 끼이거나 자신이 원하는 정류장에 못 내릴 확률이 있기 때문일 것이다. 우리들은 이런 문제에 익숙해져 있어서 그냥 그러려니 하고 지나치지만 외국인 입장에서는 그것이 가장 눈에 띄는 한국인들의 시류(時流), 곧 韓流(한류)라고 느껴지는 모양이다.

마에다 기자는 이렇게 글을 마무리한다; 몇 달 전 일본에 일시 귀국해서 노선버스를 타고 가다가 (서울에서) 늘 그랬던 것처럼 주행 중에 출입문 근처로 옮기려 하자, 운전사가 "주행 중에는 미리 이동하지 말아주세요"라고 주의를 받았다고 한다. 일본에서 가요나 드라마 등 한류인기가 계속되고 있지만, 자신이 어느 틈엔가 알게 된 이런 '한류'는 받아들여질 수 없는 것이었다 라고.

그런데 며칠 전 일이 있어서 직장인 여의도로 가기 위해 시내버스를 탔을 때 나는 색다른 경험을 했다. 내가 늘 이용하는 노선 시내버스는 6628번과 5012번으로, 여의도 전경련 앞에서 하차를 하는데, 6628번을 타니까 젊은 운전기사가 "어서 오세요"라며 친절히 인사를 하는 것이 아닌가? 버스가 정류장에 서면서도 특별한 안내를 한다. 보도의 턱이 낮다거나 울퉁불퉁하다고 주의를 주고, 버스가 영등포역 쪽으로 돌아설 때에는 공사장이 있어 위험하다며 주의를 주고, 승객이 내릴 때에는 "안녕히 가세요"하며 인사를 고박꼬박 한다. 출발지인 외발산동에서 여의도를 돌아 다시 출발지로 되돌아가기까지 정류장 수가 적어도 50개는 넘을 터인데, 그 때마다 일일이 안내를 하고 승객들이 탈 때부터 내릴 때까지 꼬박꼬박 인사를 하니, 그 수고가 얼마나 많겠는가? 목도 아플 것이지만 이 젊은 기사분은 한결같다. 그리고 버스 안에서도 정거장 앞에서 미리 일어서면 "버스가 정류장에 도착한 다음에 내리셔도 충분하니 천천히 내리세요"라며 안내를 해 준다.

참으로 고마운 일이 아닐 수 없다. 참으로 대단한 일이 아닐 수 없다. 사실 시내버스를 안전하게 운행하고 승객들도 편안하게 목적지로 모시도록 하기 위해 버스 업계에서도 많은 노력을 하는 것으로 알고 있다. 전에 송파에서 여의도를 다니는 버스를 탄 적이 있는데, 이 버스의 운전기사도 그런 분이 있었다. 그렇지만 다른 버스를 타면 굉

장히 급하게 차를 몰아서 출근 시간 때에 몸이 쏠리거나 다리 폭을 조정해야 하는 경우가 많은 것을 보면 이러한 노력이 몇 번 시도하다가 그냥 유야무야된 것으로 보이는데, 이 기사님만은 원칙대로 승객들을 위해 자신이 최선을 다한다. 그것을 어찌 아는가 하면, 몇 달 전에도 이 기사님이 운전하는 버스를 탄 적이 있는데, 그 때 이름을 알아두려고 했다가 놓친 적이 있기 때문이다. 결국 이 기사님은 그 때부터 지금까지 여일하게 이런 '선행'을 계속하고 있는 것에 틀림이 없다.

이 6628번 영인운수의 모범 운전기사는 한철희 씨이다. (그 이름을 알기 위해 나는, 한철희 님이 달리는 동안에는 일어서서 나오지 말라는 안내방송에도 불구하고 달리는 버스를 가로질러 출입문까지 걸어가서는, 그 왼쪽에 부착되어 있는 명패판에서 이름을 확인했다) 비록 얼마나 많은 사람들이 내 글을 읽을까 생각하면서도 이 글을 읽는 사람들만이라도 그 이름을 기억해 주기를 바라는 마음에서 본인의 양해도 받지 않고 실명을 공개한다. 사실 한철희씨의 '선행'이 선행이 되는 것은, 그만큼 어쩌면 이웃나라에서는 당연한 일인데, 우리나라에서 여전히 안되고 있기 때문일 것이다. 법원의 판결도 만일에 사고가 나면 운전기사에게 책임을 묻지만, 우리나라 운전기사들의 인식이나 업무방식이 그런 세심한데 까지는 미치지 않는 것 같고, 그러다 보니 승객의 입장에서는 여전히 불편하고 불안하고 겁도 난다. 그런 것들이 우리들의 버스 타는 행태에 까지 영향을 주는 것 같다.

마에다 기자가 지적한 '한류'는 분명히 우리가 넘고 가야할, 버리고 가야 할 한류라면 6628번 운전기사 한창희 씨가 만들어가고 있는 '한류(韓流)', 곧 한창희 한씨의 새로운 조류는 우리가 널리 배우고 가르치고 보급해야 할 한류가 아닐 수 없다. 똑같이 발음하는 한류가 이렇게 서로 다른 뜻이 있을 수 있다. 우리가 찾아야 할 한류는 후자인 것이다. 남에게 친절하고 남을 배려하고 손님을 편안히 모시려는 마음과 행동 그것이다.

사족)승객들이 그 버스를 내릴 때에 자기도 모르는 사이에 "고맙습니다"라고 하고 내리는 것을 몇 번이나 보았다. 친절이 오면 친절이 가는 것이다. 아니 승객들의 입장에서는 운전기사님들의 당연한, 그러나 귀한 친절, 혹은 배려를 받으면 반드시 답례를 해주시기를 바란다. 그래야 그 친절이나 배려가 우리 사회로 확산되어, 더 이상 일본인들로부터 '이상한 한류'로 낙인찍히지 않게 될 것이다.

함께 사는 법

저녁에 술자리가 예정돼 있어 아침에 차를 두고 버스를 타고 출근하는 길이었다. 버스가 유난히 막히고 있어 무슨 일인가 보았더니 저 앞에서 길 옆 하수구에 큰 관을 묻는 공사를 하고 있었다. 이크 잘못 걸렸구나 !하고 기다리고 있는데, 이윽고 버스가 공사장가까이까지 도달하자 운전기사의 우렁찬 목소리가 귀를 찢는다

"아니 출근 시간에 이거 무슨 짓이야? 벌써 몇 십 분을 늦었잖아?"

그 공사인부들이 밤새 일을 하느라 피곤한데 왠 시비냐는 짜증을 낸 모양이다. 조금 있다가 또 들리는 목소리는 "아니 그럼 밤새 공사를 했단 말이야?"

그 말은 사실일 것이다. 어젯 밤 12시가 넘어 차를 몰고 들어오는데 이들이 공사를 하고 있었다. 차안의 승객들은 조금씩 불안해 진다. 운전기사의 목소리가 조금씩 높아지기 때문이다. 조금 더 있다가 들리는 소리는

"뭐야? 이 새끼? 새끼가 뭐야? 머 어쩌고 저째?"

이쯤 되면 그 이상은 설명할 필요가 없다. 차안의 승객들은 "이그 오늘 늦기는 좀 늦지만 그것보다도 홍역을 치를 것 같네. 이 기사 아저씨 목소리나 성깔로 보아 무사히 출근이나 할까?"하는 불안을 느끼고 있을 것이지만 애써 불안을 감추면서 "아 그만 해요..그냥 갑시다!"라며 점잖게 말들을 했다.

승객들의 타이르는 목소리가 두 세번 계속되니까 운전기사 아저씨도 드디어 액셀을 밟는다. 버스는 공사구간을 지나 언덕받이를 넘어가고 있었다. 그런데 정거장에 오자 아저씨의 목소리가 계속 들린다. 무슨 소린가 귀를 대어 보니 내리는 승객들에게 일일이

"죄송합니다. 안녕히 가세요."

하며 인사를 하는 것이 아닌가?

나는 거기서 10 정거장을 더 가서 일산 마두역에서 내렸는데, 그 아저씨는 그 때까지도 내리는 손님들 모두에게(물론 필자에게까지도) 여전히 인사를 하고 있었다.

"늦어서 죄송합니다. 안녕히 가십시오."

애초에 길이 막힌다고 공사장 인부들을 호통치던 모습에서는 골치

아픈 기사들 중의 하나가 아닐까 싶었지만 , 그 뒤의 모습은 너무나 다른 모습이고 그 호통이 정말로 출근 길 손님들을 위한 것이었음을 느끼게 된다.

몇 주 전 달리는 버스 안에서 취객이 운전기사를 폭행한 사건이 있었고 한 방송에서 특종을 하자 다음날 다른 방송과 신문에서 따라 왔다. 그로 해서 버스 운전기사들의 안전문제가 부각되고 이에 대한 보호책이 사회적인 관심으로 부각되지 않았던가?

다만 그 사건에서도 그런 측면이 있었지만 술을 먹고 택시비가 없어 버스를 기다리다 몇 대를 그냥 보내게 되면 누군들 울분이 치솟지 않겠는가? 그런 우리 가난한 서민들의 마음을 헤아려 보면, 그런 때에는 운전기사들이 미울 수 밖에 없다.

사실은 그들이 나쁜 것이 아니라 배차시간이 너무 타이트하게 되어 있을 것이고 길이 막히다보니 그 시간을 지키기 위해서는 웬만한 정거장을 지나치는 경우가 없지 않아서 그리 된 것일 텐데, 그러나 저러나 이번에 버스 기사들의 안전문제가 부각된 만큼 다음번에는 버스 운행의 구조적인 문제점을 방송에서 지적함으로서 기사들의 짐도 벗고 애꿎은 시민들이 버스를 몇 대씩 놓치는 경우를 없애야 한다는 생각이었다. 그래서 담당 부장과 이 문제를 협의해서 앞으로 이 문제를 다룰 기획취재를 하자고 말을 맞추는 과정이었는데, 이런 버스 운전기사를 만난 것이다. 그 기사 아저씨가 좀더 지긋하게 참아주셨으면 더 좋았겠지만 승객들을 위하는 마음이 저리도 강한 것을 확인한 데서야 고맙기가 그지없다. 하도 특이해서 그 버스 안에 있는 명패를 보니까 금촌에서 일산사이를 오가는 신성교통 151번 버스 경기76자 1061호더라.

신@수 기사 아저씨!

아저씨 마음은 정말 고맙습니다. 다만 그런 일이 있더라도 소리지르며 너무 따지지 마세요,

그러고 그렇게 하면 승객들이 얼마나 불안해할까도 좀 생각해주세요. 우리 승객들은 인사를 받아서 좋지만 혹시나 승객들을 위한다는 분노가 자칫 사고나 그런 걸로 이어질까 걱정한답니다. 되도록이면 화를 내지 않고도 자기 주장을 펴서 서로 알아들을 수 있게 하는 것, 그렇게 되면 짜증내지 않고 웃으면서 살 수 있지 않을까요?

그것이 우리가 함께 사는 방법이 아닌가요?

평화만들기

〈1〉

어느 날 회사 책상 앞으로 조그만 봉투가 하나 왔다. 그 속에는 직접 구운 음악 CD 한 장이 들어있었다.

"아, 그것이구나!"

며칠 전 아는 사람들과 함께 인사동 근처에서 저녁을 먹고 2차로 가자고 의견이 모아진 곳이 '평화만들기'라는 조그만 카페. 일행 중 한 명이 앞장을 선다. 보통은 인사동 길 수도약국 길에서 낙원동 쪽으로 가면 되는데, 이 선수는 용감하게 아예 4거리에서 곧바로 낙원동 쪽으로 길을 따라 가서 다시 수운회관 쪽 길로 따라 올라갔다가 골목으로 꺾어지는 역방향길을 택한다. 바로 가나 모로 가나 서울만 가면 되는 것, 술도 어지간한 우리들이 그것을 탓할 이유가 없다.

그러나 저러나 우리 일행 누구도 최근 2년 사이에 그 집을 가 본 적이 없었던 모양이다. 나뭇판을 붙여 옛날 문 식으로 만든 조그만

문을 열고 들어서니 '우리의 해림씨'는 보이지 않고 대신 훨씬 날씬한, 멋진(?) 여주인이 인사를 한다. 우리들의 약간 벌개졌던 눈이 동그레졌다.

"아 네, 지난해에 바뀌었습니다. 제가 인수를 했습니다. 전 주인 해림씨는 어디로 가셨다는데요."

주인의 말은 직접 서술형이 아니라 인용형이다. 누구한테 들었다는 듯한 어법이다.

"그래, 어디로 갔단 말이지? 어디로 갔을까?"

나의 이 우물거리는 질문에 시원한 대답이 돌아올 리가 없다.

"그래? 해림 씨가 없으면 별로지만 그래도 술을 먹고 가야지"

이런 의기투합으로 나무 의자에 걸터앉아 맥주를 마시기 시작한다. 이 집 안주는 그 전 해림 씨가 있을 때와 비슷하게 털털하고 푸짐

하다. 시원한 맥주 한 잔으로 뱃속의 열기를 조금 식히고 나니 머리도 식고 이제 방안의 풍경과 소리가 들어온다. 이집이야 뭐 원래 나무로 짠 책상과 걸상 몇 개가 나란히 줄지어 있는 것이고, 그 딱딱한, 모든 것이 직각인 구조에서 사람들의 감정만이 물컹물컹 구도의 엄격함을 지워주는 그런 곳인데, 거기 몇 놈(?)이 앉아서 책상을 손으로 치면서 떠들다 보니 노래말이 들리는 것이었다.

꽃이 피면 같이 웃고 꽃이 지면 같이 울던
알뜰한 그 맹세에 봄날은 간다

그런데 봄날은 간다고 해서 목청 높여 따라 불렀는데 조금 있다가 나오는 노래가사가 또 이모양이다;

연분홍 치마가 봄바람에 휘날리더라
오늘도 옷고름 씹어가며
산제비 넘나드는 성황당 길에

똑같은 가사 아닌가? 그것은 다른 사람이 부른 '봄날은 간다'이다. 술이 조금 오른 탓에 누구의 목소리인지는 구분이 안가지만 아무튼 약간 술 취한 사람들에게는 따라 부르기에 참 좋은 노래가 아니던가? "이거 왠 노래집이여?" 대답은 주인장 자신이 모은 것이란다. 무려 12명의 '봄날'이 모여 있다. "이거 좀 복사해 줄 수 있어요?" 이런 질문에 마음씨 좋아보이는 '새 해림씨'가 어디론가 가더니 뭘 들고 온다, 복사한 CD였다. 음악을 좋아하는 나의 눈에 불이 났다. 그렇지만 3장 밖에 없단다. 사람은 네 명. 할 수 없이 평소 양반인척 하는 내가 손을 거두었다. 그리곤 뻔뻔스러운 청탁을 한다 “혹 좀 보내줄 수 없나요?”

그렇게 해서 사무실로 도착한 것이었다. 집에 가서 그 CD를 틀어보니 이제는 ‘새 해림씨’가 아니라 진짜 해림씨가 궁금해진다. 도대체 해림씨는 왜 어디로 간 것일까?

〈2〉

내가 해림 씨를 보고 싶었던 것은, 물론 그 전에 한 대여섯 번 보았지만, 부산에 있으면서 그 친언니를 만났기 때문이다. 부산에 계신 친언니는 우리 직장에 바로 앞에서 작은 식당을 하고 있다.

어느 날 아침식사를 거르고 출근하던 나는 속을 풀겠다고 작은 식당에 들어가 된장찌개를 시켜놓고 기다리던 중 벽에 독일어 신문을 복사한 것들이 몇 장 붙어 있는 것이 눈에 들어왔다. 복사된 신문 속 사진을 들여다보니 젊은 한국여성이 웃고 있었다. 사진은 음악회를 지휘하는 모습과 오르간을 연주하는 것 등 몇 장이고 그 사진의 주인공은 Kantorin 정혜경으로 되어 있었다. Kantorin이 뭐지? 독일어라서 뜻을 찾아보니 영어로 choirmistress, 혹은 a female choirmaster, 곧 여성 합창지휘자이다. 그 신문들을 유심히 들여다보는 모습을 본 그 집 주인 아주머니가 자기 딸이라며 딸에 얽힌 긴

이야기를 말해주는 것이었다.

그 딸 이야기는 잠시 후에 하자. 이 아주머니 입에서 "인사동 평화만들기 운운"이라고 말하는 것이 들리는 것이었다. "아니 사장님, 평화만들기라고 하셨어요? 그 해림 씨가 하는? " 내 질문에 아주머니는 "네. 맞습니다. 그 평화만들기의 해림이가 제 동생입니다" 하는 것이었다.

아. 참으로 이상한 인연이구나. 보통 서울에서 부산으로 내려온 나 같은 사람들이 앞에도 많았겠지만 인사동 평화만들기를 아는 분들이 없었기에 그냥 넘어갔지만 나로서는 그냥 지나칠 수 없었다. 우리의

해림 씨는 얼굴이 조금 동글동글한 편인데, 언니되시는 분은 조금 길고 눈도 더 매섭다. 아마도 동생보다 더 많이 사셨고 또 삶이 힘들어서 인상이 강해지셨나? 아무튼 그 사실을 확인하고 나서는 그 집 음식이 웬 일인지 정이 많이 가고 맛도 더 있는 것 같이 생각되었다.

사실 언니의 음식 솜씨는 정평이 있다. 예를 들어 그 식당에서 최고의 메뉴는 비빔밥인데, 산나물과 무채볶음, 호박 볶음 등을 바닥에 깔아주는 이 비빔밥위에 밥을 휙 쏟고 비비면 맛이 풍성하고 배도 부르다. 아주머니는 우리가 이 비빔밥을 시키면 어느새 조그만 투가리에 된장을 끓여서 올려주신다. 나는 이 비빔밥을 더욱 맛있게 먹기 위해 고추장을 넣지 않고 그냥 비빈다. 그러면 호박을 볶을 때 나오는 국물이 자연스레 섞이면서 비빔밥이 아주 부드러워지는 것이다. 이 외에도 대구탕이건 생태탕이건 올리는 음식마다 먹음직스럽고 푸짐해서, 우리 회사 식구들이 자주 이용한다.

나는 서울에 있는 '우리의 해림씨'의 사람 다루는 솜씨도 그 언니로부터 내려 받은 것이 아닐까 생각해 본다. 나도 대개는 1차를 하고서 입가심용으로 몇 번 들렀고 해림 씨의 그 비상한 기억력으로 해서 인사를 받기까지 했지만 나는 해림 씨의 그 '평화만들기'에 참여하는 영광은 갖지 못했다, 그런데 다른 유명한 손님들, 이 평화만들기의 단골을 자처하는 분들은, 이 곳에서 '친절하지 않은 해림 씨'의 '평화만들기'작업에 참여한 경우가 많다고 한다. 가장 자주 이곳을 들른 것으로 자부하고 있을 손철주 주간(도서출판 학고재)의 글을 보면 그 평화만들기의 진상이 무엇인지가 마각처럼 드러난다;

'평화만들기'에서 내가 목격한 주먹다툼은 두 번이다. 보수적인 문화인이 진보적인 평론가에게 주먹을 날리는 것을 봤고, 진보적인 문화운동가가 보수적인 언론인의 멱살을 잡는 것도 봤다. 해림이의 진가는 이럴 때 나온다. 싸움 말리는 귀재다. 먼저 "오빠!" 하면서 고함을 지른다. 이때 성량은 60㏈쯤 된다. 반경 1m 안에서 터지는 이 벽력에 주목하지 않을 자는 없다. 순간 '정지화면'이다. 어지간한 사람들은 이 대목에서 수습된다. 그래도 안 될 때 해림이는 비장의 카드를 꺼낸다. 아니, 카드가 아니라 '망치'다. 선반에 항상 놓여 있는 이 망치를 들고 해림은 외친다. "느그들, 죽을래?" 해림이가 든 망치는 여축없다. 망치의 기울기가 딱 45도다. 이 각도는 옛날 소비에트연방의 국기에 그려진 망치와 똑 같다. 시비 중이던 진보 인사는 낯익어서 금방 나긋해지고 보수 인사는 화들짝 놀라 멈춘다. 나는 어떤 폭력은 폭력을 낳지 않고 평화를 부른다는 것을 해림이에게 배웠다.

평화만들기에 이런 깊은 뜻이 있는 줄을 아는 사람은 많지 않다. 그 망치의 존재를 아는 사람은 진정한 단골, 아니 해림 씨의 '오빠'라고 하겠다. 나는 물론 그 '오빠'의 반열, 혹은 대열에 오르지는 못했지만 해림 씨가 지금의 수도약국 골목으로 이사 오기 전 두 골목 위에 있을 때 지하로 들어가 본 사람이니까 제법 경력을 내세울 만하다. 그러기에 그 '친절하지 않은 해림 씨'의 언니를 부산에서 만나는 게 얼마나 반가웠을까? 아마도 부산 사람들은 몰랐을 것이다.

그런 해림씨를 보기 위해 찾아갔더니 해림씨가 없더란 말이다.

〈3〉

우리의 해림씨는 인사동의 터주대감이었다.

숱한 인사동의 술집, 카페, 밥집 중에서 우리가 그 이름을 기억해 주는, 많지 않은 명물중의 하나였다. 내노라는 문화계 인사들이 그 집을 들락거리고 때때로 그녀의 '평화만들기'에 이용당했다. 그러기에 해림 씨가 결혼을 한다고 하는 소식은 큰 뉴스였다. 2005년 7월의 이야기이다. 신문에도 났다. 내일 모레 오십을 앞둔 '꽃다운' 아가씨 해림씨의 결혼식은 수운회관에서 열렸는데, 주로 이 술집을 거쳐갔던 사람들이 너도 나도 모여 축하를 해 주었다. 이 때의 소식을 전한 한겨레신문에 따르면 하객으로는 신경림, 현기영, 이윤기 선생, 남재희 전 장관, 김근태, 유인태의원, 김용태 전 민예총 사무총장, 최열 환경운동연합의장, 화가 김정헌, 남궁산, 김선주 전한겨레 논설주간, 최보은, 임범 기자. 작가 윤정모, 조선희, 성석재, 김별아… 등등 미쳐 다 꼽을 수도 없을 정도였다고 한다. 주례는 백기완 선생이 맡았고 임수경 씨가 결혼식실행위원장을 맡았단다. 이윤기 선생이 이 시대 마지막 주모라고 했단다.

아마도 신랑이 되는 사람은 노래를 무척 잘 불렀던 모양이다. 이 결혼식을 묘사한 어느 기자는 "노래 엄청 잘 부르는 남편과 부디 평화 만들어 잘 사시고...."라고 인사말을 늘어놓았다. 그런데 아마도 이 기자는 해림 씨의 '평화만들기'가 무엇을 뜻하는지를 모르고 있었던 것 같다. 그러니 "남편과 부디 평화 만들어 잘 사시고..."운운 했을 것이다. 해림 씨의 평화만들기에는 때때로 망치가 동원된다는 점

을 몰랐을 것임에 틀림없다.

박재동 화백은 결혼식을 커리커쳐로 그려 2005년 7월8일자 한겨레신문에 역사의 기록으로 남겼다.

그런 역사를 만들고 남긴 해림씨는 결혼 후에도 몇 년간 열심히 평화를 만들고 있었다. 사실 해림씨의 오빠그룹에 끼지 못한 나는 그녀의 변화를 속속들이 알 수는 없었다. 다만 어쩌다 술이 취해 수도약국 골목길의 그 카페를 찾아가면 여전히 명랑한 얼굴의 해림씨가 있기에 모든 것이 잘되어가는 것으로 알고 있었다. 왜 그 미국인들이 늘 하는 말 있지 않은가? "Don't worry. Everything will be OK!"

서울의 해림 씨가 그런 역사를 만들고 있는 사이에 부산의 해림 씨 언니도 역사를 만들고 있었다. 이제 비로소 부산의 해림 씨 언니네 식당 벽에 붙여져 있는 해림 씨 언니의 딸, 아니 해림 씨의 조카 이야기를 해야 할 것 같다.

딸의 이름은 정혜경이라는 것을 이미 앞에서 말한 바 있다. 1975년생인 정혜경은 음악, 그 중에서도 오르간 연주에 뛰어난 능력을 보였다. 부산예고와 계명대를 나와 95년에 독일 유학길에 올라 데트몰트 음대 교회음악과에서 오르간과 지휘를 전공한다. 우리의 박사과정에 해당하는 전문연주자 과정 졸업을 일 년 앞둔 2001년 12월 기막힌 일이 벌어진다. 급성 골수성 백혈병이 닥친 것이다.

우리는 정혜경의 어머니, 곧 해림 씨의 친언니가 작은 식당을 하고 있음을 알고 있다. 그러므로 그 어머니는 딸을 예술가를 키우기 위해 무진 애를 썼음을 짐작할 수 있다. 다행히 혜경 씨가 재주가 뛰어나고 노력도 열심히 해서 독일에서 장학금도 받고 또 그 자신 아르바이

트도 하며 재능을 인정받고 있던 때였는데 이런 병마가 닥친 것이다.

처음엔 감기로 알았던 혜경 씨는 병원에 입원했는데 폐렴합병증이 되어 폐를 일정부분 잘라내지 않으면 안 될 상황이 되었다. 그런데 문제는 백혈병이었다. 잘 알다시피 백혈병은 건강한 사람의 골수를 이식받아야 완치될 수 있는데 그 골수는 자신의 것과 조직이 일치해야 한다. 골수는 가족의 것이 가장 일치할 가능성이 높다.

부산에 있던 어머니가 이 사실을 모를 리가 없다. 사실은 딸이 꿈에 먼저 나왔다고 한다. 꿈에서 딸이 살려달라고 하더란다. 자녀가 어디 아프면 부모, 특히 엄마는 완전히 의사가 다 된다. 엄마에게 딸을 살리는 유일한 길은 딸의 두 남동생뿐이다. 딸은 독일에 있고 아들 둘은 한국에 있다. 방법은 골수를 채취해서 독일로 날아가는 방법뿐이다. 두 동생도 누나를 살리는 일에 나섰다. 엄마는 두 아들의 혈액을 나눠 담고서 독일로 날아간다. 서울에서 독일 남부까지 비행시간은 13시간. 엄마는 혹시나 이 혈액이 떨어지거나 깨지면 곧 딸이 살아날 수 없다는 생각에 13시간동안 혈액을 두 손에 들고 놓지를 않는다. 그렇게 해서 2002년 여름에 혜경씨는 두 동생 중 골수가 100% 일치하는 바로 밑 동생의 골수를 받았다. 그리고는 10월18일 혜경 씨는 완치되어 침대에서 일어났다. 어머니의 사랑이 멀리 독일에까지 가서 딸을 살린 것이다. 물론 우수한 독일 의료진의 도움도 컸다. 폐렴이 합병증으로 온 백혈병 환자가 살아난 것은 기적이라고 한다. 그의 어머니나 아들, 독일의 의사들은 기적을 일어나게 한 조연, 아니

주인공들이었다.

우리의 해림 씨의 조카인 정혜경은 그 뒤 전문음악가로서의 길을 잘 걷고 있다. 명성도 올라가고 있다. 오르간 연주를 하면서 교회 합창을 지휘하고 있는데 명성이 높아지면서 점차 작은 도시에서부터 큰 도시로 러브콜이 잇따르고 있다. 지난해에는 어엿한 시립음악감독의 지위까지 올라갔다. 기적은 희망의 꽃으로 다시 피어난 것이다. 그런 역사를 부산의 해림 씨 친언니는 만들었다. 과연 그 동생에 그 언니가 아니겠는가? 부산의 언니는 과연 대가였다. 비록 식당은 작았지만 음식 맛도 그렇고 인생의 어려움을 극복하는 면에 있어서도 그랬다.

〈4〉

우리의 해림씨의 언니인 부산 대가식당의 딸 정혜경에게는 이 과정에서 좋은 일이 생겼다. 혜경 씨를 이해하고 아껴주는 남자를 알게 된 것이다. 혜경 씨가 급성 골수성 백혈병으로 누워 있을 때에 데트몰트음대 교회음악과에서 만난 하프라라는 청년이 달려왔다. 그는 혜경 씨의 투병과 회복을 지켜보면서 동생이 골수를 내고 어머니가 그것을 들고 달려온 가족의 사랑, 그리고 딸을 살리기 위한 간절한 기도와 기적과 같은 치유를 지켜보면서 크게 감동한다. 물론 그는 혜경씨를 돕기 위해 자신을 잊을 정도였다. 독일 백혈병재단과 자선단체에 호소하며 도움을 청하였다. 투병 6개월을 넘기면서 정씨가 반주를 못하게 되자 그를 해고하지 못하게 교회를 설득했다. 조금이나마 경제적인 지원이 되게 하기 위함이었다. 가정의학과 의사였던 하프라의 부모는 부모대로 혜경 씨의 수술을 위해 의료계를 움직였다.

혜경 씨는 2002년 10월 18일 기적적으로 살아나 병상을 털고 일어났다. 수술 후 마스크를 쓰고 대학원에 복학하여 지난 2004년 6월 박사과정을 최고 성적으로 졸업했다. 그리고는 30대1의 경쟁을 뚫고 포르츠하임 시립교회 음악부감독에 부임하면서 전문음악가로서의 길을 걷기 시작했다. 합창단 지휘와 오르간 연주, 젊은 오르가니스트 교육 등에서 그녀의 명성은 서서히 올라갔고 결국에는 앞에서 말한 대로 프라이부르크 시의 어엿한 시립음악감독의 지위까지 올라간 것이다.

이 사이 혜경 씨의 반려자 하프라에게는 무슨 일이 있었을까? 하프라는 혜경씨가 병에서 일어나자 자신의 전공을 바꾸어 의과대학에 입학한다. 하프라 자신도 합창단을 지휘하고 교회음악 음악감독으로 활약할 정도였지만 혜경 씨의 고통을 옆에서 지켜보고는 병으로 고통 받는 이들을 위해 헌신하겠다고 새롭게 결심한 것이다. 혜경은 치료 후유증으로 아기를 가질 수 없지만 하프라는 이에 개의치 않았다.

2009년 8월 25일 KBS부산의 1TV아침마당엔 세 명의 가족이 출연했다.

제일 먼저 등장한 사람은 정혜경 씨, 혜경 씨는 백혈병을 치료하면서 삶을 되찾은 이야기를 들려주었고, 곧 이어 어머니인 이춘석 씨가 나와서 딸이 꿈속에서 백혈병을 예고한 것에서부터 딸을 살리려고 두 아들의 혈액을 잠시도 놓지 않고 독일로 달려간 이야기, 수술이 성공해서 다시 살아난 이야기를 들려주어 시청자들의 눈시울을 붉혔다. 그리곤 혜경 씨의 반려자가 된 하프라 씨가 나와서 독일 말로 그녀와의 사랑에 관한 일, 앞으로의 포부 등을 밝혔다. KBS부산총국에서는 마침 혜경 씨가 음악회를 위해 온다는 사실을 듣고는 이 사연을 전하기 위해 아침마당에 출연기회를 마련한 것이다. 방송이 나간 뒤에 대가식당은 분주했다. 사람들이 일부러 찾아와서 된장찌개, 김치찌개 한 그릇을 먹고 가면서 자신들이 느낀 감동을 주인인 이춘석 씨에게 전해주고 갔다. 사람들은 이 대가식당의 주인의 이름을 일부러 기억해주었다. 50이 넘은 아주머니가 자신의 이름을 되찾은 것은 분명 작은 사건이었다. 그렇게 해서 혜림 씨의 언니와 그 딸, 독일인 사위의 러브스토리는 부산 시민들을 울렸고, 다시 삶의 희망을 주었다.

그런 일이 있었기에 부산 근무를 마치고 서울로 올라왔던 나는 최근 마침 해림씨와 평화만들기가 생각이 나서 인사동에 나간 김에 '평화만들기'에 들린 것이다. 그런데 해림씨는 없었고 다른 분이 손님을 맞고 있었다.

우리는 해림씨가 어디로 갔는지를 끝까지 알아볼 이유는 없다. 중요한 것은 그녀가 인사동을 떠났다는 점이다. 아마도 이제는 인사동에서 평화를 만들 일이 없다고 생각했을까? 아니면 다른 할 일이 생겼을까? 소문은 여러 가지가 났지만 다 확인 안된 이야기들이다. 그리고 그 이상 깊이 알 필요가 없다. 우리로서는 그녀가 어디로 가 있던지 잘 살기만을 바랄 뿐이다. 한때 인사동의 유명한 주모(酒母)로 수많은 문인이랑 지인이랑 문화계 인사들에게 삶의 위안과 평화를 주었던 그 해림씨가 이제는 스스로의 삶에 평화를 찾고 만들어가기를 바랄 뿐이다.

새파란 풀잎이 물에 떠서 흘러 가더라
오늘도 꽃 편지 내던지며
청노새 짤랑대던 역마차 길에
별이 뜨면 서로 웃고 별이 지면 서로 울던
실없는 그 기약에 봄날은 간다.

간 밤의 술 기운이 깨나는 시간에 다시 CD를 틀으니 여러 사람들의 목소리가 차례로 지나간다. 그렇게 우리의 봄날은 지나갔다. 인사동에서의 추억, 부산에서의 인연들, 이런 것들을 뒤로 하고, 각자의 봄날은 각자가 책임지도록 하고, 이제 또 몸을 떨치고 일어나야 한다. 그래! 세월이 가면 사람도 가는 법, 이제 과거는 과거이고 새로 평화만들기를 맡은 유혜심이란 주인, 어느날 밤에 와서 CD를 보내달라고 한 손님에게 약속을 지킨 그 주인과 새로운 평화만들기를 해 나가야 할 것 같다. 아니 새 평화만들기에는 망치가 없을 것이므로 이번에는 망치 없는 평화만들기에 동참해야 할 것 같다.

은비령의 별

「어디까지 가는 찬데요?」

「은비령으로 가는 참니다」

「은비령요?」

사내는 그런 지명이 여기 어디 있느냐는 얼굴로 나를 쳐다보았다.

「여기 살아도 모르지요? 은비령이라고.」

「처음 듣는데요, 은비령이란 얘긴.」

「한계령에서 가리산으로 가는 길 말입니다.」

「아, 거기 우풍재 내려가는 길 말이군요. 한계령 꼭대기에서 다시 인제 쪽으로 내려가는 샛길 말이지요...」

소설의 주인공은 이렇게 추억이 어린 은비령을 찾고 있었다. 이순원의 소설 〈은비령〉이다. 〈은비령〉, 신비롭게 깊이 감추어진 땅이라는 뜻의 은비령, 지도에도 없는 이름이니 어찌 그 곳이 거기인줄을 알았으랴? 그러나 역시 운명의 힘은 무서운 것, 나는 무엇에 홀린

듯, 나도 모르는 사이에 그 은비령에 발을 들여놓고 말았다.

휴가를 받기가 어려워 계곡에서의 피서를 포기하고 집에 박혀 솔잎향을 안주로 하고 솔바람을 타고 오는 거문고 소리를 술인양 들어마시려던 처량한 이 사람은, 사상 최대의 구조개편입네, 그야말로 혁명입네, 하며 회사 내의 술렁거리는 소리를 뒤로하고 일약 강원도를 향해 달렸다. “이제 취재부서의 팀장으로 나가면 좀처럼 마음 놓고 쉴 수가 없을 터인즉, 눈 딱 감고 가자!”, 해서 달려간 것이다. 목적지는 현리에서 인제 사이 내린천 변에 있는 조그만 산장 2층. 평소 알고 지내던 한 서예가의 별장 겸 펜션이란다.

지난밤과 낮에 내린 국지성 호우로 내린천의 물은 붉게 변해 있었다. 위력도 대단했다. 밤새 쏴~쏴~하며 부지런히 달려 내려간다. 언제나 매연을 내뿜는 자동차소리에 익숙해진 우리의 귀에 매연도 뿜지 않고 달려가는 누런 계곡의 물을 듣고 보는 것은 어릴 때 이후 수십 년 만에 처음이 아니던가? 모든 움직이는 것은, 그만큼 에너지를 써야 하고, 그렇기에 그 흔적을 남기지 않을 수 없다는데, 이 물은 무슨 힘이 있어 아무런 흔적도 남기지 않고 그렇게 힘차게 흘러내려가는 것일까? 낮에 무덥던 기온은 밤사이 많이 내려가 제법 춥기까지 하다. “과연 피서는 이런 데서 해야 하는 거구나”....혼자서 습관대로 새벽에 일어나 눈앞에 검게 펼쳐진 우리의 아름다운 산천의 실루엣을 바라보며 속으로 중얼거린다.

날이 새자 우리는 꿈에 부풀었다. 간밤에 물어보니 이 곳에서 조금 동북쪽으로 난 하추리 계곡에 민물고기가 많다는 것이다. 충북 진천군 광혜원이란 곳에서 살던 초등학교 시절 아버님을 따라 숱하게 미호천 상류로 나가 천렵의 재미를 체득한 기억을 살려 이번에야말로 40년 전 아버지의 천렵솜씨도 다시 감상하고, 강원도의 깊은 산간 계곡에서 잡은 민물고기 맛을 볼 수 있지 않겠는가? 하는 기대감에서였다. 그런데 막상 계곡을 찾아 들어가 중간쯤에서 자리를 잡았으나 생각보다 물이 깊고 빠른데다가 물이 아직 흐린 상태로 물밑도 제대로 보이지 않아 어디에 고기가 있는지를 알 수가 없다. 몇 번인가 시도를 했는데도 작은 모래무치 몇 마리만 그물에 들어와 도대체 장사가 되지 않는다. 그래서 할 수 없이 짐을 걷어 차에 다시 싣고는, 다른 식구들에게 기왕 나온 것이니까 이 계곡 구경이나 하고 돌아가자며 운전대를 잡은 동생을 재촉해 계곡을 거슬러 올라갔다.

계곡은 아름다웠다. 하추리 계곡을 따라 올라가며 작은 고개를 넘는 동안 잘 포장된 지방도로 옆으로 흐르는 개울물은 은빛 그대로였다. 원래 군사도로여서 길이 넓지 않은 게 다행이라고나 할까 뒤늦게 포장한 도로는 아직도 금방 세수를 한 말끔한 청년의 얼굴같다. 은빛 개울물이 흐르도록 물길을 만들어주는 바위와 돌들은 먼지하나 묻지 않은 우리 자연의 깨끗한 속살이었다. 아무데도 차를 세우고 발을 벗어 들어가 한웅큼의 물을 손으로 담아 올려 마시고 싶을 정도다. 조금 더 가다가 보니 현리에서 바로 한계령으로 이어지는 351번 도로와 만난다. 이 도로는 이제 한계령 정상을 향해 가파르게 올라간다. 계곡을 보다 문득 눈을 들어올리니 길옆으로 삐죽삐죽한, 아주 준수한 미남자같은 봉우리들이 푸른 소나무 숲 사이로 모습을 뽐내고 있다. 지도를 보니 오른 쪽으로 점봉산이라고 해발 1,424미터의 높은 봉우리가 보인다. 그 줄기인 모양이다. 계속 오르는데 필례약수라는 간판이 보이고 큰 길에서 300미터를 더 들어가면 된다고 한다. 들어가 보고 싶은 마음이 없지는 않았지만 앞자리에서 선도하는 입장에서 혼자 보고 싶다고 차를 돌릴 수도 없어서 "그저 하고많은 약수 중에 하나겠지"라며 그 유명한 '여우와 신포도의 우화'(공중에 탐스럽게 익은 포도를 본 여우가 따먹으려고 여러 번 점프를 하다가 도저히 닫지가 않으니까 "저 포도는 신포도임에 틀림없어" 하며 돌아섰다는 우화)식으로 잠시 포기를 하고 계속 한계령으로 달린다.

누가 뭐라고 하지 않더라도 차안에 탄 8명의 식구들은 창밖으로 펼쳐지는 고갯길에서 시선을 돌릴 수가 없었다. 바위의 형상이 갈수록 기기묘묘하고 마치 국토순례수도를 하는 신라의 화랑들이 높은 산봉우리에 올라 자신들의 늠름한 모습을 자랑하는 것 같기도 하고 우람한 고봉들의 늠름한 품세는 여기가 과연 남설악의 진수임을 입증하려는 듯 하기도 하다. 아니 설악에 이런 진귀한 구경거리가 있었단 말인가? 옛날 내설악과 외설악을 아니 다닌 것이 아니로되 이처럼 가슴에 와 닿지는 않았는데, 역시 나이가 좀 들어서 눈에 들어오는 것이 그만큼 절절한 것인가?

그 샛길을 은비령(隱秘嶺)이라고 이름붙인 건 나와 그였다. 그가 죽은 다음인 지금도 그 샛길의 이름을 은비령으로 알고 있는 사람은 나와 여자밖에 없었다. 아내에게도 나는 그곳이 은비령이란 이야기를 하지 않았다. 가능하면 나는 아내 앞에서 옛날 했던 공부에 대한 이야기를 하지 않았고, 한때 집을 떠나 공부를 했던 곳에 대한 이야기도 그냥 〈한계령 너머〉라고 평범하게 말했다. 우리가 사이가 좋을 때에도 그랬다. 〈은비령〉이라고 우리가 붙인 다른 이름으로 말했을 때 행여 아내가 마음속으로라도 그 꼴난 공부도 하다가 그만둔 주제에 그런 이름까지 붙이고 했

었느냐고 생각할지 몰라서였다.

처음엔 은자령(隱者嶺)이라고 불렀다. 은자가 사는 땅. 그러다 그 보다 더 신비롭게 깊이 감춰진 땅이라는 이름으로 은비령이라고 불렀다. 내가 먼저 들어가 있었고, 가을과 겨울 사이에 그가 왔다. 은자령이라는 이름은 그가 오기 전 혼자 있을 때 내가 붙인 이름이었고, 함께 겨울을 난 다음 은비령으로 불렀다. 은자는 짝을 지어있거나 무리지어 있는 게 아니니까. 그러면서도 보다 신비롭고 깊이 감춰진 땅의 이름으로.

바로 여기가 은비령이었던 것이다. 지도에 전혀 나오지 않아 이름도 알 수 없었던 고갯길. 필례약수로부터 한계령 휴게소까지 5킬로미터의 길을 가기 전의 태백산맥의 고갯길. 그 전까지 지역 주민들은 그냥 한계령이라고 불렀으며, 작은 한계령, 또는 필례 약수터가 있다고 해서 필례령이라고도 부르던 것이 어느 날부터 은비령이란 새 이름을 얻었다. 신비롭게 깊이 감춰진 땅이라는 의미를 갖는 은비령, 그러나 나에게는 마치 여기까지 올라올 때에 보았던 계곡의 옥같은 물들이 마치 하늘에서 내린 은비(銀雨)가 흘러서 생긴 것인 양 생각되어, 두 뜻을 동시에 담는 복합의미의 단어로 다가오고 있었다.

한계령정상에서부터 고개를 내려 멀리 양양의 낙산 해수욕장에 가서 바닷물에 발을 담근 이야기는 하지 않겠다. 낙산 해수욕장 주변의 그 많은 차들, 훌렁훌렁 벗으며 매끈한 몸매를 자랑하지 않으면 안된다고 생각하는 듯한 많은 청춘남녀들, 그들을 바라보며 해변에서 손님도 별반 없는 횟집에서 그나마 돈을 좀 번다고 부모님과 함께 맛본 동해안 회 맛, 해수욕장에서 밀려오는 파도 속에 바짓가랭이를 적시며 잠시 동심으로 돌아가 본 순간들, 백사장을 주름잡는 조카들의 거리낌없는 바닷물놀이, 강렬한 태양에 불과 한 시간만에 팔뚝에 생긴 화상들, 뭐 그런 경험이나 이야기야 모두 다 맛보는 것이 아니던가? 2시간도 안돼 차는 다시 한계령을 넘기 시작했고 기신기신 간신히 고개길을 오른 자동차는 한계령 휴게소에서 비로소 가쁜 숨을 다독이며 휴식을 취할 수 있었다. 잠시 빙과류 한 두 개로 우선 갈증을 면하고 자동차는 우리가 왔던 길을 되돌아 다시 한계령 남쪽 고개로 돌아가고 있었다. 은비령으로 다시 가고 있는 것이다.

한계령 정상에서 사람들은 멈춘다. 바다로 가는 이들은 그곳에서 비로소 일상의 짐을 내려놓고, 잠시 이탈을 시간을 보내고 동해를 떠나온 이들은 벗어놓은 그 짐을 다시 지고 삶 속으로 돌아온다. 그 길로 떠났다 돌아오는 사람들은 그 버림과 되찾음을 배반할 수 없듯이 중간에 다른 길로 가지 못한다. 은비령은 그것을 배반한다. 바다를, 이탈을 향해, 한계령을 넘어 서자마자 곧바로 서쪽 방향인 필례약수로 되돌아 넘는 길. 은비령에는 이탈과 일상, 그 어느 것도 가지고 갈 수 없다.

은비령에는 은비팔경이라는 것이 있다.

우리가 정하고 붙인 제1경은 우리가 방을 들고 있는 화전 마을에서 마주 바라보이는 〈삼주가병풍〉이었다. 원통에서 한계령으로 오를 때 오른쪽으로 보이는 옥녀탕과 하늘벽, 장수대의 뒤편의 삼형제봉과 주걱봉, 가리봉이 화전 마을에선 병풍처럼 우뚝 막아선 앞산처럼 보였다. 모두 해발 1200미터에서 1500미터가 넘는, 태백산맥의 한 가지를 이루는 가리산맥의 준령들이었다.
제2경으로는 겨울 은비령의 눈내리는 풍경으로 은비은비(隱秘銀飛)를 꼽았고, 제3경으로는 마을 서쪽 한석산에 지는 저녁 노을로 한석자운(寒石紫雲)을 꼽았다.
제4경으로는 맑은 날 아침에도 구름처럼 걸쳐져 있는 우풍재의 안개, 제5경으로는 가리봉을 주봉으로 한 가리산의 가을 단풍, 제6경으로는 필례골의 흰 돌 틈 사이로 작은 폭포처럼 가파르게 흐르는 여울, 제7경으로 장작으로 밥을 지을 때 안개처럼 낮게 피어올라 바깥 마당을 매콤하게 감싸는 우리 공부집의 저녁 연기로 은자당취연(隱者堂翠煙)을 꼽았고, 마지막 8경으로 맨눈으로도 밤하늘의 은하수를 볼 수 있는 은궁성라(銀宮星羅)를 꼽았다.

우리는 대낮이어서 제2경부터 3경, 4경, 5경, 7경, 8경을 모두 놓칠 수밖에 없었다. 그러나 6경과 8경만은 볼 수 있었다. 8경이라는 것은, 사실 소설의 주인공이 붙인 것이다. 그렇지만 너무나 아름다운 명명(命名)이다. 그냥 한껏 감탄하고 말아버릴 복합적인 정경을 세밀하게 쪼개어 이름을 붙일 수 있는 것은 소설가의 능력이다. 왜냐하면 '은비령'이라는 것, 이것이 소설제목이기 때문이다. 1996년에 발표돼 주목을 받은 이순원의 소설 '은비령', 그 소설이 한갓 이름 없는 작은 한계령에 머물렀을 이 고갯길에 은비령이라는 신비의 이름을 붙여준 것이다.

주인공 나는 소설가로 아내와는 이혼 상태와 다름없는 별거 중이다. 내게 사랑하는 여자가 생겼다. 마음의 소금짐이 더해지는 그 여자와의 사랑으로, 나는 그 소금짐을 덜어내기 위해 길을 떠난다. 격포로 예정된 길이 은비령으로 바뀌고 급기야는 별을 가슴에 담고 돌아온 여행길이었다. 여자는 내가 소설로 방향을 바꾸기 전, 은비령에서 고시공부를 함께 하던 친구의 아내였다. 행정고등고시에 합격하여 공무원이었던 친구의 행복한 아내였던 여자를 보고 나는 바람꽃을 떠올린다. 그리고 우연히 과부가 된 그녀를 만난다.

"썰매를 타듯 은비령을 내려가는데 작은 지프 한 대가 비껴 계곡 속으로 숨어든다. 고개를 돌려 차창 밖으로 우리를 흘깃 쳐다보는 여자. 그녀에게서 바람꽃 냄새가 났다. 그 스쳐 지나간 바람꽃을 다시 만나리라고는 상상도 못했다."

우연한 만남이 사랑으로 이어지고 나는 그녀와의 결합을 마음먹고 친구가 죽은 장소인 격포로 가려 했다가 눈소식을 듣고 은비령으로 향한다.

"길 위에서 길을 바꾼 것도 그랬지만 여행도 처음부터 계획하고 떠난 것이 아니었다. 그날 아침까지만 해도 나는 혼자 집에 있었고, 여행 같은 건 생각지도 않고 있었다. 물론 여러 날 전부터 마음속으로 무언가 기다려왔던 건 사실이었다. 오후에 나는 한 여자를 만나기로 했다. 마음속으로 어떤 가벼운 흥분 같은 것도 있었을 것이다. 그리고 그 흥분 뒤편으로 어쩔 수 없는 무게로 더해질 수밖에 없는 마음의 소금 짐도 있었을 것이다. 아마 그건 여자도 마찬가지였을 것이다.

약속은 이미 지난주에 했었다. 여자가 먼저 전화를 걸었고, 내가 그 말을 했다. 전날 나는 처음으로 여자 앞에서 많은 술을 마셨다. 어쩌면 하고 싶은 말들은 내가 마신 술보다 더 많았는지도 모른다. 여자는 내가 잘 들어갔는지 궁금해서 전화를 걸었다고 했다."

「아직도 그렇게 말해야지만 전화를 걸 수 있습니까?」

눈길에서 차가 고장나고 다음날 뒤쫓아 달려온 그녀를 만나게 된다.

둘은 부부로 오인한 옛 하숙집의 노인네들 때문에 한 방을 쓰게 된다. 어색한 잠자리를 피하기 위해 밤산책을 나온 둘은 밤늦게 별자리를 관측하는 남자로부터 은하계에 대한 이야기를 듣는다. 2천 5백만 년을 주기로 다시 되풀이되는 사람의 만남에 대한 이야기를 듣고 여자는 2천 5백만 년 후를 기약하고 혼자 떠난다.

"어쩌면 저는 내일 아침 당신을 보지 않고 떠날지 몰라요. 그러면 우리는 2천5백만 년 후에야 다시 만나게 되겠지요."
그러면서 여자는 자리에서 일어나 옷을 하나하나 벗어 웃목으로 놓았다. 창문을 통해 들어오는 어두운 하늘 빛 속에서도 여자의 몸은 희미하게 빛났다. 등을 보이고 섰다가 돌아설 때 여자의 머리카락까지 내 눈엔 바람에 흐르는 혜성의 꼬리처럼 가늘게 흔들리며 떨렸다.

시간마저 멈춰버린 듯한 느낌 속에서 남자도, 「바람꽃」의 여자도 2천500만년의 시간을 느끼고, 비껴가는 운명을 잠시 머물게 하고는 떠난다.

그 날 밤, 은비령엔 아직 녹다 남은 눈이 날리고 나는 2천 5백만 년 전의 생애에도 그랬고 이 생애에도 다시 비껴 지나가는 별을 내 가슴에 묻었다. 서로의 가슴에 별이 되어 묻고 묻히는 동안 은비령의 칼바람처럼 거친 숨결 속에서도 우리는 이 생애가 길지 않듯 이제 우리가 앞으로 기다

려야 할 다음 생애까지의 시간도 길지 않을 것이라고 생각했다.

그리고 꿈속에 작은 새 한 마리가 북쪽으로 부리를 벼리러 스비스조드로 날아갈 때 자리에서 일어나 옷을 갈아입은 여자가 잠든 내 입술에 입을 맞추고 나가는 소리를 들었던 것 같기도 하다. 별은 그렇게 어느 봄날 바람꽃처럼 내 곁으로 왔다가 이 세상에 없는 또 한 축을 따라 우주 속으로 고요히 흘러갔다.

이순원의 소설 '은비령'은 1996년 발표됐다. 문학성이 뛰어난 작품이라는 호평을 받았다. 42회 현대문학상을 받았다. 99년 1월에는 KBS에서 단막극으로 만들어 방송했다. '일요베스트'라는 프로그램을 통해서였다. 그 프로그램도 다음 달 방송위원회가 주는 이달의 좋은 프로그램 상을 받았다. 그 프로그램의 연출자는 윤석호, 바로 '겨울연가'로 일본열도를 뒤흔들어 놓은 그 사람이다. 겨울연가의 제작은 2002년, 말하자면 '겨울연가'를 위한 충분한 습작을 미리 이 작품에서 한 것이리라. 한 겨울 은비령을 찾아가는 '나'는 배용준이 맡았던 겨울연가의 주인공 준서일지도 모른다. 문학적 성취 이외에도 '은비령'은 소설이 지명을 바꾼 흔치 않는 일을 이뤄냈다. 이 작품 이전에 은비령이라는 고갯길은 대한민국 어디에도 없었다. 이제 은비령은 많은 사람들에게 기억되고 있고 필례약수터 앞에 '은비령'이란 카페가 있듯이 사람들의 입에 오르내리는 멋진 고유명사가 되었다.

나중에는 작가 이순원 씨가 이곳을 찾았다.

"이제 은비령을 찾는 사람들은 이곳에서 「바람꽃」을 생각하고, 차를 마시고, 밤하늘을 보며 2,500만년의 시간을 이야기 할 것입니다. 사실 「은비령」은 여기 한 번도 와보지 않고 지도만 보고 무대로 택했습니다. 신비하고 깊이 감춰진 곳이란 느낌과 무엇보다 고개에 이름이 없어 너무 마음에 들었습니다. 소설에 마을이 나오지만 그곳은 저 아래 옛 화전마을이 아니라, 바로 여기입니다. 3년 전 처음 와봤는데 너무 놀랐습니다. 상상과 실제가 이렇게 밀착될 수 있을까?"

그 필례약수에서 약수를 마시고 계곡으로 내려가 발을 통해 몸을 식히곤 은비령 카페에 앉아있는 남녀들을 보며 생각했다. 이들은 과연 2천5백만 년이란 시간의 의미를 알고 있을까? 과연 그들은 그 만

남을 위해 2천5백만 년이란 시간을 기다릴 수 있을까? 아니 그 시간은 윤회의 시간이기에 이미 우리들의 의지를 떠난 영원의 시간이다. 그러기에 그것은 셀 수 있는 수치로서의 시간이 아니라 무한대를 의미하는 상징적인 시간일 뿐이다. 다만 그 만남을 위해 가슴에 품고 가야 할 별이 있느냐의 문제일 뿐이다.

그 날 밤 산장으로 돌아와 식구들이 잠든 시간, 밤하늘을 쳐다보니 별이 나와 있었다. 친구의 아내를 사랑하는 남자와 남편의 친구를 사랑하게 된 여자가 2,500만년의 시간과 인연을 실어 낸 밝은 별이 있었다. 나는 그 옆의 별을 내 별로 하기로 했다. 별로 화려하지는 않지만 밤하늘에서 가장 밝다는 시리우스(天狼星)와 한 쌍이 되어 늘 따라 도는 동반성(同伴星)이다.

나는 그날 밤 그 별을 따와서 은비령에 묻어두었다. 서울에는, 나의 집에는 다른 별이 있기 때문이다. 은비령에 묻어둔 별은 이 세상을 위한 별이 아니다. 그 별은 나 또한 별이 되어 어느 허공을 날아가고 있을 때에 등대가 되기 위한 별이다. 아직은 필요 없다. 내가 하늘로 올라갈 때에 묻힌 곳을 파헤쳐주면 그 별이 먼저 그 자리로 올라가 영원히 비추고 있으리라. 시리우스만큼 밝고 화려하지는 않지만 시리우스가 있는 한 영원히 그 자리에 있을 그 별. 그 별을 나의 별로 만들었다.

"별에겐 별의 시간이 있듯이 인간에겐 또 인간의 시간이라는 게 있습니다. 대부분의 행성이 자기가 지나간 자리를 다시 돌아오는 공전 주기를 가지고 있듯 우리가 사는 세상 일도 그런 질서와 정해진 주기를 가지고 있습니다. 다시 말해서, 2천5백만 년이 될 때마다 다시 원상의 주기로 되돌아가는 것입니다. 그래서 지금부터 2천5백만 년이 지나면 그때 우리는 다시 지금과 똑같이 이렇게 여기에 모여 우리 곁으로 온 별을 바라보게 될 것입니다. 이제까지 살아온 길에서 우리가 만났던 사람들을 다 다시 만나게 되고, 겪었던 일을 다 다시 겪게 되고, 또 여기에서 다시 만나게 되고, 앞으로 겪어야 할 일들을 다시 겪게 되는 거죠."

나의 여름휴가는, 비록 이틀이라는 짧은 시간이었지만, 영원을 비추는 별을 하나 만든 것으로 해서, 아마도 내 생애에 결코 지워지지 않을 시간이 될 것이다.

풀잎에 난 상처

나보고

이 걸레 같은 놈아

하고 욕하는 소리를 듣고

생각해보았다

그래, 나는 걸레다

걸레 없이 어떻게

마루를 닦을 수 있노

걸레 없이 어떻게

니 동생 똥을

치울 수 있노

이 글을 시(詩)라고 할 수 있을까? 아마도 시(詩)일 것이다. 왜냐하면 시인이 쓴 것이고, 버젓이 시집에 올라와 있기 때문이다. 제목은 '걸레'라고 한다. 그런데 이런 정도를 시라고 한다면 시는 얼마나 쓰기 쉬운가? 그런데도 시인들은 왜 그리 고민을 하는가? 다음 시도 마찬가지이다.

노란 은행잎이 수북이 쌓인 길을

신나게 뛰어가다가

그만 은행잎에 미끄러져 벌렁 나자빠졌다

지나가던 여고생들이 깔깔거리며 웃었다

나는 조금도 안 창피했다

-가을날

그냥 길에 가다 미끄러진 상황을 조금도 가감을 하지 않고 써내려갔다. 마지막 문장만 없었으면 정말 시도 아닐 뻔 했다. 그 마지막 문장이 그래도 역설적인 표현으로 해서 그나마 시같은 느낌이 드는 것이다. 처음으로 시집을 펴들었을 때 눈에 들어온 이런 것들로 해서 "정말 이런 시라면 나도 쓸 수 있겠다." 라는 건방진 생각도 들면서, "뭐 시인이 별 것 아니구먼"하며 잔뜩 가슴 속에 바람을 집어넣는데 어렵쇼!

엄마가 장독대 고추장을 퍼담고

그만 장독 뚜껑을 닫지 않았다

감나무 가지 끝에 앉아 있던

고추잠자리 한 마리

우리집 고추장을 훔쳐먹고

더 새빨개졌다

-고추잠자리

이건 장난이 아니다. 가을 저녁 뉘엿뉘엿 해가 지려고 할 때에 장독대의 풍경인데, 그냥 아무 것도 아닐 것 같은 정경에 등장한 고추잠자리가 고추장을 훔쳐 먹고 (술에 취한 듯, 고추장 색깔에 취한 듯) 빨개져서 가을이라는 계절과 장독대라의 고추장이라는 사람의 냄새와 고추잠자리라는 미물이 어느덧 하나가 된다. 마치 일본의 단가를 보는 착각에 빠질 정도로 짧은 몇 마디로 가을저녁을 담은 선명한 유화(油畵)를 그려놓는다.

이런 시가 담긴 그의 시집 '풀잎에도 상처가 있다'를 손에 들게 된 것은 어느 의원에서 진료를 기다리면서였다. 그러지 않아도 '외로우니까 사람이다'라는 시집의 제목이 하도 그럴 듯 해서 관심이 있던 시인이기에 눈이 빨리 움직였는데, 넘기는 장마다 길이도 길지 않은 짧은 시들이 정말로 마치 동시 같은, 동요 같은, 아니면 일본의 하이쿠나 와카 같은 상큼함을 준다. 그러나 그 상큼함에는 달콤함이 아니라 톡톡 쏘다가 눈물까지 빼는 겨자 맛, 거기에다 코끝을 찡하게 하는 감동까지도 승화해서 대신 보여준다.

아침마다
지하철 계단을 내려가면
키 작은 할머니 한 분이
집에서 만들어온 김밥을 판다
아무도 안 사간다
집으로 돌아가는 오후에도

아직 팔고 있다

오늘은 내가 김밥 한 줄을 샀다

평생 모은 재산을

어느 대학에 기부했다는

혹시

그 할머니가 아닐까

-김밥할머니

풀잎의 상처까지도 보고 그 아픔도 느낄 수 있는 예민한 감수성, 그것은 다른 말로 하면 모든 미물까지도 사랑할 수 있는 아름다운 마음이다.

사람들은 나무의 그림자를

마구 밟고 다닌다

나무는 그림자가 밟힐 때마다

온몸에 멍이 들어도

동상에 걸린 발을

젖가슴에 품어주던 어머니처럼

사람들의 발을

기꺼이 껴안아준다

-나무의 마음

꽃이 나를 바라봅니다

나도 꽃을 바라봅니다

꽃이 나를 보고 웃음을 띄웁니다

나도 꽃을 보고 웃음을 띄웁니다

아침부터 햇살이 눈부십니다

꽃은 아마

내가 꽃인 줄 아나봅니다

-꽃과 나

꽃씨 속에 숨어 있는

꽃을 보려고
고요히 눈이 녹기를 기다립니다

꽃씨 속에 숨어 있는
잎을 보려고
흙의 가슴이 따뜻해지기를 기다립니다

꽃씨 속에 숨어 있는
엄마를 만나려고
내가 먼저 들에 나가 봄이 됩니다
-꽃을 보려고

시인은 본질적으로 기다릴 줄 알아야 한다는 생각이 드는 것은, 그의 시에 기다림이란 제목이 몇 개 있어서이고, 또 본질적으로 시인은 기다림을 몸으로 터득하고 실천하지 않고는 자연과 인간 마음의 섬세한 움직임을 포착할 수 없을 것이기에 그렇습니다. 그런데 그 기다림도 세월에 따라 더 차분해지고 내적으로 성숙해지는군요.

기다림

눈이 내리기를 기다리며
산을 바라본다

산이 무너지기를 기다리며

눈이 내린다

하늘이 무너지기를 기다리며

눈길을 걷는다

나에게는 아직도

복수의 길이 남아 있다

밤이 되자

별들도 술이 취했다

-1990년, 시집 '별들은 따뜻했다'

기다림

내 그대가 그리워 제주도 만장굴로 걸어들어가

밤마다 그리움의 똥을 누고 용암기둥으로 높이 자라

만장굴 돌거북이 다시 바다로 유유히 헤엄쳐나갈 때까지

그대를 기다리고 또 기다립니다

-1997년 시집 '사랑하다 죽어버려라'

기다림

돌을 땅에 묻고

물을 주면

싹이 돋을까

누나한테 물었더니

누나가 씩 웃으면서

싹이 돋는다고 해서

영월 동강에서 주워온

돌멩이 하나

꽃밭에 묻고

가끔 물을 준다

-2002년 시집 '풀잎에도 상처가 있다'

그러고 보면 내 손에 들어온 그의 시집 '풀잎에도 상처가 있다'는 그의 다른 시집에 비해서 좀 늦은 편이다. 그러다 보니 시집 제목 자체도 순해졌다고 할까, 그전처럼 공연히 가슴에 품은 원한 같은 것이 보이지 않고 그 대신 사랑을 가르쳐주는 것 같은 느낌이 든다.

사람들의 마음속에는
별들이 하나씩 있지
우리가 사랑한다는 것은
서로의 마음속에 있는 그 별을
빛나게 해주는 일이야
밤하늘에 저렇게 별들이 빛나는 것은
서로 사랑하는 사람들의 별들이
빛나기 때문이지
-밤하늘

이런 순수하고 밝고 맑은 마음이 시인들에게 있단다. 그래서 우리는 시가 좋고 그 시를 써낼 수 있는 정호승 같은 시인들을 은근히 좋아하는 것이리라. 예전 시인들이 두주불사였다고 하는데, 그 직접적인 피해는 우리가 겪지 않는 것이기에 그것마저도 아름답게 보이지 않을 것인가?

차나 한잔 하시고

"귀한 손님들이 왔으니까 차나 한잔 만들어 드리겠습니다."

주지 스님의 이 말에 우리 일행 스무 명은 침을 꼴깍 삼키며 스님의 일거수일투족을 보고 있었다. 서울에서 내려간 불교언론인회 회원 20여명이다. 모두들 그 다음 말에 귀를 의심했다.

"옥수수 차나 만들어드리려고요."

정말로 스님은 비닐로 꽁꽁 싼, 옥수수같이 생긴 누런 덩어리를 꺼내는 것이었다.

바로 앞에서 이를 지켜보니 영락없는 옥수수다.

"그런데 왜 옥수수를 저리 꽁꽁 싸놓았지?"

'옥수수'를 펴는 순간에도 의문은 여전했다. 그런데 옥수수 하모니카가 있어야 할 부분에 넙적한 꽃턱만 있고 그 위에는 녹차 가루 같은 것이 잔뜩 있다. 이것을 정말로 커다란 대접, 그것도 연꽃처럼 멋지게 생긴 대접에 넣고는 뜨거운 물을 가져와 붓기 시작한다.

그런데 옥수수라고 하기에는 잎이 너무 컸다. 옥수수 잎이야 조그

맣고 길다란데 이 잎은 큰 꽃잎이었다. 그리고는 한 가운데는 갈색의 동그란 형태가 있다. 그제서야 스님은 실토를 한다.

"이것은 연꽃을 그대로 따서 차로 만든 연꽃차입니다. 연꽃이 질 7월 말 무렵이 되면 연꽃을 그대로 따서 그대로 냉동시키는 것입니다."

스님의 법명은 영제(靈濟), 쌍봉사의 주지 스님이시다. 그러므로 지금 우리가 차를 받을 준비를 하고 있는 곳은 전남 화순군 이양면 증리에 있는 고찰 쌍봉사 주지스님 방이다. 대한불교 조계종 제21교구 본사인 송광사의 말사이지만 예전 신라 경문왕 때 도윤이 창립한 이후 곧바로 구산선문의 하나가 될 정도로 이름 있는 고찰이다. 우리 일행은 가을을 맞아 송광사에서 저녁 예불에 참가하고, 하룻밤을 보내기 위해 이곳 쌍봉사로 막 건너왔는데. 스님이 우리를 환영한다고 준비하시는 중이다.

"연은요, 지열을 받아서 차가운 물 속에서 크는 것이라서, 마시게 되면 그 자체로 사람의 몸을 데워주어 열이 나게 하는 효능이 있습니다. 그래서 장복을 하면 허약한 체질을 가지신 분들에게는 큰 효험이 있습니다."

영제 스님은 뜨거운 물에 연꽃차를 녹이면서 특유의 약간 어눌한 듯한 화법으로 또박또박 설명을 하신다. 그런데 그만큼 열이 나기 때문에 한 여름에 이 연꽃차를 많이 마시면 몸이 너무 더워지므로 얼음과 같이 먹는 경우가 많은데 바로 그 때문이란다. 그래서 스님은 연꽃잎 한 가운데에 녹차잎을 넣어 잘 싸줌으로 해서 그 향기가 섞이게 하면서 동시에 녹차의 성분으로 몸의 열을 살짝 낮추어 연잎차가 적당히 몸을 데우도록 하고 있다.

실제로 명나라 때 고원경이 쓴 '운림유사'에는 연꽃차 만드는 방법이 있는데 아침 해가 떠 오를 때, 연못 늪 가운데로 가서 백색의 연꽃을 골라서 꽃송이를 벌리고 그 꽃 속에 차를 가득넣어 삼껍질로 잘 묶어 하룻밤을 묵힌 다음에 채취한다는 것이다. 이 방법은 연꽃잎을 채취한 다음에 차를 털어내는 것이지만 영제 스님은 연꽃에 녹차를 함께 써서 두 식물의 성분이 서로 돕도록 하고 있다. 이 연꽃차는 어혈도 풀어주고 몸의 혈액순환을 도와 긴 여행길에 나선 우리같은 사람들에게는 최고라며 큰 대접에 물을 몇 번이고 부으면서 마음 껏 많이 드셔야 잠도 잘 온다고 하신다.

그러지 않아도 기왕에 절에 왔으니 스님과 차를 나누며 말씀을 듣고 싶어했던 우리들은, 이같은 스님의 권유에 혹해서 너도 나도다투어 차를 마신다. 정말로 그렇게 차를 몇 잔 마셔도 녹차만 밤에 마실 때의 그 각성효과는 그리 느껴지지 않고 온 몸이 스르르 풀리면서 몸의 상태가 좋아진다. 다들 입 안이 향기롭다며 그렇게 좋아할 수가 없다.

단풍이 절정일 것이라는 기대 속에 지난주 주말 송광사를 찾은 우리 일행은 송광사에 들르기 전, 불일암을 찾았다.

아직 단풍은 절정이 아니다. 송광사로 올라가기 바로 전에 왼편 비탈로 올라가면 현봉 스님이 계시는 광원암으로 가는 같은 방향에 불일암 가는 길이 있는데 빽빽한 삼나무와 대나무 터널이 너무도 신비한 느낌을 주는 곳, 그 대나무 터널 안에 사립문을 열고 들어가면 불일암이 있다. 생전에 법정 스님이 거처하시던 곳, 빠삐용의 의자로 알려진 스님이 앉으시던 의자가 암자 앞에 덩그러니 놓여서, 주인을 기다리는 상태로 우리를 맞았고 그 암자 앞의 후박나무는 바로 옆에 스님의 유해가 뿌려진 조그만 터를 곁에 하고서 말 없이 서있었다.

의자 위에는 탑방객들이 스님에게 보내는 인삿말을 적을 수 있는 노트가 펼쳐져 있다. 개중에는 다녀갔다는 인사를 쓰시는 분들도 있지만 뭐 그런 흔적을 남기는 것조차 부끄러운 우리들이기에 조용히 구경하는 것으로 대신한다. 말이 필요 없다. 보는 것만으로도 스님의 체취를 느낄 수 있는 곳, 그렇지만 우리들 일행이 스무명을 넘으니까 제법 분위기가 소란스러워져 혼자 찾을 때의 경건함을 느끼기는 어려웠다. 그렇더라도 그곳에 가 보는 것만으로도 백가지 말보다 더 많은 것을 생각하게 한다. 후박나무 잎이 뚝뚝 떨어지면서 가을 분위기를 짙게 만든다. 이곳에서 서둘러 기념사진을 찍는다. 여러 사람들이 한나 둘 씩 직으려면 시간이 많이 걸리기 때문이라는 핑계를 대면서 말이다.

송광사는 큰 절이다. 잘 알다시피 우리나라에서 가장 훌륭한 스님들을 많이 배출한 곳, 그래서 승보사찰이라고 한다. 이 곳에서 하루밤을 머물기는 그랬고, 저녁 6시 부터 타종소리에 온통 마음을 뺏긴다. 이 송광사의 종은 여운이 엄청나게 커서, 한 아홉구비쯤 여운이 되돌아오는 것 같다. 끊임없이 웅웅거리는 소리는 마음을 그 곳으로 몰아가 잠시 무아지경이 된다. 한동안 넋을 잃고 듣고 있는데 안내하시는 분이 예불에 참석하라고 해서 정신을 차리고 큰 법당에 들어간다. 스님들이 많다보니 큰 법당이 꽉찬다. 젊은 스님들이 예불을 올리고 천수경을 외는 우렁찬 소리는, 그 자체로도 속세를 까맣게 잊어버리게 한다. 예불이 끝나니 벌써 사방이 어둡다. 입구에서 기다리는 버스를 향해 우리 스무명의 회원들은 밤길을 더듬으며 송광사를 내려온다.

그리고서 들린 곳이 쌍봉사라는 절이고 그 절의 주지인 영제 스님이 그렇게 크 대접에 연꽃차를 준비해주신 것이다. 스님은 차를 내어 우리에게 나눠 주시면서 "왜 이 절에 오셨냐?"라고 묻는다. 그렇다 우리는 왜 이 절에 와서 하룻밤을 자려고 하는 것일까? 대답을 선뜻 하기가 어려워 우물쭈물 하는데 스님이 잘 생각해 보고 왜 여기에 왔는지, 무엇을 배우고 갈 것인지, 무엇을 얻고 갈 것인지를 잘 생각하란다. 굳이 가르치려고 하지 않고 우리에게 스스로 생각하게 하는 그 문답법이 우리에게는 일종의 신선한 충격이었다. 그저 절밥이 좋아서 그것 얻어먹고 하룻밤 자면서 차나 한 잔 얻어먹고 가는 것이 아니겠냐고 생각해 온 우리들이기에 말이다.

쌍봉사(雙峰寺)에는 우리나라 부도 가운데 가장 아름다운 철감선사 부도가 있다. 철감선사(澈鑒禪師)는 통일신라시대의 스님으로서 경문왕 대에 이곳 화순지역의 아름다운 산수에 이끌려 절을 짓게 되었는데, 그의 호를 따서 '쌍봉사'라 하였다. 경문왕 8년(868년)에 71세로 쌍봉사에서 입적하자 왕은 '철감'이라는 시호를 내리고, 부도와 부도비를 세우도록 했다. 가장 아름다운 부도이다. 이런 부도를 볼 수 있는 곳, 철감선사의 불심이 어린 곳, 여기서 하룻밤을 유할 수 있는 인연은 특별한 것이리라. 이른바 영어로 '템플 스테이'라고 하는 인연을 성사시켜주신 분은 이 곳에서 손님맞이 업무를 담당하는 '해인성'이라고 하는 보살님, 한자로는 해인성(海印性), 세종대왕이 편찬한 월인천강지곡과 같은 의미라 할 것이다. 밤 늦게 도착한 손님들을 환한 보름달 같은 웃음으로 맞으시고 밤늦게까지 수발하다가 집

이 있는 광주로 갔다가 새벽에 일어나 다시 쌍봉사에 와서 우리들에게 철감선사의 부도탑을 비롯해 절에 관한 재미있는 설명을 해주셨다.

무려 한 시간이 걸릴 정도로 자세하고 친절하고 재미있고 경건했다. 돌아가면서 절 모든 것을 가장 잘 공부한 것 같다. 우리 일행 중에 한 명은 신라시대에 쌓았다는 석축을 보고는 그 정교함에 놀라기도 했다. 작은 절인데, 절의 이름에서부터 삼층목탑이 대웅전이란 이름아래 탑의 역할을 하는 것 하며, 실제로는 극락전이 대웅전이란 점

등등, 그리고 문화재 지정을 받을만큼 뛰어난 벽화에 담긴 염부세계의 시왕탱화 등등

아마도 이런 좋은 절을 속속들이 맛보기는 정말로 좋은 인연, 전생의 좋은 공덕이 아니면 접하기 어려운 일이었던 것 같다. 새벽의 쌍봉사는 상큼한, 신선한, 맑은 안개가 신비로움을 더해주었다.

Part 4

매화를 기다리며

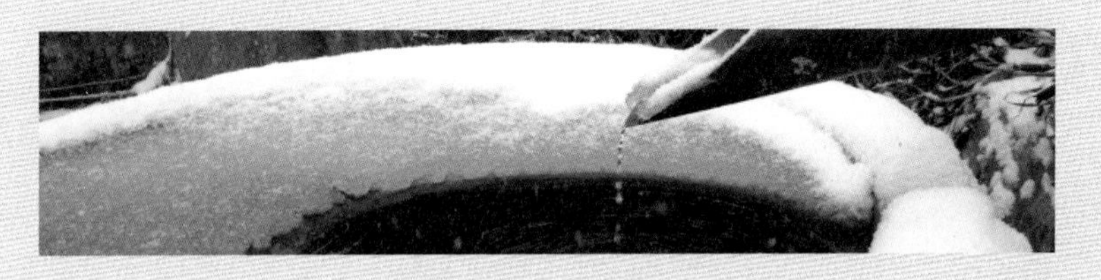

시간의 그림자

돌아가야지

왜 가을일까?

국화 옆에서

낙엽의 속삭임

보내기 싫어서

형설지공

겨울의 숲가

동짓날에

철없는 장미에게

철부지

제야

가까운 지금부터

시간의 그림자

확실히 길어졌다.

아침에 회사로 가기 위해 버스정거장으로 가는 길에 있는 담장과 건물의 그림자 말이다. 불과 얼마 전까지만 해도 아침 시간에 햇살은 강하고 그림자는 짧아 밀려오는 더위를 피하기 위해 얼마 되지도 않는 그림자를 찾았는데 어느 새 제법 길어진 그림자가 시원한 그늘을 제공한다. 그것보다도 공기 자체가 시원해졌으니 사실은 굳이 아침 햇살을 피할 이유도 없다. 얼마 안 있으면 이젠 양지를 찾아야 할 것이 아닌가?

그래. 여의도 공원의 나무 그림자들은 계절을 알리는 시계들이야. 굳이 이름을 붙이면 그림자시계(影時計)라고나 할까? 이 때의 시계는 시간을 알려주는 시계가 아니라 계절이나 때를 알려주는 시계일 터이다. 나무 그림자가 길어지면 가을에서 겨울로 접어드는 것이오, 짧아지면 겨울에서 봄을 거쳐 여름으로 치닫는 것이니 나무 그림자야 말로 계절을 알려주는 시계다.

그런 생각이 들 정도로 오늘 아침은 가을이 보인다. 그래 아침 햇살에서부터 가을이 보인다네.

여름 햇살은
얼굴에 샘을 파지만
가을 햇살은
손수건으로 닦는다.

텃밭 고추도
핏빛으로 익히고
설익은 그리움
시루떡처럼 찐다.

땀 흘린 숲을
황홀하게 염색하고
덜 익은 사랑도
사과처럼 익게 한다.

-박인걸, 가을 햇살

길어진 그림자를 만드는 가을 해가 그의 분신들을 점잖게 쏟아내는 날이면 영화 〈사운드 오브 뮤직〉에 나오는 '도레미 송'의 ray(레)가 생각난다. 왜 그 노래 있지 않은가?

Doe, a deer, a female deer,

Ray, a drop of golden sun

Me, a name I call myself

Far, a long long way to run

doe는 암사슴이다. ray는 황금 태양의 분신이다. me는 나를 부르는 이름이고, far는 멀고 먼 길이다. 이런 가사를 지어낸 사람을 우리는 존경한다. 오늘 아침 초가을의 밝은 햇살을 묘사한 것 같다. 그런 것을 잡아낼 수 있는 순수하고 맑은 그 마음을 우리는 부러워한다.

벌써 가을을 이야기하기는 빠른가? 벌써 돌아간다는 말을 하기는 빠른가? 그렇지만 해가 기울고 그림자가 길어지니 다시 땅으로 돌아간다는 느낌을 지울 수가 없다.

아버지 지게에 얹혀오는 선선한 바람이

슬며시 사립문 여는 어스름 저녁.

빛가림 서늘한 담벼락 등대고 돌아서니

서운한 것도 없는데 그냥 서러워지는 마음

보잘것없는 나의 뜰에도 정녕,

풍성한 가을은 오고 있는 것인가.

-박종영, 초가을 풍경

그러니 가을은 길어진 그림자를 밟는 시간이다. 그림자는 자신의 그림자다. 자신의 모습을 밝은 해에 비추고 그 그림자를 되돌아 볼 시간이다. 성찰을 하는 것이다. 그리고 그 그림자에게 물어보아야 한다.

내가 지금까지 살아온 삶은
나를 위한 삶이기보다
남에게 보이기 위한 것이었으니
이제는 텅 빈
나의 문에 이르기 위해
홀로 나를 따르는
내 그림자에게 길을 물어
진정한 나의 존재
만나야 하리
-김내식, 그림자에게 길을 묻는다

돌아가야지

대개 여름의 더위와 겨울의 추위는 사람들이 모두 괴로워하는데, 오직 봄철의 화창함과 가을철의 맑음이 사람에게 적합하다. 그렇지만 봄철의 화창한 기운은 사람들을 게을러지게 하기 쉬운데, 무더위가 명령을 거두고 맑은 가을 소리가 음률을 맞추어 들려오게 되면 하늘 끝 땅 다한 데까지 청명하고 환하게 트이니, 그 기운이 사람에게 주는 것은 비록 공명과 부귀 같은 사람의 마음을 태우는 것이라도 변하여 청량하게 되는 것이다. 사시의 경치가 가을처럼 좋은 것이 없고, 가을 경치가 이 정자보다 더 좋은 곳이 없다.

-이숭인(李崇仁), 추흥정기(秋興亭記)

도은 이숭인 선생이 묘사한 가을은, 읽는 사람에게 마치 가을의 한 가운데에 빠져 있는 것 같은 착각을 줄 정도로 가을의 상쾌한 기분을 잘 표현했다고 하겠다. 달력이 어느 새 8월을 마감하고 9월로 접어듦으로 해서 우리들도 덩달아 가을로 편입되고 있는 것 같다.

해마다 8월을 보내며 느끼는 것은 계절감과 달력 사이의 괴리현상

이다. 무슨 이야기인가 하면 8월이 지나가면 일 년 12달 가운데 8달이 지나므로 해서 3분의 2가 지나는 것이 되는데, 느낌으로는 봄과 여름을 지나 가을로 접어든다는 생각에 겨우 절반이 지난 것 같다는 것이다. 그러다 문득 남은 달을 세어보면 "어렵쇼, 이거 올해가 다 갔잖아! 그 많던 달들이 다 어디가고 이제 겨우 4달이 남은 거야?"라고 깜짝 놀라게 된다. 그리고는 짧은 가을, 그리고 금방 오는 겨울에 대해 원망의 마음을 갖게 된다.

예년에 없이 흐리고 비가 많이 와서 여름다운 여름이 별반 없었다고는 하지만, 늘 인정하는 대로, 시간과 계절은 뒤돌아봐주는 법이 없는, 무정한 존재란 사실은 변함이 없다. "여름을 제대로 보여주지 못했으니 계절아 좀 늦게 가자"라고 종용해봤자 계절은 귀머거리인 양 들은 척도 안한다.

다만 서울을 떠나올 때에 예상했던 2년이란 시간이 거의 다 되어 본사로의 발령을 기다리고 있는 상황이 되니 시간이 천천히 가는 것 같다.

바람에 휩쓸리는 뜨락의 낙엽
교외 들판 눈에 가득 저녁연기 자욱하네
귀향 생각 이미 띄워 제비 편에 부쳐 놓고
읊조리다 무료(無聊)하여 쓰르라미와 벗하도다
一庭黃葉走風前/滿目郊原積暮煙/歸思已拚輸社燕/苦吟無賴伴寒蟬
—장유(張維), 추회팔수(秋懷八數) 중에서

아직까지 장유 선생이 묘사한 대로 가을이 깊은 것은 아니지만 드라이브를 나갔다가 돌아오는 길에 보는 들판의 자욱한 저녁 연기는 어차피 나그네일 수밖에 없는 우리들의 가슴에 쓸쓸함을 불어넣어준다. 부산에서 서울로 가는 제비가 지금 이 철에 있을 턱이 없어서 제비대신에 인터넷 블로그에 마음을 실어 보내는 수밖에 없다.

서울을 떠나서 지역에 일정기간 근무하는 것은, 사람의 일생에서 새로운 경험일 것이고, 그것 또한 희망하는 분들이 많이 있겠지만 2년 동안 새로운 사람들과 만나 일을 하고 정을 나누다 보니 서울에 두고 온 많은 친구들이 어떻게 지내는지, 서울로 돌아가면 그들이 우리를 반겨줄지 조금 걱정이 아주 없지는 않다. 진(晉)나라 반악(潘岳)처럼 32세 때부터 흰머리가 나기 시작한 것은 아니지만 2년 동안에 머리의 새치가 더욱 많아져, 어쩌다 만나는 후배들로부터 머리색이 바뀌었다는 소리를 들을 때, 돌아와 거울을 보고는 “아! 이젠 새치가 아니라 본치가 된 것이군” 하고 제법 쓸쓸해지는 것이다.

> 동산에 달 뜨자 두견새 우는데
>
> 남쪽 마루에 옮겨 앉자 마음 더욱 처량하네
>
> 돌아가는 좋음만 못하다고 너는 말하지만
>
> 촉나라 하늘이 어디인고 물과 구름 아득하고나
>
> 東山月上杜鵑啼/徙倚南軒意轉悽/爾道不如歸去好/蜀天何處水雲迷。
>
> –김시습, 달밤에 두견새소리 듣고는(月夜聞子規)

그러나 따지고 보면 2년이란 시간도 지나고 나면 아무 것도 아니다. 이곳에서 만난 그 많은 사람들, 술잔을 기울이고 인생을 논하고 세상을 위해 머리를 짜던 그 모든 이들이 인생의 좋은 재산이 되었고 곳곳에서 본 산과 바다의 아름다운 경치들은 머리 속에 뚜렷한 영상으로 남아있겠지만 서울로 돌아가면 아마도 그 모든 것들이 기억의 한쪽 깊숙한 곳에 저장되고, 많이 남지 않은 우리들의 머리 속은 새로운 사람, 새로운 일, 새로운 상황에 대응하느라 다시 많은 저장 공간을 필요로 할 것이다. 다시 말하면 새로운 일상으로 다시 들어간다는 말이다. 결국 나뿐만이 아니라 지역에 간 사람들은 2년이란 시간동안 수많은 동그라미를 그리며 돌고 도는 길을 걸어온 것이 아닌가?

산 넘어넘어 돌고 돌아 그 뫼에 오르려니
그 뫼는 어드메뇨 내 발만 돌고 도네
강 건너 건너 흘러흘러 그 물에 적시려니
그 물은 어드메뇨 내 몸만 흘러흘러

발만 돌아 발 밑에는 동그라미 수북하고
몸 흘러도 이내 몸은 그 안에서 흘렀네
동그라미 돌더라도 아니 가면 어이해
그 물 좋고 그 뫼 좋아 어이해도 가야겠네
-김욱, 돌고 돌아가는 길(노사연 노래)

1978년 대학가요제에서 노사연이 부른 이 노래를 처음 들을 때의 그 충격적인 감동, 30년이 더 지난 지금, 중년을 지나는 나이가 되자 그 노래의 의미가 더욱 절절히 다가오는 것은, 그 노래말과 노래곡조가 좋아서일까? 아니면 나의 생각이 그만큼 (좋은 말로) 원숙해졌다는 뜻일까?

그래 이제 곧 나도 돌아가겠네!

왜 가을일까?

왜 '가을'일까?

왜 '가을'을 '가을'이라고 할까?

이런 의문이 든 것은 모처럼 차를 안갖고 출근하던, 지난 목요일의 일이었다. 여의도 공원을 가로지르기 위해 보행신호를 기다리는 동안 주위의 나무들이 이제 옷을 갈아입을 준비를 다 마친 것 같아서 그런 느낌이 들었다. 그런 풍경 때문인 듯 내 상상은 '가을'이란 말이 '갈다'에서 온 것이 아닐까 하는 엉뚱한 생각으로 가고 싶었다. 그것이 아주 쉽고 이해하기도 쉬운 설명이잖아? 가을, 뭐 옷을 갈아입던지 자기 체질을 갈던지 또는 시간을 갈아버리는 것, 뭐 그런 것이 '가을'의 뜻이 아닐까?

이런 생각을 하며 사무실에 도착해 요즈음 우리들의 선생인 인터넷의 설명은 내 짐작이나 상상과는 달랐다. 봄 여름 가을 겨울의 네 계절 가운데 봄은 동사 '보다'에서 나왔다는 설명. 새로운 생명의 탄생을 본다는 뜻일 게고, 여름은 열매가 '열다', '여물다'의 뜻이라고 한다. 그러면 가을은 무엇인가? '가을'이란 말도 이 연장선상이란다.

가을은 수확의 계절이다. 곡식이나 과일을 수확하려면 식물몸체에서 열매를 끊어내야 한다. 바로 가을은 'ㅇㅇ을 끊다'의 고어인 '갓다'에서 왔단다. '갓을'이 '가슬'로 변했고, '가슬'에 시옷음 탈락현상이 생기면서 '가을'로 변했다며 지금도 남부지방에서는 '추수하다'의 방언으로 '가실하다'는 말을 쓰고 있다는 설명이다.

그렇다고 이쯤에서 포기할 순 없다. 아무리 거두어들인다는 뜻이라지만 계절을 보는 우리들의 눈이 먹는데에만 한정될 수는 없다는 생각이다. 다시 말하면 뭔가 더 그럴듯한 설명이 있으면 좋겠다는 것이다. 그래서 여전히 가을을 "잘라서 거둔다"는 뜻보다도 뭔가 옷도 갈아입고 얼굴도 갈고 마음도 갈아서 새로운 시간을 맞이하는 것이 아니냐고 말하고 싶어진다.

이미 약간은 지났지만 요즘 가을의 색갈이 너무 아름답다. 지난 토요일에 과천 서울대공원에 차를 세워놓고 예의 그 산림욕장을 가려다 발길을 오른 쪽으로 살짝 틀어서 매봉 쪽으로 올라가니 참나무, 떡갈나무, 신갈나무 등 7가지 참나무 종류들이 저마다 고운 옷을 차려입고 자랑하고 있는 것이. 속된 말로 장난이 아니다. 그 속에 느릿느릿 걸어 올라가면서 가을을 즐기는 그 느낌이랑 기분은 말로 표현할 수 없다.

그 때 다시 생각이 나는 것이 우리는 가을을 즐길 때에 가을을 보는 것인가? 듣는 것인가? 맛보는 것인가?

가을의 고운, 아름답고 화려한 색의 잔치를 우리가 가지려면 보지 않을 수 없을 것이고 나무잎들이 낙엽이 되어 떨어지면서 바람에 날

리는 소리, 바람이 지나가는 소리, 그리고 발에 밟히는 소리를 우리가 우리 것으로 하려면 그 때는 가을을 듣는 것이 된다.

그리고 산을 타고 오르면서 가쁜 숨을 내쉬면서 입을 벌리다가 그 입속으로 상쾌한 공기와 냄새, 그리고 때로는 떨어지던 나뭇잎이라도 입 속에 들어올 량이면 그 때는 가을을 맛보는 것이 된다.

그런데 고민할 필요가 없단다. 가을은 오감으로 즐기란다. 바로 그 다음날 아침 6시 쯤인가 KBS 제1텔레비전에서 방송하는 '산' 특집에서 나온 제목이 "오감으로 즐기는 산"이라는 제목이다.

오감이란 말할 것도 없이 보고, 듣고 , 맛보고, 냄새맡고 피부로 닿아서 느끼는 것이라면, 산에서 특히나 올해 가을 산에서는 그 모든 감각이 가능하다는 뜻일 게다. 과연. 그런 말을 들을만 한 것이 올해 단풍은 유난하다. 필설로 표현하기 어려울 정도로 아름답고 멋지고 상쾌하다. 때로는 장엄하고 신비롭다는 느낌 가운데 때로는 한숨이 난다. 이 멋진 자연의 향연에 왜 나는 마음껏 참여를 못하느냐 하고 말이다.

그런데 누가 가지지 말라고 했나? 누가 오지 말라고 했나? 누가 느끼지 말라고 했나? 누가 보지 말라고 했나?

진정으로 이 가을을 마음껏 가질 일이다. 그저 산으로 가고 들로 가고 길을 걷고 골목을 따라가며 주위에 눈만 돌리면 온통 가을이다. 그런 가을에 대해 짜증을 낼 이유가 없다. 곧 어디론가 가버릴 가을의 잔치이지만 마음껏 가지고, 그동안 정신적으로 주렸던 고픔을 채우자.

잠시 세상을 잊고 가을에 빠져보자.

잠시 가을을 소리로 듣고 눈을 감아보자.

거기서 우주로 날아간 자신의 존재를 조용히 관조해보자

아 아직도 나는 살아있구나!

국화 옆에서

가을이다.

가을은 집에서 멀리 떨어진 곳을 보면 단풍과 낙엽의 계절이지만 가장 가까운 곳을 보면 가을은 국화의 계절이기도 하다. 지금은 원예반 같은데서 일부러 키워 전시하지만 예전에는 집 옆 울타리에 피는 꽃으로 알려져 있다. 그것도 기왕이면 동쪽울타리(東籬)에 심는 것으로 알려져 있다. 아마도 국화꽃을 사랑한 도연명(陶然明, 365 - 427)의 다음과 같은 시 때문이리라.

동녘 울밑에 심은 국화를 따다가
고개를 들어 남산을 조용히 바라보니
해질 무렵 먼 산은 진정 아름다워라
저물어 뭇새들도 깃 찾아 돌아오고
이 여기에 삶의 진정한 뜻이 있으니
굳이 말로서 표현하기가 어렵구나
採菊東籬下　悠然見南山

山氣日夕佳　飛鳥相與還
此中有眞意　欲辨已忘言

그런데 굳이 어려운 중국의 한시를 갖다 댈 필요도 없다. 우리나라 시인들이 국화를 노래한 것이 어디 한 두 편이랴.

가을의 뜨락에서
청춘을 바치고
비로소 빈 들녁처럼 떠나 갈
아름다움이여,
꽃술을 흔들며
그 흔한 고독을 느껴 볼 겨를도 없이
나의 찻잔속에서
윤회의 고통을 우려내고 있다
-김규리, '국화꽃을 따다' 중에서

국화 향 저고리 깃 여미어
엷은 가슴팍 시리게 찬 기운
풍지 문밖 창백한 달빛 엿보면
가랑잎 밟혀 오는 이 발소리 감춘다.
-이영균, '국화향기' 중에서

국화는, 옛 사람들에게는 오랜 친구였다. 일찍 심고 늦게 피는 것, 일찍 지지 않고 서릿속에서도 버티는 것이 바로 군자의 덕이라고 생각했다. 국화는 꽃이 다양한 것 만큼 꽃말도 많아서, 흰꽃은 고결, 빨강꽃은 고상, 노랑꽃은 시련이라고 풀이한다. 꽃모양이 우아하면서도 화려하고 추위에 강인해서 곧 지조 굳은 충신이나 절개가 확고한 여인에 비유된다. 그러므로 국화는 가을에 그 기품을 알게 되는 군자가 아닐 수 없다 . 그러기에 사람들은 그것을 흰 종이위에 그려 그 덕을 숭상했을 것이다. 노란 꽃을 그리고 몇 개의 줄기를 덧붙인 뒤에 그 위에 화제(畵題)를 써 넣는다.

오늘 우리는 어떤 화제를 써 넣으면 좋을까?

단 넉자로 화제를 고른다면 국화의 어떤 상태를 보느냐에 따라 달라질 것이다. 예를 들어

'冷香有韻(냉향유운)'

이란 것을 고른다면 아침 저녁으로 쌀쌀해져서 다른 식물들이 잎을 잃고 차라해지지만 꽃향기가 여전해서 기품을 잃지 않는 모습을 생각할 것이다. 그렇지 않다면

'淸香一室(청향일실)'

이란 표현도 있는데, 이것은 맑은 향기가 방안에 가득히 있다는 뜻이니까 국화를 꺾어서 방 안에 놓고 감상할 때의 표현이 된다. 그것이 못마땅하다면

'傲霜孤節(오상고절)', 혹은 '傲霜一枝(오상일지)'

도 있을 것이다. 서리를 이겨내고 핀 국화 꽃가지, 혹은 서릿발이 심한 속에서도 굴하지 아니하고 외로이 지키는 절개라는 뜻이 그럴 듯 하지 않겠는가?

굳이 넉 자가 너무 짧다고 생각된다면 다섯 자도 있다. 그런데 막상 찾으려고 하니 마땅한 것이 없다. 굳이 고른다면

'寒菊帶霜甘(한국대상감)'... 찬 국화가 이슬을 머금어 향기롭다

정도일까? 그래서 여섯 자로 건너 뛰어보면 아예 화제가 없다. 아마 한문의 구조상 그럴 것이다.

그리고 일곱 자로 가 보면 이제는 조금 있다.

'孤芳晩節見高風(고방만절견고풍)' ... 늦은 계절에 외로이 핀 국화꽃에서 높은 품격을 본다.

'秋風籬落菊花開(추풍리락국화개)' ... 가을 바람 쌀쌀한 울 밑에 국화꽃이 피었네.

'且看黃花晩節香(차간황화만절향)' ... 노란 국화꽃을 다시 보니 늦은 계절의 향기로구나

'此花開盡更無花(차화개진경무화)' ... 국화꽃이 다 피고 나면 다시 필 꽃이 없네.

이렇게 일곱 자의 화제에도 별로 마음이 흡족하지 않다면 두 문장으로 된 화제를 찾을 일이다.

'讀書知夜靜 採菊見秋深(독서지야정 채국견추심)'

책을 읽으매 밤의 고요함을 알겠고, 국화를 뜯으매 가을이 깊은 줄을 알겠다.

'萬紫春風樂 一黃九月香(만자춘풍락 일황구월향)'

봄에는 만 가지 자태의 꽃잔치, 9월 가을에는 오직 노란 국화 하나뿐

'佳色不爲艶 貞心常自持(가색불위염 정심상자지)'

아름다운 색을 자랑하지 않고, 항상 곧은 마음을 스스로 지니는 꽃이여.

사실 요즈음에 이런 한문으로 된 화제를 논하는 것은 케케묵은 짓이라 비난받아도 달리 변명할 길이 없다. 국화도 어디 동쪽 울타리에서 볼 것인가? 화원에서, 꽃집에서 잘 키워 가지로 잘라내니, 가지를 자른 후에는 향기가 급감해서 은은하게 길게 냄새를 맛 볼 방도가 없다. 눈으로 보기에는 좋지만, 생명을 잃으니 오래 가지도 않고 더욱 빨리 시든다. 그러니 진정한 국화의 기품과 절개를 알아준다는 것도 쉽지 않다. 더구나 예전에는 국화 이후에는 꽃이 없다고 했지만 이제는 온실에서 얼마든지 꽃을 키워 늦가을이건 한겨울이건 꽃이 지천

에 있으니 그 귀함도 잊은 지 오래이다.

그러니 우리들 마음이야 오직할 것인가?

국화의 계절 가을에 그 절개와 지조를 생각하기는커녕, 이 시대를 사는 우리 인간들은 편리함 속에 많은 것을 잃어버리고 있는데, 그러한 상실이 너무 많음에 탄식을 토할 뿐이다. 그래서 차라리 마지막으로 이런 화제를 찾아 본다.

微草幽貞趣 正猶君子人 숨은 듯 그윽하고 곧은 꽃의 풍취야 말로 바로 군자의 사람됨이라.

斯人不可見 徒與物相親 이런 사람을 볼 수 없으면 헛되이 물건과 서로 친할 뿐이다.

낙엽의 속삭임

주말 점심을 마치고 잠시 나는 틈을 이용해 영등포 역 앞 지하 상가에 들렀다가 습관적으로 진열장을 훑다가 구석에서 한 장의 CD를 발견했다. 줄리에트 그레코였다. 일이 끝난 밤 10시에 차를 타면서 곧바로 틀었다. 옛 축음기가 돌아가는 듯한 도입 음악에 이어 촉촉한, 비음의 목소리가 자동차안을 감싸고 있었다.

오, 네가 기억해 주었으면
우리 사랑하며 행복했던 시절을
그 무렵 인생은 더 없이 아름다웠고
태양은 지금보다 더 뜨거웠지
죽은 낙엽들은 삽 속에 모여 담기는데
추억도 회한도 고엽처럼 모여 담기는데
북풍은 싸늘한 망각의 어둠 속으로
그걸 싣고 사라져버린다.

번역은 다소 차이가 있겠지만 뭐 이런 내용의 이 노랫말이 줄리에트 그레코의 물 흐르는 듯한 목소리에 담겨 자동차 안을 돌고 있는 동안 매 머리도 가슴도 30년 가까이 된 옛날로 되돌아가고 있었다.

70년대 초 대학생 때 당시 가입해 있던 클래식 기타동호회 회원들을 중심으로 우리 대학생 패거리들은 넉넉치 않은 형편에 그래도 기분을 내어 자주 들리던 곳이 있었다. 지금 한국일보 남쪽 이마빌딩 앞 삼거리에 있던 '海心'이라는 조그만 술집이다. 의자라야 무척 좁고 낡고 것들이 멋없는 철제 다리를 한 테이블과 함께 다닥다닥 붙어있는 집, 넉넉치 않은 우리들은 맥주병에 담긴 막걸리를 잔에 따라놓고 양념간장을 얹은 맨두부를 가장 좋은 안주로 생각하며 밤늦게 까지 주거니 받거니 인생과 예술과 사랑에 대해 얘기를 나눴다. 그 집안에 걸려있던 사진들이 몇 장 있었는데, 그 중에 가장 눈에 띄는 것이 검은 옷을 입고 신비스런 표정을 짓고 있는 줄리에트 그레코의 흑백사진이었다. 사진만이 아니라 LP판으로 틀어주는 그녀의 목소리도 가장 자주 들을 수 있는 음악이었다. 오래 판을 돌려 바람소리마저 유난히 크게 들리는데, 그것이 늦가을의 분위기를 더욱 짙게 만들어주고 있었다. 약간의 술기운에 취해 버스를 타기 위해 종로2가까지 걸어 내려오다 보면 옛 숙명여고 담을 타고 서있는 가로수들의 찌그러진 줄기와 옹이들이 줄리에트 그레코에게 나뭇잎을 다 빼앗긴 고목처럼 우리들을 환영하고 있었다.

성년이 다되도록 막노동판을 전전하다 가수의 꿈을 이루기 위해 카바레에 나가 노래를 시작한 이브 몽탕은 어느 날 파리를 휩쓸고 있던 샹송 가수 에디트 비아프의 눈에 띈다. 노동으로 단련된 건장한 청년이지만 무명이었던 이브 몽탕을 위해 샹송의 여황제 에디트 비아프는 자신의 공연무대에 이브 몽탕을 출연시켜가면서 그를 키워주었다. 에디트 비아프의 연인 됐다는 사실만으로도 하루 아침에 유명세를 타게 된 이브 몽탕은 곧바로 샹송스타가 되었고 영화배우로도 연결되었다. 1946년에 영화 '밤의 문'에 출연해 직접 부른 노래가 바로 이 '고엽', 이후 이 노래는 가을이 되면 전 세계에서 하루에도 몇 번씩 흘러나오는, 현대의 불후의 고전이 된 것이다.

시인인 자끄 프레베르가 작사하고 조제프 코스마가 작곡한 고엽은 원래 1945년 6월 15일에 사라 베르나르 극장에서 초연되었던 발레 '랑데뷰'를 위해 만들어진 곡이라 한다. 이 곡이 그 다음해에 영화 '밤의 문'에 나오게 된 것은 이 영화의 시나리오를 자끄 프레베르가 맡았기 때문이다. 이 노래는 1947년 악보로 출판돼 점차 인기를 끌기 시작했다고 한다.

2차 대전이 끝난 후 사르트르 등 실존주의자들의 단골인 '타부'라는 카페에 다니다가 주위의 권유로 가수를 결심한 줄리에트 그레코가 22살 때인 1949년 11월, 파리 상제르망 데 프레에 있던 '라 로즈 루제(빨간 장미)'라는 카바레에서 처음 부른 노래가 바로 이 노래다. 사랑하던 남자가 하나 있었는데, 갑자기 세상을 떠나자 그 마음의 상처를 담아 부른 것이 이 노래와 줄리에트 그레코를 영원히 샹송의 역사에 올려놓은 것이다.

직장을 다니며 돈을 벌기 시작하면서 제일 먼저 산 것이 이 그레코였다. 그 때는 당연히 LP였다. 그러다 중고턴테이블이 고장이 나서 수리를 맡겼는데, 너무 수리비를 많이 달라고 해 인수를 포기한 후에는 5~6년째 들어보지 못했던 음악인데, 이제 CD로 다시 만나니 마치 잃어버린 우리들의 친척을 다시 만난 듯, 흩어져 간 우리의 옛 추억이 가을 바람을 타고 다시 눈 앞에 나타난 듯 반갑다. 1959년에 부른 것이라 하지만 마치 금방 전에 옆에서 부른 것처럼 감미롭고 매끄럽다.

고엽이 너무 대중적인 만큼 개인적으로는 함께 실려있는 '로망스'라는 곡을 좋아한다. '고엽'을 만들어 낸 작곡자 조제프 코스마가 앙리 바시스의 노랫말에 곡을 붙인 작품으로 그레코에게 ACC레코드 대상을 안겨준 곡이라고 하는데, 고엽보다는 더 부드럽고 달콤하다.

로망스라는 낱말,
마치 미소 짓는 아침처럼
파리의 봄기운에 시작되는 사랑이지
파리, 어느 누구의 것도 아니야
하지만 원하면 너의 것이야
내 사랑을 그대에게 주겠어
바로 우리 둘을 위한 선물

창밖에는 가을을 재촉하는 비가 내리고 있다. 빗방울 속에 수많은 사람들의 얼굴이 스쳤다가 창을 타고 미끄러져 내려간다. 이 가을에 고엽이나 로망스 등 샹송이 새삼 듣기 좋은 것은, 우리가 정을 주고 마음을 주어왔던 모든 사람들...그것이 이성인건 동성이건 간에, 아니 오히려 동성이 더 그런지도 모르지만...을 다시 보지 못하는 것이 아닌가? 그들과의 그 마음을 다시 느끼지 못하는 것이 아닌가? 그들 사람 외에도 지나간 시절의 그 많은 아름다운 느낌들을 앞으로는 다시는 보지 못하는 것이 아닌가? 하는 아쉬움과 걱정이 물밀 듯이 밀려오기 때문일 것이다.

빠리의 하늘 밑(Sous le ciel de Paris) (Juliette Greco)

샹송이 날아 오르네
그것은 한 소년의
마음 속에서 태어 났다네
빠리의 하늘밑으로
연인들이 걸어 가네
행복이 그들을 위해 만들어진
멜로디 위에 쌓이네(...)

영원한 파리의 연인이라고 불리었던 에디트 비아프가 세상을 뜬 지도 50년을 넘었다. 그녀가 없었으면 '고엽'이라는 노래도 이 세상에 없었을 지도 모른다. 그녀가 이브 몽땅을 발견해 키워주는 과정에서 이 노래가 빛을 받게 된 것이라고 볼 수 있겠다. 에디트 비아프 자신도 생전에 이 노래를 즐겨 불렀다는 데서 줄리에트 그레코의 목소리를 통해 이브 몽탕과 40년 전에 죽은 에디트 비아프까지를 다시 만나보게 된다. 1922년 생이니까 올해 살았으면 아흔을 훨씬 넘긴 줄리에트 그레코는 어떻게 됐을까?

쉬지 않고 쏟아지는 장마비와 태풍으로 여름을 잃어버린 우리들에게 정말 매몰차리만큼 가을이 돌아왔고 그 가을은 지나간 여름의 모든 고통과 괴로움을 마치 언제 있었냐는 듯 덮어버리며 서서히 화려한, 그러나 곧 쓸쓸해질 색의 잔치를 벌이고 있다. 이 비가 지나가면

밖은 사뭇 쌀쌀해질 터인데, 그러면 떨어지는 나뭇잎들이 바람에 날려가는 썰렁한 계절로 변할 것이고, 우리들은 이제 더욱 차가워진 가슴에서 옛 추억의 불씨를 찾아 몸을 데워야 할 것이다. 그러나 줄리에트 그레코의 노래 속에서 아련한 추억만이 아니라 현실의 고통도 함께 느끼게 된다. 태풍에 찢긴 곳곳에는 아직도 복구는 요원하고 집 잃은 사람들은 잠잘 데조차 마땅치 않다고 하지를 않나.

오늘 아침의 비가 아련한 추억만이 아니라 아픔으로 다가오는 이유가 바로 그것이다..

보내기 싫어서

어제 낮 여의도 공원의 샛강 강변 둑을 줄 지어 서 있는 벚나무들 사이로 보이는 광경은 환상 그 자체였다. 두 줄로 늘어선 벚나무 사이로 나무들이 토해놓은 시간의 침전물들이 수북하게 두툼하게 쌓여 있었다.

폭신하다는 말이 더 어울릴 것인가? 나무들이 시간과 계절의 진행에 따라 자신이 여름동안 힘들여 만들었던 잎들을 곱게 치장을 했다가 다시 몸에서 토해내어 자연으로 보낸 것인데 그 다채롭고 다양한 색채와 색갈, 색상의 혼재가 우리들의 생각의 빈약함을 비웃는 듯 조용히 누워 있다. 그리곤 우리들에게 무언의 항의를 하는 듯 했다. 왜 나무에 달려있을 때만 우리를 보고, 땅으로 내려와 있으면 아무도 안 보는 것이람? 이 좋은 계절에 연인들 둘이서 이 길을 걸으면 사랑이 절로 자랄텐데 이런 좋은 환경을 활용하지 않는 젊은이들은 도대체 감각이 있는 것인가?

마침내는 기다림에 지친 듯 벚나무 낙엽들은 서서히 자기들이 갈

길을 간다. 이제 그들을 먼 곳으로 보내줄 친구는 바람이다. 밤 사이 살짝 내린 빗방울사이로 바람이 불어오자 마침내는, 한숨과 함께 운명에 몸을 맡긴다. 바람이 힘이 있으면 더 멀리 가 볼 것이요, 없으면 얼마 못가서 청소부 아저씨들의 빗질에 휩쓸려 잘 썩지도 않는 마대 자루에 들어갔다가 어느 벌판으로 옮겨져 거기서 태워지거나 거름이 될 것이다. 그러면 그들도 우리 인간과 마찬가지로 한 줌의 재와 흙으로 변하리라.

그렇게 가는 길이 빤히 보이지만, 그 길 하나하나가 곧 아름답고 성스러운 것이기에 우리들은 이 가을 스스로 밝은 색으로 옷을 갈아입었다가 조용히 멀리 떠나가는 나뭇잎들을 더 잘 봐주었어야 하지

만 사실 나만 해도 토요일과 일요일 이틀 모두 회사에 나왔지만 마음 놓고 그들을 봐줄 수가 없었다. 욕심 같아서는 훌훌털고 그냥 그 길을 혼자라도 걷고 싶었지만 바쁜 마음에 눈으로 보고서도 차를 세우지 못하고 지나치고 말았다. 그리고는 그 아쉬움을 이렇게 어거지로 쏟아내는 것이다.

그 며칠 전 여의도 공원을 가로질러 회사로 가다 보니 청소부 아저씨들이 공원 산책길에 쌓인 낙엽들을 치우고 있었다. 한동안 발갛게 아름다움을 자랑하던 복자기 나뭇잎도 어느새 검붉은 칙칙함으로 바뀌었다가 떨어지고, 단풍나무 잎은 바닷가 어촌의 어느 쓰레기더미에 버려진 불가사리의 마른 시신처럼 나뒹구는 것을 보면서 걷는데,

갑자기 “후우우욱”하는 바람소리가 난다. “이상하다. 바람도 안 부는데 왠 바람소리지?” 해답은 인공송풍기였다. 전기로 돌리는 모터가 바람을 일으키니 화단 쪽에서 이 얘기 저 얘기를 하던 나뭇잎들이 그야말로 추풍낙엽처럼 날려간다. 그들은 사정없이 화단에서 쫓겨나 시멘트로 만든 자전거 길 위로 내동댕이쳐지니, 곧바로 빗자루가 와서 그들을 쓸어간다. 그렇게 해서 담긴 곳이 플라스틱합성물로 만든 가짜 마대였다. 그리곤 그들은 어디론가 가버렸다.

가을이 싫은 것은 바로 이처럼 낙엽이 사라질 때이다.

감정과 정서가 풍부한 척 하는 우리들은 이런 낙엽들을 곁에 쌓아두고 다시 시간이 이들을 데리고 가는 모습을 계속 지켜보고 싶은 것이지만 , 그런 시간을 기다려주지 못하는 사람들이 우리 주위에는 있는 것이다. 그들이라고 시간을 기다려주고 싶지 않아서일까? 분명 그건 아니고 아마도 우리들이 갖고 싶은 그런 여유있는 시간 대신에 다른 시간을 갖고 싶은 것일 게다. 일이라는 것이 그런 여유를 없애고 빨리 일을 처리하고 자신들의 휴식이라는 시간을 원할 것이다. 우리가 우리의 여유를 즐기자고 그들의 시간을 빼앗을 수 없는 것인 만큼 우리가 우리 시간을 내놓아야 하는 형편이다.

그 통에 우리도 결국 시간을 마음대로 넉넉하게 보며 살지 못하는 형편이 된다. 시간이 없어서가 아니라 시간을 못 보아서 시간이 없는 것이다. 그것이 늦가을이 싫은 이유다. 사실은 가을을 보내기 싫은 것이지만....

형설지공

깜짝 놀라서 잠이 깬다. 뭐야? 너무 사방이 밝은 것이 아닌가? 늦잠을 잤나?

맞아! 어제 눈이 많아 오더니, 사방에 쌓인 눈이 너무 밝아 마치 아침이 온 듯 내 신경이 깜짝 놀라서 몸을 깨운 것이군. 우리 아파트 건너편 지붕에 쌓인 하얀 눈이 도시의 불빛을 반사시켜 잠시 착시현상을 일으킨 게야. 주섬주섬 일어나 창문 가까이에 가면서 그런 상념이 일어났다. 그러면서 생각이 났다. 전설에만 있는 것으로만 생각했는데, 실제로 가능한 일이라는 것을. 왜 겨울에 눈빛(雪光)으로 책을 읽었다는 고사 말이다.

중국 진(晉)나라 때의 일이란다. 손강(孫康)이란 사람은 집이 가난하여 기름을 살 돈이 없었다. 그래서 그는 늘 눈빛에 책을 비추어 글을 읽었다. 나중에 그는 어사대부(御史大夫)에까지 벼슬이 올랐다고 한다. 물론 이 일화에 따라다니는 말이 반딧불이 이야기이다. 차윤

(車胤)이란 사람은 기름을 구할 수가 없어 여름이면 수십 마리의 반딧불을 주머니에 담아 그 빛으로 밤을 새우며 책을 읽어 마침내 이부상서(吏部尚書)가 되었다는 이야기이다. 이 고사에서 비롯되어 어려운 처지에서 공부하는 것을 '형설지공' 또는 줄여서 '형설'이라고 하고, 또 공부하는 서재를 형창설안(螢窓雪案)이라고도 한다는 것이다.

실제로 이런 일은 비일비재했던 모양이다. 조선조 인조 때의 유명한 문신인 장유(張維, 1587~1638)도 그런 경험을 "긴 밤 등잔불 기름이 떨어져 책을 읽지도 못하고(長夜無膏火 不能讀書)”라는 긴 제목의 시로 남긴다.

반딧불도 안 보이고 눈도 도시 안 내리니 / 秋螢暮雪揔相違
겨울 석 달 공부하려던 계획이 문득 차질났네 / 舊業三冬計却非
긴긴 밤 한심하게 누더기 뒤집어쓰고 있으면서/ 長夜只堪閑擁褐
이웃집 기름 빌려 달라 청하기도 부끄럽네 / 恥從鄰壁乞餘輝

이제 전 국토에 전기가 들어가지 않는 곳은 없고 아무리 어려워도 전기가 끊기는 집안이 많지 않은 관계로 불이 없어 책을 읽지 못하거나 공부를 하지 못하는 경우는 별반 없을 것 같아서 ‘형설의 공’이란 말이 아득한 과거의 유물이 되어가고 있다고 하겠지만, 겨울밤 눈빛이 이리 밝은 줄은 새삼 사람을 놀라게 하는 일이다.

요즈음은 책도 필요 없고 오로지 컴퓨터를 통해서 보는 인터넷만 연결되는 되는 시대이니까 정말로 형설지공이니 뭐니 하는 말은 더욱 과거의 희미한 전설이 되어가고 있는 것 같다. 마침 문화체육관광부가 조사 발표한 ‘문화예술 10대 트렌드’ 중에 전자책이 새로운 독서문화를 이끌 것이라는 항목이 있다. 태블릿 PC, 전자책 리더 등으로 전자책 단말기가 진화되면서 도서콘텐츠의 형태가 다양화된다는 것이다. 이제 옛 책을 이것저것 모아놓느라 집이 비좁아지는 그런 시대를 넘어서서, 조그만 컴퓨터 안에 모든 지식을 담아 이를 활용하는 그런 시대이니만큼 더욱 더 전기 속에서 전기와 전자를 끼고 살게 되는데, 그러다 보니 우리의 시야는 점점 전자 속으로만 끌려들어가게 된다. 그러다 갑자기 환하게 비치는 눈빛(雪光)으로 해서 밤이 다시 보이고 거리가 다시 다가온다. 그리곤 잊혀졌던 전설과 그 의미도 되살아난다.

우리는 지금 공부하기 위해서 반딧불도 필요 없고 눈빛도 필요 없는 시대에 살고 있어서 편리하기는 한데, 우리의 삶은 과연 무엇인지 회의가 일어난다. 가끔은 불을 끄고 창밖을 내다볼 필요가 있는게 아닌가? 한 밤을 밝히는 눈빛은 우리에게 묻는다;

당신은 이런 자연을 보지 못하고 과연 무엇을 보고 살고 있는가?
무엇을 위하여 살고 있는가?

겨울의 숲가

'가지 않은 길(The Road Not Taken)'이란 시로 우리에게 잘 알려진 로버트 프로스트(1874-1963)의 이미지는 숲과 길이다. 인생이 긴 길이며 여행이라면 우리에게 있어서 숲은 곧 그 길을 가는 동안의 삶의 다양한 표정일 것이다. 이제 크리스마스를 지나면서 정말로 겨울이 겨울다워지고 곳곳에 눈이 온다는 소식에 다시 프로스트란 시인이 생각나고 그가 쓴 시 중에 사람들이 좋아하는 또 하나의 시가 생각난다. 바로 'STOPPING BY WOODS ON A SNOWY EVENING',곧 '눈 내리는 밤 숲가에 멈춰 서서'로 번역되는 시이다.

이 시는 정현종이 옮긴 프로스트의 시집 '불과 얼음'(민음사, 1973)에 번역된 시가 가장 유명하다. 이 시는 앞에서 언급한 '가지 않은 길(The Road Not Taken)'이란 시 보다도 어휘들이 간단명료해서 번역에 따른 논란이나 이견은 별로 없는 것 같다. 원문과 정현종 님의 번역은 아래와 같다;

STOPPING BY WOODS ON A SNOWY EVENING

Whose woods these are I think I know.
His house is in the village though;
He will not see me stopping here
To watch his woods fill up with snow.

My little horse must think it queer
To stop without a farmhouse near
Between the woods and frozen lake
The darkest evening of the year.

He gives his harness bells a shake
To ask if there is some mistake.
The only other sound's the sweep
Of easy wind and downy flake.

The woods are lovely, dark and deep,
But I have promises to keep,
And miles to go before I sleep,
And miles to go before I sleep.

눈 내리는 밤 숲가에 멈춰서서

이게 누구의 숲인지 나는 알 것도 같다.
하기야 그의 집은 마을에 있지만-
눈 덮인 그의 숲을 보느라고
내가 여기 멈춰서 있는 걸 그는 모를 것이다.

내 조랑말은 농가 하나 안 보이는 곳에
일년중 가장 어두운 밤
숲과 얼어붙은 호수 사이에
이렇게 멈춰서 있는 걸 이상히 여길 것이다.

무슨 착오라도 일으킨 게 아니냐는 듯
말은 목방울을 흔들어 본다.
방울 소리 외에는 솔솔부는 바람과
솜처럼 부드럽게 눈내리는 소리뿐.

숲은 어둡고 깊고 아름답다.
그러나 나는 지켜야 할 약속이 있다.
잠자기 전에 몇 십리를 더 가야 한다.
잠자기 전에 몇 십리를 더 가야 한다.

이 시는 바로 이런 눈 내리는 밤의 정경, 이 사람들이 없는 곳의 고즈넉한 숲의 깊은 아름다움으로 해서 사람들이 좋아하는 것 같다. 이 시를 읽으며 그리 고민할 이유는 없는 것 같다. 하지만 자세히 들여

다보며 음미하려면 몇가지 재미있는 것들이 눈에 띈다.

우선 제목(STOPPING BY WOODS ON A SNOWY EVENING)에 나오는 'Evening'이란 단어가 우리 말에서는 밤으로 번역되었다는 것이다. 밤이라고 한다면 evening 이란 단어와 night 란 단어가 있고 각각 느낌이 다르다고 하겠는데, 우리가 생각하기에는 evening 이라고 하면 '밤'보다는 '완전히 밤이 되기 전의 저녁'을 뜻하는 것이 아니냐는 느낌이다. 이 문제는 미국이나 영국에 오래 살아 본, 전문적으로 연구한 분들이 답할 것이라 하겠지만 내가 배운 느낌으로는, night가 '캄캄한 밤', '모든 것이 휴식에 들어간 밤'이라면 evening은 '밤의 휴식을 위해 돌아가는 시간대' 라는 생각이 드는 것이다. 그런 의미에서 본다면 민가에서 멀리 떨어져 있는 이 숲이 적어도 눈에 들어오려면 완전한 밤 보다는 밤이 되기 전의 '저녁'이라고 하는 것이 더 맞지 않을까 생각한다. 이 시의 마지막 문단에서도 나오듯이 숲이 아름답고 어둡고 깊으려면 아직은 완전히 어두워지기 전의 저녁이어야 한다. 그런 의미에서 보면 이 시의 제목은 '눈 내리는 밤 숲 가에 멈춰 서서'보다는 '눈 내리는 저녁 숲 가에 멈춰 서서'가 더 어울릴 것이다.

이어 첫 문단을 보면

Whose woods these are I think I know.

His house is in the village though;

He will not see me stopping here

To watch his woods fill up with snow.

라는 원문을 이렇게 번역했다;

이게 누구의 숲인지 나는 알 것도 같다.

하기야 그의 집은 마을에 있지만-

눈 덮인 그의 숲을 보느라고

내가 여기 멈춰서 있는 걸 그는 모를 것이다.

그런데 이 번역을 가만히 들여다 보면 또 약간의 다른 느낌이 떠오른다. 이 문단의 원문에서 주목할 것은 우리가 흔히 '보다'라고 번역하는 'see'와 'watch'란 두 동사가 함께 쓰인 것이다. 이 두 단어의 뜻의 차이는 뒤의 watch란 단어는 '단순히 본다'의 뜻이 강한 반면, 'see'는 '보아서 안다'는 뜻이 들어가 있는 것으로 생각된다. 그러므로 정현종 님이 'He will not see me stopping here'에서 not see를 '모른다'라고 번역한 것은 매우 적절하며, watch를 '보다'는 뜻으로 푼 것도 당연하다고 하겠다. 내 생각으로는 그냥 '보다'보다는 '바라보다'가 더 어울릴 것 같다. 또 두 번째 문장에서 'though'를 '하기야'라는 단어로 골라 쓴 것은 조금 맘에 들지 않는 것 같다. 전체적인 뜻을 보면 "여기 숲이 하나 있는데, 그 주인이 누구인지 알 수 있을 것 같고 그 사람 집은 저 멀리 마을에 있다"라는 뜻일 것이고, 그래서 그 다음 내가 여기서 그의 숲을 바라보고 있는 것을 그가 알 수가 없다는 뜻이 아니겠는가? 그렇다면 '하기야'라는 약간은 툭 튀어나오는 단어보다는 그냥 조건절로 하면 어떨까 하는 것이다. 이를 테면 내가 이 문단을 번역한다는 이런 식이 될 것이다.

이게 누구의 숲인지 난 알 것 같다
그 사람 집은 저 마을에 있을 텐데...

우선 이렇게 되고, 그 다음에 'To watch his woods fill up with snow' 이란 문장도 '눈 덮인 그의 숲을 보느라고'로 되어 있는데, 아까 말한 watch란 단어의 의미를 살리고 또 'fill up with'란 영어표현을 생각한다면 '눈 덮인 그의 숲을 보느라'보다는 '이 숲이 눈에 덮이는 광경을 바라보느라'라고 하는 것이 현재 눈이 오고 있는 정경, 그 상태를 더 잘 표현하는 것이 아닌가 생각된다. 그러므로 첫 문단은

이게 누구의 숲인지 난 알 것 같다
그 사람 집은 저 마을에 있을텐데…
이 숲이 눈에 덮이는 것을 바라보느라
내가 여기 서 멈춰서 있는 것을 숲 주인은 모를 것이다.

라고 번역하고 싶다.

이 번역에서 또 주목하고 싶은 것은 숲이라고 번역하는 'woods'란 단어이다. 우리 말로 숲이라고 번역하는 영어단어 가운데는 woods가 있지만 forest란 단어도 있다. 프로스트가 이 숲을 woods라고 한 것을 보면 woods는 forest보다는 크기도 작고 나무도 덜 우거진 그런 숲을 이야기하는 것처럼 보인다. 적어도 마을에서도 그리 멀지 않을 그런 숲을 의미할 것이다. 우리 말로 그런 차이를 구별할 단어가 없는 것 같다는 것이 아쉬움이라고 하겠다.

다만 문제는 두 번째 단락의 'The darkest evening of the year'이다 이 부분은 어둡다 라는 표현 때문에 저녁보다는 밤이 더 어울려 보인다. 이런 문제 때문에 정현종 님이 아마 저녁보다도 밤을 택했을 개연성이 높다. 그렇지만 난 밤 보다는 저녁을 택하고 싶다. 그것이야말로 개인의 취향이나 선택이 아닐까?

그런 저런 생각을 하면 이 시를 이렇게 번역해보면 어떨까?

눈 내리는 저녁 숲 가에 멈춰 서서

-로버트 L 프로스트

이게 누구의 숲인지 난 알 것 같다

그 사람 집은 저 마을에 있을텐데...

이 숲이 눈에 덮이는 것을 바라보느라

내가 여기 서 멈춰서 있는 것을 그 사람은 모를 것이다.

내 조랑말은 이상하다고 생각하는 것 같아

농가 하나 안 보이는 곳

숲과 얼어붙은 호수 사이에 이렇게 멈춰서 있는 걸

그것도 일 년 중 가장 어두운 저녁에

무슨 착오라도 있는 게 아닌가요?

말이 목방울을 흔들어 본다.

그리곤 솔솔 부는 바람과

솜처럼 부드럽게 눈내리는 소리뿐.

숲은 어둡고 깊고 아름답다.

그렇지만 난 지켜야 할 약속이 있고.

잠자기 전에 한참 더 가야 한다.

잠자기 전에 한참 더 가야 한다.

고명하신 시인께서 일껏 잘 번역하신 것을 흠집 내는 것이라고 받아들이지는 말아달라. 다만 이렇게 번역하면 더 멋지지 않을까 하는 것이다. 조금 더 다른 분위기에서 일 년 중 가장 어두운 이 멋진 겨울 저녁의 숲의 아름다움을, 눈으로 덮여가는 숲의 그 적막이 우리에게 무엇을 말하려 하는가를 생각해보자는 것이다.

그래 우리가 숲의 아름다움에 빠져 있을 수만은 없잖아? 우리의 삶이라는 게 그처럼 긴 길이고 갈 길이 많은 법이니까...........

동짓날에

오늘이 동지란다.

동지, 일 년 중에서 밤이 가장 길고 낮이 가장 짧은 날이다. 한자로는 冬至라 쓰는데, 겨울이 왔다는 것인가? 아니면 겨울이 극에 달했다는 뜻인가? 오늘 아침 추위를 생각하면 겨울이 왔다는 듯으로 볼 수 있을 것 같다. 그런데 길어지던 밤이 다시 짧아지기 시작하는 것을 보면 겨울이 극에 달했다는 뜻이라고 봐야 한다. 동양의 음양사상으로 보면 밤은 음(陰)이고 낮은 양(陽)이다. 밤이 가장 길다는 것은 음이 가장 극에 달한다는 것, 그러다가 이 날을 계기로 낮, 곧 양이 다시 길어지므로 겨울이 극에 달했다고 보는 것이 더 맞는 것 같다.

그러므로 그냥 낮의 길이를 기준으로 생각하면 동지야 말로 겨울이 지나고 새로운 한 해를 시작하는 것이라고 할 수 있다. 실제로 중국의《역경(易經)》에서는 태양의 시작을 동지로 보고 동지의 괘를 복괘(復卦)로 삼았다. 복괘라고 하면 맨 밑에 막대기 하나가 있고 그 위로 중간이 터진 막대기 다섯 개가 나란히 위로 쌓여있는 괘인데, 그 모양에서 보듯 꽉 찬 음(陰)을 뚫고 막 양(陽)이 자라기 시작한 형상이다. '복(復)'은 '돌아온다'는 뜻인데, 본래 상태로 회복됨을 의미한다. 이것은 '위에서 극에 달하면 아래로 돌아와 다시 생한다'라고 하는 역리(易理)에 근거한 것으로 나무 열매 속에 들어있던 씨앗이 땅에 떨어져 새로운 생명을 싹틔우는 상황으로 비유될 수 있다. 중국의 주(周)나라에서는 동지가 있는 11월, 곧 동짓달을 정월로 삼고 동지를 설로 삼았다. 그런데 태양력은 동지 후 8~9일이 있어야 새해가 되며 음력은 보름 정도 있어야 새해가 되니, 그것은 밤낮의 길이만으로 보면 동지가 분기점이지만 계절이라던가 추위, 하늘의 기운의 성장 등을 감안하면 동지에서 며칠이라도 지나가야 새 해로 계산할 수 있는 모양이다.

뭐 이런 정도야 우리가 상식으로 알고 있는 것이 아니던가? 그런데 우리가 잘 모르는 말 중에 동지를 천근(天根)이라고 한다는 것이 있다. 원래 동지는 영어로는 Winter Solstice라고 해서, 태양이 가장 남쪽에 가 있다가 다시 북으로 방향을 틀기 위해 잠시 정체되는 극점을 의미하는데, 천근이라고 할 때는 the Heavenly Phallus라고 해서 하늘의 기운이 남성의 성기가 뻗치는 것처럼 뻗쳐오르는 순간을 뜻한다고 한다. 태양이 다시 자라기 시작하는 것이니까 결국은 '복(復)'과는 같은 개념인데 이것을 천근이라고 부르는 것이 재미있지 않은가?

주역(역경)에서 괘를 살필 때는 안과 밖, 두 개의 괘를 아래 위로 쌓아놓고 살피는 것인데, 복괘는 내、외괘로 보면 땅 속에 우뢰가 있는 모습으로 음력 10월, 음(陰)이 극성한 때를 지나 11월 동지달 첫 양(陽)이 처음 움직이기 시작하는 단계이다. 1년 중에서 가장 추운 동지달, 얼어붙어 있는 지표(地表)아래에 새로운 생명이 부활하고 있는 것이다. 그러므로 복괘는 곧 천지의 마음이 드러나는 때라고 하겠다.

복괘에 하늘과 땅의 마음이 드러나다 復者天地見心

하나의 기운 비로소 생겨나 양이 되돌아오는 때에

始生一氣復陽時

신구가 교차 되어 해가 바뀜을 알겠네

新舊交叉歲換知

하늘 마음이 끝내 멈추지 않음을 만약 볼 수가 있다면

若見天心終不止

재앙과 근심 또한 이제부터 당연히 소멸돼 없어지리라

自茲禍患亦消宜

이처럼 해가 가장 남쪽에 도달했다가 점차 북으로 틀면서 낮이 길어지기에, 곧 일년의 시작이 되는 것이기에 12지에서도 자축인묘 12개 동물 가운데 으뜸인 子, 곧 쥐를 동지에 배치하는 것이다. 동지가 들어있는 음력 11월을 「建子之月」이라고도 부르는 것이 바로 이런 연유에서라고 한다.

동지를 새로운 생명의 시작으로 보는 것은 동서양이 다르지 않아서, 동양에서는 동지를 흔히 '亞歲(아세)', 곧 '작은 설'이라 하여 설 다음 가는 경사스러운 날로 생각하였고, 그래서 '동지를 지나야 한 살 더 먹는다' 또는 '동지팥죽을 먹어야 한살 더 먹는다' 라는 말이 전하기도 한다는 것은 요즈음 KBS-1TV의 '한국의 유산'코너에 나오는 것을 굳이 인용하지 않더라도 우리가 익히 아는 바이다. 유럽에서는 성탄절이 동지축제를 대신하고 있는데, 신약성서에 예수가 탄생한 날짜가 나오지 않는데도 12월25일을 크리스마스로 기리는 것은 초기 기독교가 페르시아의 미트라교(Mithraism)의 동지 축제일이나 태양

숭배의 풍속을 이용해서 예수 탄생을 기념하게 한 것에서 비롯됐다고 한다. 천문학적으로 보면 동지가 되면 해가 방향을 틀기 위해 사흘간 멈춰 있다가 사흘 뒤인 12월25일에 비로소 움직이기 시작하므로 이 날을 예수탄생일로 기린다는 것이다. 기독교가 움터 자란 로마제국의 경우 농경민족인 로마인의 농업신인 새턴(Saturn)의 새턴네리아 축제가 12월 21일부터 31일까지 성했고, 그 중 25일이 특히 동지 뒤 태양 부활일로 기념된 날이었다고 한다.

그런데 동지의 다른 이름인 천근과 대응되는 개념이 월굴(月窟)이다. 달이 들어가는 굴이란 뜻일텐데 낮이 가장 길어졌다가 기울기 시작하는 하지(夏至)에 붙여진 이름이다. 천근은 하늘의 양기가 솟구치는 때요, 월굴은 달의 구멍이므로 음기를 상징한다고 본다면 태양을 둘러싼 천체의 운행에서 양과 음을 상징한다고 하겠다. 이런 개념은 중국 송나라 때의 수리철학자인 소강절(邵康節,1011~1077)선생이 밝힌 개념이라고 한다. 소강절은 주역 등 역리를 철저하게 연구해서 온 우주의 원리와 현상을 주역에 담긴 괘와 숫자로 풀어내신 분으로서 수많은 일화가 전해지고 있다. 소강절은 복희가 창안한 것으로 알려진 주역 팔괘를 설명한 다음 다음과 같은 시로 우주의 원리를 요약해서 밝혔다

乾遇巽時觀月窟

地逢雷處見天根

天根月窟閑往來

三十六宮都是春

건괘가 손괘를 만날 때 월굴을 보고,

지괘가 뢰괘를 만나는 곳에 천근을 보네.

천근과 월굴이 한가로이 왕래하니,

삼십육궁 모두 늘 봄일세...

이 시 앞에는 이런 구절이 있다.

耳目聰明男子身

洪鈞賦與不爲貧

須探月窟方知物

未攝天根豈識人

눈과 귀가 총명한 남자의 몸을

조물주께서 주셨으니 부족함이 없구나

월굴을 탐색한 뒤라야 비로소 만물을 알 것이니

천근을 밟지 못하면 어찌 사람을 알겠는가.

이 싯귀에 대해서는 저마다 다른 해석을 많이 내놓고 있고, 거기에는 남녀의 성을 통한 음양의 이치로 설명하는 경우도 있지만 크게 보면 천근과 월굴을 알고 그 상호작용을 아는 것이 우주의 이치를 파악하는 지름길이라는 뜻이라고 봐도 되지 않을까?

아무튼 동지라는 시점은 이렇게 천체의 운행, 우주의 기운을 일년

동해 일출

이라는 단위로 볼 때 새로운 기운이 시작되는 기점으로 볼 수 있고 그렇다면 동지는 곧 새로운 시작을 뜻한다고 할 수 있겠다.

동지가 음양(陰陽)의 천근이면서도 동시에 시운(時運)의 천근이 되는 이러한 시점에 날아들은 뜻밖의 소식이 북한 김정일의 사망이다. 아버지 김일성이 1994년 갑자기 사망한 이후 17년간 북한을 통치한 김정일이 우리가 사는 남쪽에 갖가지 위협과 도발을 시도했고, 북한 동포들이 굶주림에 죽어나가도록 한 것 등 우리로서는 는 악의 상징으로 생각되었는데, 그러한 김정일이 사망한 것이 마침 동지를 4~5

일 앞둔 시점이라는 데서, 북한이 2011년 동지라는 시점을 통해 과거를 정리하고 새로운 시대를 맞이하는 것이 아닌가 하는 희망적인 기대를 하고 싶은 것이 올해 동지를 맞는 특별한 감회이다. 남북관계의 경색에 대해서는 북한 쪽에서도 할 말이 없는 것은 아니겠지만 아무튼 남북의 경색과 북한의 고립화가 더 심화되면서 북한 동포들이 더 많은 고초를 겪은 것을 생각하면 김정일 이후 새로 북한을 맡을 지도자가 누가 되든 간에 고립을 풀고 중국처럼 개혁개방의 길로 속히 나와서 북한을 경제적으로 바꾸어 놓기를 간절히 바라는 것이 우리 모두의 마음이 아니겠는가? 그런 면에서 동지는 그러한 대변화의 기점, 새로운 한반도의 기점이 되기를 기원하는 것이다.

철없는 장미에게

며칠 전, 아니 며칠 전이라기보다도 12월5일 지난 월요일 출근길에 아파트 동문을 나서다 보니 아직도 그 꽃들이 있었다. 빨간 장미꽃 10여 송이가 아파트 담장을 뚫고 올라간 위치에서 환하게 웃고 있는 것이었다.

"여보세요. 지금이 12월이잖아요? 빨리 접고 쉬러 가지 않고 무얼 하는 거예요?"

과연 이런 걱정이 터무니 없는 것이 아닌 듯, 주말로 가면서 추위가 왔다. 수은주는 영하로 내려갔다. 그래도 꽃들이 그대로 있었다

아니 이 꽃들은 정말로 계절을 모르나? 철이 없나? 시간을 모르나? 몸에서 대기의 썰렁함을 느낄 수 없나?

갖은 걱정에도 불구하고 이 꽃들은 도대체 자연의 섭리라는 것을 거부하기로 작정한 것 같았다. 아니 장미가 피는 계절이 언제인데?

빠르면 5월 아니면 6월이 한창이고 간혹 7~8월까지 가는 경우가 있다고 하지만 어떻게 12월 초까지 이렇게 생생하게 있단 말인가?

이름하여 올 여름의 마지막 장미던가? 영어로 하면 'the Last Rose of Summer'

바로 아일랜드가 자랑하는 민요이다. 1779년부터 1852년가지 산 토마스 무어(Thomas Moore)라고 하는 시인말이다. 그 시인이 직접 쓴 시를 자신이 곡도 붙였고 그것이 아일랜드의 자랑인 아일랜드 민요 '한떨기 장미'가 아니던가? 그런데 원래의 영어 제목에서 보듯 이 장미는 여름이 남긴 마지막 장미라는 뜻이 숨어있다.

'Tis the last rose of summer left blooming alone
All her lovely companions are faded and gone
No flower of her kindred, no rosebud is nigh
To reflect back her blushes and give sigh for sigh

여름의 마지막 장미꽃이 혼자 남아있네요
아름다웠던 친구들이 다 가버렸는데도
비슷한, 같은 종류의 꽃봉우리가 없으니
여름의 그 붉은 얼굴 못 보고 한 숨만 남았네

여기까지는 우리가 느끼는 그대로이다. 지금 이 장미는 아직도 붉은 꽃봉우리를 피우고 있으니 토마스 무어가 본 장미꽃보다는 더 쌩쌩한 것이리라. 그렇지만 쓸씀함을 느끼기는 마찬가지이다.

워낙 12월까지 가는 장미가 없다보니 시인들도 늦가을 장미꽃은 읊었지만 12월, 곧 겨울의 장미꽃은 시로 읊은 것이 하나도 없다. 가을, 늦가을의 장미꽃을 읊은 것들은 이런 감정과 느낌을 주었지만 말이다.

늦은 아침 출근길
을씨년스럽기만한 늦가을 날씨는
단풍잎 곱게 물든 것으로
대신 하기에 충분했다

가로수 사이에 비집고 서 있는 은행나무
그 틈에 낯설게 느껴지는 장미꽃
늦가을날
담장에 자리 잡고 앉은 장미
아름다움은 간데없고 초라하다

검푸른 하늘에 찬바람 부는 아침
햇살조차 어두운 날
장미는
벌거벗은 옷차림에
따스한 눈길조차 없이
외롭게 낙엽 속으로 묻어간다.

-박효찬, 철 없는 장미꽃

우리 집 옆 아파트 담장의 장미는 이런 자연적인 감정도 느낌도 거부한다. 비록 인간들이 환경을 오염시켜 계절이 뒤틀리고 철이 엉망이 되었지만, 비록 겨울의 문턱이 되어 모든 동료 나무잎과 꽃잎들이 떨어지거나 흩어져 가버렸지만, 이 장미들은 얼마 남지 않은 꽃들과 함께 결코 고개를 숙이지 않는 꽃꽃한 자존심을 세운다. 꽃의 여왕이라는 자존심 말이다.

긴 여름
열정으로 가득했던 아름다운 그 자태가
상처받은 하나의 여린 꽃으로 남아
핏발선 눈빛으로
애절함 지키고 있는데

말없이 다가온 무심한 가을바람은
잊혀져 가는 이 그리움을
왜?
또, 살려 놓고 떠나가는가
-이순복 가을 장미 한 송이

그렇게 겨울 장미를 보지 못한 사람들은 이 가을만 되어도 모든 것을 떠나보내고 싶어한다. 사랑도 미움도 절망도 다 떠나보내고 싶어한다. 그런데도 겨울까지 버티는 그 힘은 어디에서 오는 것인가? 그 자존심과 오만함이 부럽다.

I'll not leave thee, thou lone one, to pine on the stem

Since the lovely are sleeping, go sleep thou with them

Thus kindly I scatter thy leaves o'er the bed

Where thy mates of the garden lie scentless and dead

나는 외로운 그대, 꽃 가지를 그대로 두고 가지는 않을 터

이미 고운 꽃들이 잠들었으니 그대도 함께 쉬세요

나는 꽃잎을 화단에 살포시 뿌려놓을께

그대 친구들이 향기 없이 죽어 누워있는 그 곳에 말이야

-한떨기 장미, 토마스 무어, 제2련

바로 그 자존심과 오만함이 긴 겨울을 이기고 새 봄에 싹을 틔우고 꽃을 피울 수 있는 것이기에, 그 여름의 따가운 햇살을 몸 속으로 담은 그대의 그 마른 가지들이 오히려 정겨운 것이야. 푸름을 보여주던 잎들이 말라가고 있어도, 그것은 나이 먹은 사람의 피부와 달리 언제고 다시 살아나는 젊은 피부이기에, 지금 잠시 겨울에 말라보여도 밉거나 싫지가 않은 것이야.

눈이 내린다

몇일 째 연달아 눈이 쌓인다

세상은 하얀 은빛으로

모든 슬쓸함 추함 모두 바뀌었다

앙상한 나무엔 꽃이 피고

황량한 들판엔 흰 무명이불이 깔렸다

슬쓸함이

희망으로 바뀌었다

-박태강, 쓸쓸함이 희망으로

때마침 눈이 내리는구나. 비록 사방을 하얗게 덮을 정도로 많이 오지는 않았지만, 남쪽에는 그리 많이 내렷다지 않은가? 서울에도, 너의 앙상한 가지 위로도 흰 눈이 내린 것으로 상상하자. 그런 흰 눈 속에서 다시 힘을 기르고 새 봄을 준비하는 너의 끈질긴 의지와 생명력을 다시 확인하자. 그것으로서 새 봄의 희망을 이야기하자. 우울과 절망과 소멸 대신에 활력과 희망과 소생을 기대하는 거다.

The trumpet of a prophecy! O Wind,

If Winter comes, can Spring be far behind?

아직 깨지않은 대지에 울리는 예언의 나팔!

오 그대 바람이여! 겨울이 오면 봄이 그리 멀리 있던가?

-Percy Bysshe Shelley, Ode to the West Wind 서풍이여!

철부지

눈이라도 쏟아질 하늘이다. 날씨가 제법 차가와졌으니 구름이 있다면 비보다는 눈이 올 수 있을 것 같은데 문득 달력을 보니 오늘이 소설(小雪)이란다. 소설이라는 절기부터 계절이 겨울에 들어선 것으로 친다니 이제 정말로 겨울이 된 것이다. 그런데 오늘 낮에 날이 풀려 많은 분들이 거리에 쏟아져 나온 것을 보고 조금 의아했는데 저녁이 되니 확실히 소설의 분위기가 난다. 이런 날씨를 을씨년스럽다고 한다는데, 을씨년이란 말이 우리나라가 일본에 주권을 빼앗긴 1905년 을사년에서 나온 말이라고 하고, 살제로 주권상실이 공표된 1905년 11월 18일은 실로 을씨년스럽다는 말이 생기기에 족할 만큼 섬뜩한 한기가 돌던 초겨울이었다고 하니 을씨년이란 말은 별로 좋은 말은 아닌 듯 싶다.

그런데 겨울이 시작되는 기점은 입동(立冬)이 아니던가? 그렇게 생각해 왔는데 알고 보니 입동(立冬)은 겨울에 들어간다는 입동(入冬)이 아니라 겨울의 채비가 시작되는, 곧 겨울의 준비가 세워지는 입동(立冬)이어서, 본격 겨울은 입동의 보름 후, 눈이 내린다는 소설

(小雪)부터라고 한다.

문제는 이 가을에 들어서서 집안과 집 밖에 여러 가지 대소사가 많았던 관계로 입동을 모르고 지났다는 점이다. 다시 말하면 겨울이 된다는 마음의 준비를 전혀 하지 못했다는 것이다. 입동은 입춘, 입하, 입추 등 세 절기와 함께 사립(四立), 곧 절기가 바뀌는 4개의 입일(立日)이어서 입동에는 여러 가지 겨울 준비가 많았다는데 그것을 전혀 하지 못한 것이다.

우리나라에서는 입동이 단오나 유두, 추석과 같은 특별한 절기는 아니지만 겨울로 들어서는 날이라고 생각해서 본격적인 겨울채비를 시작했었단다. 날씨가 추워지면 신선한 과일이나 채소를 먹기가 힘들어지므로 입동 무렵이면 밭에서 무, 배추를 뽑아 김장을 하는 등 먹을거리를 저장해두기 위해 분주하게 움직였고 한 해 동안 농사짓

느라 애를 쓴 소에게는 여물을 잔뜩 준비해 주고, 이웃 간에는 햇곡식으로 팥 수수떡을 만들어 나눠 먹었다고 한다. 또 치계미(雉鷄米)라고 해서 마을에서 일정 연령 이상의 노인들을 모시고 음식을 준비하여 대접하였다고 한다. 한자어 그대로는 '꿩+닭+쌀'의 뜻인데 원래는 사또 밥상에 오를 반찬값으로 받는 뇌물을 가리키다가 마을 노인들을 사또처럼 대접하라는 뜻에서 이 이름이 붙었다고 한다. 입동 무렵에는 미꾸라지가 겨울을 나기 위해 살을 찌워놓고 있어 도랑 흙 밑에서 잠자고 있는 미꾸라지를 잡아 도랑탕을 대접하기도 했단다.

그런데 내가 관심을 갖는 것은 입동이나 입추, 혹은 입춘도 그렇지만 계절이 바뀌는 날은 몸을 조심하고 삼가는 날이었다는 점이다. 조선시대 역사서인 실록을 읽어보면 조선조 태종 10년인 1410년 음력 10월 1일이 입동이었는데, 왕이 풍해도(황해도)에서 강무(講武)라고 하는 사냥대회를 하고 거기서 머물렀는데 그 고을의 감사나 수령들이 왕을 알현하지 못하도록 했다고 한다. 그 이유로는 이 날이 도교에서 말하는 이른바 '삼원 사립(三元四立)'이어서 사립(四立)에는 무얼무얼 하지 말라는 것이 많아서 이에 따라 수령들이 왕이 왔는데도 알현하지 못하게 했다는 것이다. 이렇게 하지 말라고 하는 것 중에 입동에는 합방(合房), 곧 남녀가 같이 자는 것도 금하라는 것이 있어 이채로운데, 이 설에 따르면 이 날에 합방을 하면 건강에 좋지 않고, 혹 신혼부부가 합방을 해서 임신이 되더라도 태아에게 좋지 않다는 것인데, 왜 이런가 하면 역시 계절이 변하는 고개마루에 해당하기에 이 때에 뭔가 일을 저지르지 말라는 뜻이 아닐까 싶다. 심지어는 인조 4년, 1626년의 입동인 음력 9월18일에는 중전이 아파서 침을 맞아야할 상황이었는데, 신하들이 "18일 정해(丁亥)는 입동(立冬)으로 시월절(十月節)인데 바로 온황신(瘟瘟神)이 드는 날이고, 시월절 하루 뒤인 19일 역시 온황신이 드는 날이고, 20일은 만일(滿日)로 남녀가 모두 꺼리는 날입니다. 모두 침가(針家)에서 꺼리는 바여서 침을 놓기 어려운데 급병(急病)은 하루 중에 단지 1시(時)만 꺼립니다. 21일과 22일이 평길(平吉)합니다.' 라고 하면서 사흘 뒤인 21일에 맞도록 했다고 하니 옛 사람들이 계절에 대해 삼가고 꺼리는 것이 이리 복잡하고 많았던 것 같다.

누군가가 말한다.

입춘, 입하, 입추, 입동의 사립(四立)이 들 입(入)이 아니라 설 입(立)인 것은 무슨 의미인가 하면 세월이 잠시 멈추거나 세월을 잠시 세우는 것을 뜻한다고. 왜 서고 세우는가? 그 다음 절기를 준비하기 위함이다. 세월이 섬을 알고, 세월을 세울 줄 알아야 춘하추동의 참뜻을 아는 것이며 그 때야 비로소 철들었다고 한다는 것이다.

아무튼 철이 바뀌는 것도 모르는 '철부지(不知)'가 되다 보니 입동을 지나 본격 겨울에 들어서는 소설(小雪)인 오늘 어두워지는 창밖 하늘을 올려다보며 공연히 이것저것 마음이 싱숭생숭이다. 나이가 들면서 가장 걱정은 시골에 계시는 부모님. 팔순을 넘기신 두 분이 어찌 지내실까, 건강하실까, 집은 춥지 않을까... 이런 저런 걱정과 함께 가까이서 살갑게 보살펴드리지 못하는 마음에 또 한숨과 눈물이 글썽글썽한다. 가까이 계시면 옆에서 지계미라도 올리고 싶은데 말이다.

제야

이제 곧 또 한해를 바꾸는 제야를 맞이한다.

올해 제야는 방안에서 텔레비전을 보며 넘기든, 제야의 동을 치는 종로 보신각에서 있든, 친구나 친지들과 술을 나누기 위해 거리에 나와 있든, 새해를 맞는 것은 지나간 날과 지난 일들을 비우는 것이고, 눈 앞에 있는 광막한 비움을 받아들이는 것이다. 우리 눈 앞에 있는 텅 빈 시간과 공간은 마치 이마를 맞댄 차가운 얼음장처럼 머리를 통해 온 몸으로 뭔가를 전해주고 있다. 그것은 제야의 밤에만 느낄 수 있는 절대적인 경험이다.

제야(除夜)에

-박병금

갈매기 울음소리도 멈추었다

목적지 없는

먼 길을 달려와
빈 수레로 일 년을 마감한다

허허로운 바다
자식 위한
어머니의 간절한 기도 소리
멈춘 이 밤

별똥별 하나
길게 사선을 그으며 떨어진다
또 한 별이 숨어
흐느껴 울고 있는 바다로 (하략)

지난 한 해가 너무 힘들었다고 모두가 생각할 것이다. 유난히 힘든 한 해라고 생각하는 사람들이 많을 것이다. 한 해를 빨리 보냈으면 하는 사람들이 그런 부류에 속할 것이다. 그러나 가는 한 해는 다시 되돌아올 수도 없고 다시 경험할 수도 없기에 지나가는 해를 아쉬워 하는 마음또한 부정할 수 없다. 새로운 해가 희망인 만큼 지나간 해는 싫든 좋든 소중한 추억으로 남아있어야 할 것이다.

제야

-이수익

오늘밤은

서럽게 울자.

누구보다도 나를 생각하며

서럽게, 서럽게 한 번 울자.

지난 한 해 저질렀던 수많은 죄들

하나씩 하나씩 떠올리며

그 죄에 돌멩이 맞듯 맞아 피 흘리며 쓰러진

사람들을 생각하며

오늘밤은 빈방에서 고독하게 울자.

미운 나, 불쌍한 나를 한없이 뉘우치며

온몸 사무치게 깊이깊이 울자.

마침내 그 울음 지쳐서 바닥나면

한없이 투명해진, 고요한 내 마음 위로 자정이 오고

아아, 그 때

눈부시게 찬란한 새해 첫 새벽이 열리리.

이럴 때 우리는 시인의 지적처럼 울고 싶다. 마냥 하염없이 울고 싶다. 그렇지만 울 수가 없다. 우주의 시간을 놓칠 수 없기 때문이다. 부산의 대표적인 시인인 강남주 님도, 호남의 대표적인 시인이셨던 고 서정주님도 다 제야를 그렇게 맞이했다;

제야의 시

-강남주

뒷간에도 외양간에도

등잔불을 밝히자

구석진 곳 어두웠던 곳이 많기도 했지

아쉽고 안타까왔던

일년 삼백 예순 닷새

이제는 묘망한 지구 밖으로 떠나는구나

어둠을 안고 떠나는 자리에

남루하고 침침했던 먼지로 쌓였던 시간과 시간,

언제나 멈칫거리며 마음 쓰이던 자리를

등잔불로 밝히자 빛으로 채우자

가는 시간 가게 하고

오는 시간 오게 하자

삼천대천 세계를 종소리로 울리고

삼천대천 세계를 빛으로 밝히고

매듭을 짓고 또 매듭을 풀자

수실로 수를 놓든 정갈한 우리들의 정성을 엮으며

뒷간에도 외양간에도

등잔불을 밝히자

그믐밤을 밝혀

한 해가 탈없이 가게하고

오게 하자.

제야

-서정주

음력으로 섣달의 그믐날 밤엔

얼어붙은 강물을 뛰어 건네서

호랑이 총각이 장가를 간단다.

젊은 사내자식이 왜그리 찌푸려져

식은 재 되어 사위어가느냐?

식은 재 되어 사위어가느냐!

매번 똑같이 지나가는 시간, 그 시간을 일 년이란 단위로 잘라, 그 단위의 끝점과 시작점을 연결하는 제야, 거기에서 우주의 비밀의 호흡을 느낄 수 있는 것은, 우리들의 잠들지 않는 영혼의 힘일 것이다. 그러기에 그 시간에는 인간을 넘어서는 우주의 질서를 느끼고, 그 질서를 주관하는 초인을 찾고 기다리게 되는 것이리라.

제야(除夜)

-김동리

검은 하늘에 수탉 울기 전
은반의 촛불을 보며
멀리 초인(超人)을 기다린다

수묵(水墨) 조으는 옛 병풍 속에
신부의 숨결인 양 밤은 잦아들어
제기(祭器)는 조촐히 닦아 두고
마음은 멀리 초인을 기다린다
하늘엔 별들의 기도 소리 소란하고
거리엔 고목이 꿈을 모으고

표박이여 이 밤엔 쉬라
들 끝에서 돌아오는 카인을 맞아
경건히 눈물짓는 촛불을 바라보며
마음은 멀리 초인을 기다린다.

삶에 지쳐 우리들은 감각이 희미해졌고 말을 할 혀가 굳어졌고 생각도 잘 나지 않는 것 같다. 그러나 우리들에게는 나만이 아니라 우리 가족, 우리 집안, 우리 동네, 우리 고장, 우리 나라, 그리고 우리가 함께 사는 지구가 있다. 우리는 제야의 종소리를 들으며 나라와 민족, 세계와 인류의 고동을 느낄 수 있다. 그 소리를 우리가 함께 갖는 것이다. 그 희망과 가능성을.....

제야의 종소리

-하영순

....

아팠거나 슬펐거나 모두 다 잊어버리고

새롭게 깨어나라고

희미한 가로등 불빛을 가르며

은하 물

헤집고 들려온다.

힘든 자 비틀거리는 자

가슴에 빛으로 퍼지는

희망의 소리

거룩하고 숭고한

내일을 향한 약속의 소리가 우주를 깨고

조국의 심장을 간통한다.

영영 지워지지 않는 소리로

일어나라 일어나라고!

가까운 지금부터

중국 동진(東晋)의 정치가 사안(謝安, 320~385)은 국난을 구해낸 명재상으로 유명한데, 정치에 나오기 전에 동산(東山)에 은거하고 있다가 조정의 부름을 거듭 받고 할 수 없이 나와서 환온(桓溫)의 사마(司馬)가 됐다. 당시에 어떤 사람이 환온에게 약을 보냈는데, 그중에 원지(遠志)라는 약초가 있었다. 환온이 그 약초를 들고 사안에게 묻기를 "이 약초의 다른 이름이 소초(小草)인데 어찌 하나의 물건에 두 가지 이름이 있는가" 하자, 사안이 얼른 대답하지 못했다. 그때 동석한 학륭(郝隆)이라는 사람이 대답하기를 "그것은 어려운 문제가 아닙니다. 산속에 있을 때는 원지라고 하고 산을 나오면 소초라고 합니다" 하자, 사안이 몹시 부끄러워했다고 한다. 이후 원지 혹은 소초라는 말은 명성은 요란하지만 실제 일을 하는 면에서는 보잘 것 없는 사람에 대해서 놀리는 말이 됐다. '세설신어(世說新語)'에 나오는 이야기이다.

조선조 중기 임진왜란을 승리로 이끈 유성룡(柳成龍, 1542~1607)

은 출사하기 전에 고향인 안동 땅에 원지정사(遠志精舍)라는 작은 건물을 지었다. 세상에 나가기 전에도 큰 뜻을 품었던 것은 아니지만 실제로 나가서는 일을 제대로 한 것이 없어 마치 소초처럼 된 것이 아닌가 부끄러워하며 시골에 은거하겠다는 뜻을 담은 이름이다. 바로 중국 사안의 원지 소초의 고사를 인용한 것이다. 그러나 유성룡은 뒤에 임진왜란이라는 초유의 국난을 극복하는 데 가장 큰 공을 세움으로써 동진의 사안보다도 더한 이름을 우리 역사에 남기게 됐다. 그야말로 풀이름인 원지가 선비의 길고 원대한 뜻을 대변하는 이름이 된 것이다.

'원지'라는 집 이름과 비슷한 '원우(遠憂)'를 집 이름으로 쓴 사람이 있으니 유성룡보다 반세기 뒤에 활동한 이경여(李敬輿, 1585~1657)이다. 병자호란 때 왕을 모시고 남한산성에 피란했으며 형조판서를 거쳐 효종 조에는 영의정을 지냈는데, 재상이 되기 전에 충남 부여 들녘 경치 좋은 곳에 집터를 잡아 아름답게 꾸미고는 원우당(遠憂堂)이라 이름했다. 사람들이 이리 좋은 곳을 차지하고서 왜 멀리서 근심한다는 이름을 붙였냐고 물으니, 사시사철 아름다운 계절이 오고 갈 때마다 우리 임금이 잘 계시는가, 정치를 잘하시는가 매번 걱정이 돼 그 마음을 담은 것이라고 설명해줬다고 한다.

과연 그러한 마음이 조정에 전해졌는지 이경여는 병자호란 때 왕을 잘 모셔서 나중에 영의정까지 지냈지만 유성룡처럼 국난을 극복한 인물로서가 아니라 단지 왕을 잘 모셔 최고위직에 오른 인물로 기억될 뿐이다. 애초에 유성룡은 크게 나라를 걱정하고 자신의 역량이 이에 미치지 못함을 아쉬워했지만, 이경여는 나라보다는 임금의 안위를 걱정하는 데 머물렀기에 개인적으로는 출세하고 부러움을 샀지만 역사에서는 그리 높게 기억되지는 않는다. 두 사람이 멀리서 걱정을 하고 뜻을 세웠지만 그 뜻의 방향이 애초부터 달랐기에 그 결과도 달랐을 것이다. 유성룡은 원지정사를 준공하고 나서 쓴 글에서 이런 말을 했다 "먼 것은 가까운 것이 쌓인 것이고(遠者 近之積也) 뜻은 마음이 가는 방향이다(志者心之所之也)." 멀다는 것, 먼 시간도 눈앞의 순간이나 시간이 쌓이는 것이고, 순간순간의 마음이 이어지면 그것이 뜻이 된다는 것이다. 바꾸어 말하면 지금 눈앞의 자신의 행동이 별것 아닌 것 같지만 그게 모이면 멀고 원대한 경지에도 도달할 수 있다는 말이다. 마찬가지로 지금의 마음 방향을 올바로 세우고 그 마음을 계속 이어가면 그것이 올바른 뜻이 돼 마침내 성취를 이룰 것이라는 말이다. 그것이야말로 제갈량이 자기 아들에게 해준 말이자 안중근 의사가 순국하기 전에 남긴 '영정치원(寧靜致遠: 마음을 차분히 하고 뜻을 바로 세워야 자신의 원대한 뜻을 이룰 수 있다)'이란 말인 것이다.

새해는 또 다른 시작이고 늘 새로운 포부와 희망을 건다. 그렇지만 눈앞의 이익을 좇으며 아등바등하다가는 연말이 되면 또 후회를 하게 된다. 내가 또 이런 소중한 시간을 허비했구나 하는 후회인 것이다. 새해를 맞으면서 우리는 거창한 각오로 뭔가 큰 것을 이루겠다는 각오를 하지만 매번 중단한 경험은 너무나 많다. 아주 작은 결심이나

마 그것을 뜻으로 세워 꾸준히 추구하고 그 길을 걸어가는 것이 중요하다. 일 년이란 시간이 긴 것 같지만 매 순간순간이 연장되는 것이기에 흔들리지 않고 중단하지 않고 가보자. 지난 연말 한 해를 돌아보며 후회스러웠던 그 마음을 돌이켜보라. 작은 목표로나마 올바르게 새해를 시작해 뚜벅뚜벅 가다보면 올 연말에 우리는 지난 연말보다 한참 멀리 가 있을 것이다. 그것이 우리들이 매번 새해를 맞이하는 절차를 치르는 의미가 아니겠는가.

후기

감사합니다

바야흐로 계절은 왕안석(王安石)이 말한 녹음방초승화시(綠陰芳草勝·花時, 짙어가는 푸르름과 풀꽃의 향기가 봄경치보다 나을 때)를 지나서 육유(陸游)가 말한 녹음청간승화시(綠陰淸澗勝花時, 짙푸른 그늘과 맑은 시냇물이 꽃보다 좋을 때)로 접어들었습니다. 한동안 가뭄이 심하다가 장마로 몇 줄기 시원한 비가 지나가니 아침에 찾아가는 진관사 계곡도 물이 불어나 서로 앞 다투어 나가려는 기세가 골짜기 가득 채우며 지나가는 행인들의 마음까지도 씻어 내려가는 것 같습니다.

덥기는 하지만 좋은 계절입니다. 뜨거운 양광에 모든 생명이 겉으로는 숨을 죽이지만 속으로는 생명의 순환작업을 열심히 해서 나날이 푸르러지는 이 광경이 매일 매일 의미 없이 지나치는 우리들의 삶을 다시 들여다보게 합니다. 갑자기 밑도 끝도 없이 계절 너스레를 널어놓는 것은, 제가 문명을 떠나 이런 자연의 풍경 속으로 들어와 살게 되니 너무 좋더라는 자랑을 하기 위한 것입니다.

저는 KBS의 방송기자였습니다. 36년하고 4개월입니다. 1977년 3월 1일 25살의 청년의 몸으로 회사에 들어와 육십을 넘는 순간까지 KBS는 저의 삶의 현장이자 목표였습니다. 마지막 보직이 된 KBS비즈니스라는 자회사의 감사 자리를 2013년 7월에 끝내고 자연인으로 돌아왔습니다.

북한산 자락인 서울 은평구 연서로 487(은평뉴타운)이 저의 집 주소입니다. 아침마다 둘레길 8구간 하늘정원길을 걸을 때에는 푸른 녹음과 지저귀는 새소리, 그리고 작은 개울의 물 등등을 보면 정말 어느 분(勤齋 金承善)의 싯귀처럼 "초여름 절기 맞아 풀은 새롭게 푸르고(節臨初夏草新靑) 짙은 녹색 산천은 비단 병풍을 펼쳤네(濃綠山川展錦屏)"라는 표현을 실감합니다. 이런 복을 저만 누리는 것 같아서 죄송한 마음도 듭니다. 아파트를 나와 곧바로 진관사로 가는 길을 가면 온갖 들꽃들이 지천입니다. 꼭 동쪽 울타리에 국화를 심어야합니까? 이런 게 다 국화이지요. 도연명(陶淵明)의 귀거래사(歸去來辭)를 굳이 따라 부를 필요가 없습니다. 혹 앞으로 집을 정하실 때에 멀리 전원주택으로 나가려 하지 말고 이곳 은평 뉴타운의 북한산 주변에 와서 사시면 그런 복을 나눌 수 있습니다.

저는 젊을 때부터 숲 속에 살고 싶었습니다. 그것이 저만의 소원일 수는 없지만 저에게는 다소 특별한 것이, 제 이름 석자에 모조리 나무 木자가 들어가 있어서 좀 유별났던 것 같습니다. 그래서 조금 정신을 차리면서 나무와 숲, 물과 생명, 생태계에 대해 관심이 많아졌습니다. 틈나는 대로 글을 써서 저의 생각을 알리고 싶었습니다. 서울에서만 살다가 중국의 수도 베이징의 특파원으로 근무하면서, 그리고 녹색의 나라라 할 영국의 수도 런던에서 2년 좀 안되게 근무하면서 사람과 환경, 건강한 생태계의 문제를 생각했습니다. 그동안 작은 글들을 써 왔지만 이번에 그런 생각들을 다시 종합하고 묶어서 책을 하나 내었습니다.

숨 좀 쉽시다. 숨 좀 제대로 쉽시다. 맑은 공기로 제대로 숨을 쉽시다. 우리만 쉬는 게 아니라 풀과 나무들, 새와 다람쥐와 토끼도 함께 맑은 공기를 들이마시며 자연 환경 속에서 마음껏 생을 누리는 그러한 건강한 생태계를 만듭시다. 도시에는 나무를 심고 쉼터를 만들고 사람과 사람들이 서로 사이좋게 웃으며 사는 그런 세상을 만듭시다....그것이 저의 바람이었습니다.

이 글이 그런 나라를 만드는 데 얼마나 도움이 될지는 모르겠습니다. 그러나 이 책을 읽어주시는 분들이 있다는 것만으로도 저에게는 작은 보람이 될 것입니다.

2016년 6월 1일

북한산 자락에서 이동식 올림